D1668914

NARRATORI MODERNI

Della stessa autrice in edizione Garzanti:
Ci vediamo un giorno di questi
Il nostro momento imperfetto

FEDERICA BOSCO

NON PERDIAMOCI DI VISTA

Garzanti

Prima edizione: ottobre 2019

Per essere informato sulle novità del Gruppo editoriale Mauri Spagnol visita:
www.illibraio.it

ISBN 978-88-11-67272-2

© 2019, Garzanti S.r.l., Milano
Gruppo editoriale Mauri Spagnol

Printed in Italy

www.garzanti.it

NON PERDIAMOCI DI VISTA

Ai ragazzi della Santa.
Con nostalgia.

1.

Mi ero ripromessa che sarebbe stato l'ultimo Capodanno che avrei trascorso così, ma poi ne erano passati altri sei e adesso mi sentivo davvero come la povera illusa che continua a esprimere desideri quando vede una stella cadente o sente i rintocchi della mezzanotte. Invece anche quell'anno era andato nello stesso modo, con me che guardavo il telefono aspettando un messaggio che non sarebbe mai arrivato, sulle note dell'odiosa *Last Christmas*, il vero motivo, ne ero certa, della depressione del povero George Michael.

Come ogni 31 dicembre, da tempo immemore, ci trovavamo nella grande casa dei genitori di Andrea, sul lago di Como, che era l'unico posto sulla terra in grado di contenere diciassette adulti e dodici bambini con relative nevrosi, conflitti irrisolti, capricci, dipendenze e paturnie.

E, a guardarci bene, a parte il fatto che ci eravamo riprodotti ed eravamo invecchiati, eravamo in tutto e per tutto gli stessi che passavano i pomeriggi seduti sul motorino a fumare trent'anni prima, gli stessi ragazzi della compagnia di via Gonzaga che si erano conosciuti a sedici anni, e che adesso ne avevano quarantasei.

Ma in fin dei conti non eravamo cambiati; continuavamo ad aspettarci qualcosa dalla vita, qualcosa di spettacolare e unico che prima o poi sarebbe arrivato, esattamente come quando ci preparavamo per uscire il sabato sera immaginando una serata speciale e indimenticabile e invece tornavamo a casa morti di freddo dopo una fila interminabile fuori da un qualunque locale di Mantova che avesse un tavolo abbastanza grande per tutti, stanchi, abbrutiti e con lo stomaco rivoltato da un Long Island Iced Tea di pessima qualità, sperando nel sabato successivo. E così per i dieci anni a venire, quando poi i nostri genitori avevano cominciato a reclamare il frutto dei loro sacrifici in termini di un lavoro stabile e ben retribuito.

Perciò avevamo soddisfatto le aspettative parentali tentando ognuno una carriera dignitosa anche se non propriamente soddisfacente: chi si era impiegato, chi aveva voluto provare il brivido della libera professione, chi si era infilato nel tunnel dei concorsi pubblici e chi, più pragmaticamente, si era sposato con un uomo molto ricco. Qualcuno poi si era rassegnato a entrare in ditta col proprio padre, e solo un paio si erano incamminati lungo le impervie sponde del sentiero artistico.

Io ero fra quelli che si erano votati a una relazione eterna e infelice con il proprio commercialista a causa della partita IVA che, a detta di mio padre, era stato l'errore più grande della mia vita.

Del resto, per una fisioterapista, non c'erano molte altre possibilità, ma a parte le complicazioni fiscali era l'unico lavoro che avessi mai desiderato fare da quando, a sette anni, invece di una Barbie per Natale avevo chiesto uno scheletro.

Come molti di noi, avevo finito per sposare il mio primo ragazzo. Nelle cittadine di provincia come la nostra, le compagnie diventavano una sorta di microcosmo, uno spaccato di realtà dove finivi per accoppiarti per esclusione e pigrizia.

Gli ultimi che rimanevano liberi erano quelli che non si erano mai degnati di uno sguardo negli anni, ma che si ritrovavano seduti da soli in macchina a fumare, mentre tutti gli altri si erano già imboscati.

Così successe a me e Fabrizio. Non eravamo proprio gli ultimi, ma nemmeno la primissima scelta, a quella appartenevano i più ambiti, i purosangue, i belli e ribelli, che poi avevano semplicemente divorziato per primi.

E dato che il giro alla fine era sempre quello, chi mai avrebbe osato cercare al di fuori del rassicurante e protettivo gruppo? Chi mai si sarebbe spinto oltre i confortanti confini del conosciuto per incontrare un forestiero e rischiare l'esclusione? Perciò una sera dopo il cinema ci eravamo baciati e ci eravamo messi insieme e, alla soglia dei trenta, dopo un fidanzamento di ormai quasi sei anni, avevamo deciso di sposarci. Poi erano nati Vittoria e Francesco e un giorno ci eravamo guardati e avevamo capito che non ci amavamo più da chissà quanto tempo e, senza troppi giri di parole, ci eravamo separati. Non c'erano state lacrime o terapia di coppia, ormai eravamo fratello e sorella da troppo tempo e sapevamo tutti e due che la fiamma era morta e sepolta e niente avrebbe potuto rianimare un cadavere.

I ragazzi non ne avevano sofferto, non ci avevano mai visti litigare, né noi li avevamo mai usati come arma di ricatto l'una contro l'altro.

Gliel'avevamo detto una sera a cena e avevano capito. Le cose per loro non sarebbero cambiate moltissimo, a parte il fatto che il padre non avrebbe più abitato a casa nostra, anche se avrebbero potuto vederlo in ogni momento. L'unico cambiamento radicale era che mia madre era venuta a vivere con noi per darmi una mano con i bambini quando lavoravo e questo mi aveva sollevato immensamente. Non ci fosse stata lei, col mio lavoro fatto di spostamenti continui fra studio e cliniche non avrei mai potuto occuparmi a dovere dei ragazzi, senza contare che non mi sarei mai potuta permettere una baby-sitter a tempo pieno. Ed essendo lei svizzera tedesca, li aveva tirati su come due soldatini, esattamente come aveva fatto con me e mio fratello quarant'anni prima. Quindi il problema se dare loro o meno il telefonino a dieci anni «perché ce l'hanno tutti» non si era nemmeno posto, così come per noi non si era posto il problema del motorino: non ce lo aveva comprato e basta.

Poi Fabrizio aveva trovato una nuova compagna e si era fidanzato, e nemmeno quello era stato motivo di screzio o di litigio fra noi. Tutto era andato secondo le migliori regole della civiltà, come in un manuale di bon ton fra separati, e gli psicologi infantili di tutto il mondo avrebbero tessuto le nostre lodi alle loro conferenze. Che altro avremmo dovuto fare? Ci volevamo bene e ce ne saremmo voluto per sempre, come un fratello e una sorella. Appunto.

E in quei famigerati sei anni, tali eravamo rimasti: fratello e

11

sorella che passavano la sera di Capodanno insieme agli amici e ai figli.

Ma ogni volta, allo scoccare della mezzanotte, giuravo a me stessa che quello sarebbe stato l'ultimo anno, che finalmente l'anno dopo sarebbe successo qualcosa di pazzesco, che mi sarei innamorata follemente, che sarei volata a Parigi o in uno chalet sulle Dolomiti, insomma qualsiasi cosa purché lontana da lì, dalla solita vita, dalla solita gente e dalle solite cose.

L'anno seguente sarebbe stato il mio sabato sera speciale e indimenticabile.

Ma finora non era successo niente.

Da qualunque lato guardassi la mia vita, non c'era niente di eccitante o di spettacolare che fosse degno di nota.

E forse non c'era mai stato.

Mi sembrava di aver seguito da sempre una strada prestabilita, regolare, costante, senza un dosso, dove avevo spuntato le voci di una lista: lavoro, marito, figli. E poi?

Era tutto lì?

Guardavo i miei amici storici e i nostri figli con un misto di abbattimento e tenerezza.

Avevamo fatto tutto quello che i genitori e la società si erano aspettati da noi, seguito i precetti che ci avevano inculcato dalla nascita, il senso dell'onore e della famiglia, del sacrificio e la moralità.

Eravamo andati a messa fino alla cresima e più o meno seguito i dieci comandamenti, non eravamo usciti troppo dal seminato, eppure qualcosa era andato storto.

A vederci oggi, ormai adulti, con carriere avviate e mutui quasi estinti, nessuno di noi poteva dirsi felice e realizzato.

Tutti noi cercavamo ancora qualcosa, quel qualcosa di magico e incredibile, quel sabato sera.

E nonostante fingessimo indifferenza, nei nostri occhi c'era una luce nostalgica, un velo di tristezza e rassegnazione.

Antonella si sedette pesantemente sul divano accanto a me, facendomi rovesciare metà bicchiere di prosecco sul vestito.

«Scusa, Betta, è colpa del mio culo gigante, ha vita propria, lo sai», disse pulendomi malamente la gonna con la mano.

Risi.

Eravamo grandi amiche da sempre, anche se ci eravamo perse di vista quando se n'era andata di casa a poco più di vent'anni. Antonella era uno dei purosangue, una vera ribelle, di quelle che spezzavano i cuori come si frantumano le arachidi, di quelle cinque ragazze al mondo che stavano bene con i Levi's 501 e una Fruit bianca, mentre noi sembravamo dei Buondì Motta.

Bionda con gli occhi azzurri, i denti bianchissimi e un fisico mozzafiato sembrava destinata ad avere il mondo intero ai suoi piedi. I ragazzi erano pazzi di lei, tutti quanti, i professori la adoravano e, pur potendoselo permettere, non se la tirava neanche.

Ma aveva un padre estremamente rigido e severo, dalla mentalità medievale, un uomo che stentavi a credere che avesse vissuto il libertino Sessantotto. Geloso e possessivo come un fidanzato, non le permetteva mai di uscire, ascoltava le sue telefonate, la controllava a vista e questo l'aveva resa insicura e arrabbiata. Un pericoloso binomio per un'adolescente.

Ma come succede nelle favole, una sera in discoteca a Milano, dove eravamo andate di nascosto facendoci accompagnare da mia madre che rimase ad aspettarci fuori nella piccola Cinquecento bianca, Antonella venne notata da un fotografo di moda.

Erano gli anni Novanta, quelli frenetici, folli, pieni di opportunità da cogliere, quelli in cui una ragazzotta di Detroit di nome Madonna, senza un soldo ma con un'ambizione smisurata, era riuscita a diventare la più grande popstar di tutti i tempi. Gli anni in cui la moda dettava legge e dove icone come Linda Evangelista e Claudia Schiffer spopolavano sulle copertine delle riviste. Quando me lo disse era pazza di gioia. Finalmente, diceva, finalmente posso cambiare vita, posso uscire di casa, finalmente sarò libera e non finirò come mia madre.

Cominciò a partecipare ai casting di nascosto, dicendo ogni volta ai suoi che era da me a studiare e io e mia madre le reggevamo la parte.

Finché suo padre se ne accorse, si era insospettito e l'aveva seguita con la macchina fino allo showroom, e quando la vide uscire la prese a schiaffi davanti a tutti, la trascinò in macchina e la chiuse in casa.

Dio quanto pianse.

Quanto piangemmo, quanto tentammo di convincere suo padre a lasciarla provare, che questo non avrebbe tolto tempo allo studio, che era solo un gioco, ma per lui solo le puttane sfilavano sulle passerelle e finché stava sotto il suo tetto la legge la dettava lui.

Ricordo sua madre muta sullo sfondo, quanta rabbia mi faceva quella mancanza di volontà, quella resa così insensata, così vigliacca, quando le donne cominciavano a conquistare i loro spazi e i loro diritti. Era come assistere a un film neorealista degli anni Cinquanta, di quelli ambientati nel profondo Sud, povero e analfabeta, dove ancora era legittimo il delitto d'onore per punire le donne adultere.

Lo ascoltavo inveire contro di lei, freddo e spietato, calibrando ogni parola con lucida crudeltà e cattiveria gratuita, sminuendola e umiliandola davanti a me, mentre lei lo guardava fisso, senza paura, sebbene sapesse che una volta che me ne fossi andata l'avrebbe conciata per le feste.

Si cacciava le unghie nei palmi delle mani pur di non piangere davanti a lui che con ogni insulto minava la sua sicurezza e con ogni sberla distruggeva la sua dignità e la sua autostima. Le diceva che era una nullità, che non sarebbe mai andata da nessuna parte e che non avrebbe combinato niente nella vita.

Così finirono i suoi sogni di gloria, cominciammo a vederci sempre meno, finché non si innamorò del primo stronzo di turno che la mise incinta e sparì. Suo padre, sconvolto da quella gravidanza indesiderata e scandalosa e terrorizzato dal cosa dirà la gente, la mise davanti a un aut aut: o abortisci o te ne vai da casa. Così Antonella fece le valigie e si trasferì da sua zia a Verona e appena possibile si fece assumere in una boutique del centro che restò il suo unico contributo al mondo della moda.

Non parlò mai più coi suoi che la rinnegarono letteralmente. Provò a chiedere aiuto a sua madre, ma aveva talmente paura di essere scoperta che la pregò di smettere di chiamare.

14

Quando suo padre morì, tempo dopo, e sua madre la chiamò per dirle del funerale, le rispose che per lei era morto molti anni prima. Poi mi chiamò e pianse disperatamente. Finì per diventare l'amante del direttore del negozio, un tizio autoritario e anaffettivo da cui ebbe un altro figlio e, per evitare un nuovo scandalo, fu costretta a dare le dimissioni in cambio di un cospicuo mensile.

Adesso faceva la personal shopper per le «*sciure*» ricche e annoiate in un negozio molto in voga.

Coi suoi figli, per reazione, era stata talmente permissiva e accondiscendente che erano cresciuti senza regole e senza rispetto. La figlia, ormai più che ventenne, faceva l'influencer e sul suo profilo Instagram mostrava più sedere che cervello, e non perdeva occasione per rinfacciare la mancata carriera della madre. Il maschio invece, che di anni ne aveva sei, era il bambino più odioso e odiato che esistesse sulla faccia della terra, uno stronzetto maleducato e manipolatore, in tutto e per tutto identico al padre, che la teneva sulla corda a suon di sensi di colpa e la comandava a bacchetta con un'insopportabile voce nasale e cantilenante.

E lei lo lasciava fare. Sempre.

Mia madre, ogni volta che lo incontrava a scuola, sentiva risvegliare dentro di sé istinti primordiali per nulla raccomandabili e tornava a casa imprecando in tedesco.

Antonella però non aveva mai smesso di sorridere, al suo passato, al suo presente e alle occasioni mancate. Aveva sempre la battuta pronta ed era ancora uno schianto, con il suo sorriso bianchissimo e gli occhi azzurri. Tutti erano ancora pazzi di lei, ma se c'era un solo imbecille nel raggio di cento chilometri, potevi star certo che sarebbe stato suo e questo rimaneva per me un profondo mistero.

Cercava l'amore, cercava la storia della vita, qualcuno che l'amasse, la rispettasse e si occupasse di lei e dei ragazzi, ma più ci provava, più li trovava simili a suo padre: arroganti, autoritari e aggressivi.

Appoggiò la testa sulla mia spalla.

«E un altro anno se n'è andato», disse. «Speriamo sia l'ultimo che passo da single», sospirò.

«Ma non stavi con quel dentista?»

«Tornato dalla moglie!» annunciò laconica.

Rimanemmo sedute in silenzio osservando il caos che montava intorno a noi con l'avvicinarsi della mezzanotte: i bambini sovreccitati che si rincorrevano e gli adolescenti sulle poltrone a postare foto annoiate in cui si dicevano ostaggi dei vecchi, le «ragazze» degli anni Ottanta sedute a un angolo del tavolo a parlare di figli e colleghi, e i «ragazzi» dall'altro lato sempre più ubriachi che si passavano i telefoni per mostrarsi foto di modelle nude e meme scemi.

No, non era cambiato niente, eravamo solo invecchiati. Diedi un'occhiata al telefono. Mezzanotte meno venti. Sapevo che non mi avrebbe scritto. Ma non so perché ci credevo ancora. Mi permettevo quella piccola, stupida fantasticheria, che mi consentiva di mantenere accesa la speranza in qualcosa di meglio per il futuro, le farfalle nello stomaco ancora vive, anziché annegate nel prosecco.

Andrea venne verso di noi e ci separò per sedersi in mezzo. «Le mie donne preferite!» esclamò abbracciandoci le spalle. «Ci facciamo un selfie?»

«Quanto sei ubriaco?» gli chiesi sventolando la mano davanti alla sua faccia.

«Ma che ne so? Non li ho contati…»

Andrea era il padrone di casa, scapolo inveterato, eterno adolescente, avvocato penalista di ottima famiglia, un altro purosangue invecchiato bene senza mai crescere, senza ampliare ogni stanza della vita, ma solo quella dei giochi. Continuava a divertirsi, a uscire con ragazze sempre più giovani, a fare surf, kite e snowboard, a comprare macchine sempre più veloci come per sfuggire alla minaccia del tempo. Non riusciva a stare fermo un secondo, sembrava un bambino iperattivo sempre con il telefono in mano a scovare nuove prede su Facebook e Instagram, a controllare i like, a postare le foto con il profilo migliore, come un adolescente.

Era l'unico che aveva cavalcato l'onda del millennio in perfetto equilibrio, senza un'esitazione o un attimo di nostalgia, conformandosi perfettamente al presente, senza accorgersi però di quanto rischiava di scivolare nel ridicolo.

Perché, che gli piacesse o no, dai veri giovani era quello che veniva considerato «un uomo di mezza età».

«Vi faccio vedere con chi esco adesso!» ci annunciò fiero mostrandoci una foto di una ragazza in micro bikini su una spiaggia esotica.

«Oddio, Andrea, ma è maggiorenne almeno?» Sgranai gli occhi buttando uno sguardo fugace all'indirizzo di mia figlia Vittoria seduta dall'altra parte del salotto e immaginandomi i peggiori scenari.

Si strinse nelle spalle. «Be'… dovrebbe… con le giapponesi non si capisce mai!» Alzò il sopracciglio.

Antonella gli rifilò uno scappellotto dietro la nuca.

«Ma come fai? Me lo spieghi? Perché non ti trovi una donna della tua età?» lo rimproverò.

«Ma hai idea di com'è una donna della mia età?» rispose lui strabuzzando gli occhi, sull'orlo del mancamento.

«Certo! Come noi, imbecille!» rispondemmo indignate, prendendolo a pugni sulle spalle.

«Ma voi siete fuori concorso, che c'entra! Non c'è mercato per voi, è risaputo!» rise riparandosi dai colpi.

«Che vuol dire "non c'è mercato per voi"? Cosa siamo? Delle mummie?» chiese Antonella esasperata. «Insomma guardaci, non siamo mica da buttare no?» sottolineò indicando le nostre silhouette.

Andrea rise sguaiatamente.

«Ma che c'entra?» aggiunse magnanimo. «Una "bottarella" ve la potrei pure concedere, ci mancherebbe, in amicizia, ma poi finisce lì. È una dura legge da accettare lo so, ma se alla vostra età non siete sposate, è veramente difficile piazzarvi», aggiunse serio.

Parlava di noi come di un paio di vecchie auto Euro 2 che o rottamavi approfittando di un incentivo statale su un nuovo modello, o non ti restava che sperare nel buon cuore di un collezionista trovato su Subito.it.

E il peggio è che aveva ragione.

Non c'era mercato per delle quarantaseienni anche con una carrozzeria ancora decente. Lui invece avrebbe potuto

17

viaggiare ancora per chilometri e chilometri, superando revisioni e blocchi del traffico.

Vide la delusione dipingersi sui nostri volti. «Su ragazze!» tentò di rincuorarci stringendoci a sé. «Vi dovete solo rassegnare, non è colpa vostra, è la natura che ha previsto così, le femmine si occupano della prole e i maschi della riproduzione. Non ve la prendete!» E ci diede un bacio sulla fronte, alzandosi un secondo prima che Giorgio, l'odioso figlio di Antonella, piombasse su di lei lagnandosi perché Sara, la dolcissima figlia di Letizia, sempre silenziosa e educata, non voleva dargli il suo orsacchiotto.

«Lo voglio, voglio subito l'orsooo! Me lo deve dare mammaaa!» S'impuntò con una lagna insopportabile e penetrante che avrebbe funzionato perfettamente per far cantare i prigionieri a Guantánamo.

«E poi mi dite perché non ho voluto figli, eh?» mi strizzò l'occhio Andrea prima di dileguarsi.

«Tesoro, ma è suo», tentò la povera Antonella con dolcezza e inutili sorrisi al figlio, tirandolo a sé per provare a calmarlo.

«No, no e no!» gridò. «Ho detto che voglio l'orso e tu me lo devi andare a prendere! Sennò mi sento male!»

Antonella mi guardò arresa e lo prese per mano.

«Andiamo a cercare di convincere Sara...» disse alzandosi.

Sentivo anch'io montare l'ira dei geni teutonici di mia madre.

Se quel piccolo isterico aveva già scoperto il potere degli attacchi di panico il mondo sarebbe finito a breve.

Non so come mi fosse andata così bene, non so come i miei fossero venuti su abbastanza equilibrati, sufficientemente sereni e non troppo devastati.

Ringraziavo il cielo ogni singolo giorno per tanta fortuna.

Ma credevo fermamente che una famiglia tranquilla e unita, almeno per il periodo della crescita, fosse ciò che faceva la differenza.

I nostri figli ci avevano sempre visti in pace, mai arrabbiati senza una ragione, mai nervosi o di cattivo umore. Se eravamo stanchi, tristi, o malati glielo dicevamo, se non volevamo che facessero qualcosa spiegavamo loro perché facendoli ragionare.

Cercavamo di coinvolgerli nelle letture, evitavamo di mollarli per ore davanti alla televisione, gli facevamo ascoltare buona musica e, come già detto, il telefono era arrivato molto tardi e solo per Vittoria.

Un cocktail di amore, risate, disciplina e regole non troppo rigide si era rivelato una ricetta vincente, ma era di mia madre la ricetta, noi al massimo l'avevamo migliorata un po'.

Finché io e Fabrizio eravamo stati insieme, i ragazzi avevano vissuto in armonia, e quando avevamo deciso di separarci lo avevamo fatto senza drammi, diluendo il dolore del distacco nell'affetto che ci legava tutti e quattro, tanto che per molti mesi avevamo pensato che non valesse nemmeno la pena di lasciarci, tanto stavamo bene.

Ma era chiaro che non eravamo più una coppia, e che non era giusto vivere come coinquilini, anche se coinquilini che si sarebbero donati reciprocamente un rene in caso di necessità.

Andrea chiamò tutti a raccolta per il conto alla rovescia con una bottiglia di champagne in una mano e una lunga sciabola nell'altra e cominciò a scandire i numeri ammiccando alla telecamera del suo iPhone che registrava la diretta su Instagram.

Ci allontanammo tutti conoscendo bene la sua antica abitudine di danneggiare oggetti personali o altrui senza preoccuparsi minimamente delle conseguenze, un'altra delle sue peculiarità. Negli anni dell'adolescenza non si contavano il numero di motorini distrutti o dei piumini bruciati per pura noia.

Fortunatamente non aveva problemi a ricomprarti ciò che aveva rovinato.

Allo scoccare della mezzanotte colpì di netto il collo della magnum facendo schizzare lo champagne ovunque su tavolo, divani e librerie, versandolo poi nei bicchieri che gli venivano avvicinati, baciando tutti e urlando: «*Happy new year!*».

Alzai anch'io il calice provando un senso di sollievo.

Un altro anno era finito, un anno intero, con tutto il suo peso, le sue aspettative, le ansie e i desideri irrealizzati. E come i bambini, anche noi adulti aprivamo la prima pagina del diario, intonsa e liscia, pronti a scrivere un nuovo inizio con la penna più bella.

Come se davvero tutto si fosse azzerato e ci fossero stati scontati sbagli, penalità e fallimenti.

Mi arrivarono baci e auguri da ogni parte e in men che non si dica mi ritrovai trascinata in un trenino intorno al tavolo da biliardo sulle note di qualcosa di brasiliano, capitanati da Linda che da sempre lavorava nel mondo dello spettacolo e non aveva mai smesso di ubriacarsi, andare alle feste e uscire con uomini famosi che però non la richiamavano mai.

Sorridevamo e ridevamo tutti, ma avevamo gli occhi di chi vorrebbe essere ovunque tranne in coda a quel dannato trenino a cantare «il mio amico Charlie Brown».

Ma non alle Maldive o in qualche altro scenario da film, bensì sul divano con la persona amata a bersi una cioccolata calda e augurarsi un altro anno benevolo e clemente, o anche solo qualche certezza in più, qualche pezzettino del puzzle al posto giusto e non incastrato a forza.

Controllai di nuovo il cellulare e poi mi decisi a riporlo definitivamente nella borsa.

Che l'anno nuovo mi sorprendesse.

E andai a fare gli auguri a Fabrizio a cui appoggiai le mani sui fianchi sovrappensiero, come avevo sempre fatto.

«Auguri Tato!» gli dissi da dietro sovrastando la musica.

Lo sentii irrigidirsi.

«Bene, ti prego… c'è Camilla!» mi bisbigliò imbarazzato, abbassando lo sguardo e spostandosi impercettibilmente.

Mi sentii strana, mortificata e confusa.

E, non so come, mi scusai e tolsi le mani dai suoi fianchi.

Io e lui ci eravamo sempre comportati con la massima libertà e confidenza, dopotutto avevamo condiviso le nostre adolescenze, il campeggio, la maturità, i viaggi, la morte dei nostri padri, i colloqui di lavoro, due parti, relative poppate e vomitate, un numero inimmaginabile di notti insonni, rotoli di carta igienica lanciati al volo con la porta aperta… insomma, sarebbe stato ipocrita e ridicolo fingere che non avessimo passato insieme più della metà della nostra vita adulta e comportarci come estranei.

Ero felice che avesse trovato una nuova compagna, mi era simpatica e anche ai ragazzi piaceva, ma il fatto che improvvisamente fosse infastidita dalla mia presenza mi colse di sorpresa.

Fu un pensiero che non mi diede tregua per il resto della serata, anche quando fecero la loro entrata Miriam e Costanza, che erano l'attrazione principale, le VIP, le uniche che erano diventate famose e che ci vantavamo pubblicamente di conoscere quando si presentava l'occasione.

Miriam era diventata una scrittrice bestseller di libri fantasy per bambini e Costanza una giornalista di moda che aveva un programma su un canale locale. Erano una coppia curiosamente assortita. Miriam, fin da ragazzina, era stata schiva e tremendamente timida. Pallida e sempre vestita di nero, era costantemente a disagio, come fosse fuori tempo, come seguisse un ritmo diverso. Quando si avvicinava avevi la sensazione che emanasse freddo, che la stanza gelasse, come se appartenesse più alla luna che alla terra, che fosse di passaggio e soffrisse tremendamente del non poter tornare sul suo pianeta.

L'avevamo spesso presa in giro, perché la consideravamo strana, e in più di un'occasione l'avevamo isolata. I maschi facevano pesanti scongiuri quando la vedevano arrivare, e noi ragazze la chiamavamo «la depressa». Eravamo stati crudeli con lei, come solo gli adolescenti sanno essere. In realtà era solo una persona molto delicata e sensibile, scomoda in questo mondo, e scrivere era l'unica cosa che le aveva portato conforto, un po' di balsamo su quella pelle sottile. Ma questo lo avrei capito molto più tardi.

Un giorno aveva spedito un manoscritto a una casa editrice e da lì era esploso il suo successo incredibile.

Quando entrò e tutti le andarono incontro per salutarla e complimentarsi con lei, sorrise e abbassò gli occhi a disagio, non amava le si facessero i complimenti, detestava stare al centro dell'attenzione e lei stessa si sorprendeva del successo che aveva avuto, faticando a darsene una spiegazione, come non lo avesse meritato veramente.

Costanza invece era l'esatto opposto: esagerata, sopra le righe, rumorosa, sempre elegantissima e devota alla chirurgia estetica cui non negava di aver ceduto. Non avevamo mai capito come potessero essere amiche, forse perché Miriam aveva bisogno di qualcuno che attirasse la luce dei riflettori al posto suo e Costanza aveva bisogno di accompagnarsi a qualcuno che si notasse poco per la stessa ragione o perché nessuna delle due pretendeva che l'altra fosse diversa da com'era, e quella, forse, era la più pura forma di amicizia.

Appena fecero il loro ingresso, io e Antonella ci appostammo dietro le tre pettegole che naturalmente furono le prime ad accoglierle con giganteschi sorrisi e urletti entusiastici. Le chiamavamo le «Civette sul comò», erano perfide e maligne come le sorellastre di Cenerentola, e, da che eravamo ragazze, nessuno era stato risparmiato dal veleno delle loro lingue biforcute.

Basse e decisamente bruttine, non avevano mai riscosso un gran successo nel gruppo, preferendo di gran lunga stare in disparte a occuparsi delle vite degli altri, di cui amavano sparlare senza sosta.

La loro abitudine di strizzare gli occhi per scannerizzarti in un centesimo di secondo aveva donato loro, negli anni, un'espressione di perenne diffidenza, come se ti soppesassero con lo sguardo, pronte ad azzannarti come tre furetti. Avevano sviluppato un loro linguaggio segreto fatto di rapidissime occhiate e ammiccamenti che significavano "ma l'hai vista?", "è ingrassata!", "è una puttana", "è uno sfigato!", che erano le macrocategorie in cui inserivano più o meno tutto il genere umano.

Dopo i bacetti e gli «adesso che sei famosa non ti si vede più!», tirarono fuori l'artiglieria pesante, fatta di: «Ma hai mai letto le cagate che scrive? Cioè imbarazzanti!», «Non ci penso nemmeno a leggerli i suoi libri, mi dovrebbe pagare lei!», «Una miracolata!», «E l'altra l'hai vista? È talmente tirata che non gira più nemmeno il collo!».

Antonella mi diede di gomito e mi sussurrò: «Come la vedi l'insegna *Le civette sul comò, cuciamo cappotti dal 1985*? Farebbero i miliardi!».

Scoppiai a ridere attirandomi immediatamente i loro sguardi carichi di disapprovazione e dopo aver salutato anch'io le ragazze e fissato con Costanza un appuntamento in studio da me perché "non puoi capire che dolore la sciatica!", tornai a sedermi sul divano accanto ad Anita e Letizia: la prima, zitella convinta – come amava descriversi –, insegnante di yoga e meditazione che aveva all'attivo sei gatti, tre cani, quindici tatuaggi e un maglione pieno di peli, la seconda, al contrario, nata per fare la mamma. Disincantata, un po' naïve, era quella che aveva sempre una buona parola per tutti nonostante l'evidenza dei fatti, ed era molto amata per questo, anche dalle Civette.

Aveva un unico cruccio: il suo compagno storico non la voleva sposare nonostante i loro quattro amatissimi figli, perché era convinto che portasse male.

E non era riuscita a convincerlo in nessun modo, nemmeno facendolo parlare con don Camillo, il parroco che li aveva battezzati. Cosimo, statistiche alla mano, era in grado di argomentare per tre ore su quanto il matrimonio fosse una subdola e anacronistica trappola sociale per mettere sotto contratto l'amore e definirne i confini, che il suo affetto per la famiglia lo dimostrava tutti i giorni e non aveva bisogno di un anello per fare di più e finché ci fosse stata vita nel suo corpo non avrebbe mai ceduto a un tale ricatto.

«Ci riuscirai quest'anno?» le chiesi prendendo in braccio la piccola Sara, senza più il suo orsacchiotto che adesso era nelle mani di Giorgio che lo usava a mo' di randello per colpire gli altri bambini.

«Io il desiderio l'ho espresso!» rispose stringendosi nelle spalle. «Ho anche mangiato i dodici chicchi d'uva a mezzanotte che per poco non mi soffoco! A questo punto spero solo in un miracolo!»

«Chi visse sperando...» commentò laconico Jacopo, soprannominato Woody, un'altra anima in pena, perennemente tormentato, ancora alla ricerca di sé stesso, ancora in aperta polemica con i suoi che gli avevano tarpato le ali, non consentendogli di esprimersi. Un poeta mancato, un attore mancato, un fumettista mancato, un padre mancato. Ce l'aveva col sistema intero, con la sorte, con l'universo, ma soprattutto con la sua ex che, dopo averlo sopportato per dodici anni, se n'era andata col suo avvocato divorzista mentre lui era tornato a vivere dai suoi.

Le cose gli erano sempre andate così, anche il suo psicologo dopo un po' lo aveva abbandonato dicendogli che forse aveva bisogno di qualcosa di più intenso. "Lourdes", avevamo proposto noi. "Gerusalemme!" aveva risposto lui, che aveva un gran senso dell'umorismo.

Viveva aspettandosi sempre una tegola e questa arrivava puntualmente, tanto che cominciava ad accoglierle come vecchie amiche.

«Ma lo sai che quella stronza ha avuto il coraggio di chiedermi i danni morali per mancata maternità negli anni che siamo stati insieme? Quella belva del fidanzato vede *Law & Order* e poi si diverte a sperimentare nuovi cavilli contro di me! E il mio avvocato ormai accetta qualunque cosa perché si è stufato pure lui!»

«Ma perché non provi a uscire con qualcuno? Cambieresti un po' aria almeno!»

«Ho provato con una app di incontri, abbiamo chattato per cinque giorni di fila, sembrava che io fossi l'uomo della sua vita! Poi quando abbiamo fissato l'appuntamento non è mai venuta! Sospetto che fosse l'avvocato della mia ex!»

Lo diceva ridendo. Era una grandissima dote la sua, quella di sdrammatizzare, sarebbe stato un comico perfetto, uno *stand-up comedian* di quelli che si esibiscono nei locali fumosi a Broadway e che poi un giorno sfondano.

Sarebbe stata una grande rivincita contro la sua ex e tutto il sistema.

Andammo a letto che erano le tre passate. O meglio, noi "ragazze" andammo a letto con i figli, mentre i "maschi" giocarono a biliardo fino all'alba fumando sigari e bevendo whisky, come bambini che imitano i grandi.

Per evitare di dividere la camera con il piccolo demonio, dissi ad Antonella che i ragazzi ci tenevano a dormire con me nel lettone, bugia che mi costò il permesso di un'ora di televisione in più e una felpa di Zara, ma solo all'inizio dei saldi. Volevo assolutamente parlare con Vittoria di Camilla.

«Vanno d'accordo lei e papà?» le chiesi.

«In che senso?» rispose, scorrendo annoiata le foto delle amiche su Instagram.

«Intendo litigano?»

«Boh. A volte. Non lo so!»

Le sfilai di mano il cellulare.

«Un giorno ti pentirai di aver sprecato tempo a osservare vite di altri», le dissi, incurante delle sue proteste, «e dirai ai tuoi figli: "Ah, se quell'ultimo dell'anno fossi stata a chiacchierare con la mamma, ora che non c'è più, ma ero troppo egoista e ho preferito mettere dei like al cane della Ferragni!"» e presi a farle il solletico.

Scoppiò a ridere come da bambina, di pancia, leggera, felice. «Dai, mamma, smetti!» urlava divincolandosi divertita.

Quanto avrei voluto che il tempo si fermasse lì, che ci fosse l'opzione "sedici anni per sempre" per evitarle l'ingresso nel tunnel della crescita, nel crudele mondo dei grandi, della competizione e delle illusioni perdute.

Questo mondo così diverso da quello che avevamo conosciuto noi, che già ci era sembrato inaffrontabile, ma che in confronto a quello che era diventato oggi sembrava il magico mondo dei Puffi.

Poi mi veniva in mente che non sarei voluta tornare ai tempi della mia adolescenza nemmeno per tutto l'oro del mondo, tanto mi ero sentita scomoda e a disagio, e mi sentivo orribilmente egoista.

Ma in verità, per quanto fosse patetico, avrei solo voluto proteggere la mia bambina da ogni dolore, delusione e cuore spezzato provocato dall'imbecille di turno o dall'amica stronza, per il resto della vita.

E per come stavano andando le cose sapevo che sarebbe stata questione di poco.

Ci avevamo provato a spiegarle la nostra adolescenza, l'attesa, la noia, il desiderio, la mancanza di internet, ma tutto quello che avevamo ottenuto era il solito: «Che palle, non è più come ai vostri tempi!» che era esattamente la stessa cosa che dicevamo noi ai nostri genitori. Ma a differenza loro, il gap che ci aveva divisi era stato prevalentemente sociologico e culturale: eravamo la prima generazione del benessere che viveva senza l'orrore della guerra, un boom economico senza precedenti dove le donne finalmente rivendicavano il proprio diritto al voto, alle scelte, all'indipendenza, rifiutandosi di dover sottostare al volere di un capofamiglia. Le uniche vere innovazioni tecnologiche della mia adolescenza erano state il televisore a colori, il CD e il telefono cordless cui ci eravamo abituati con assoluta calma in circa un ventennio. I nostri figli invece sono stati bombardati da una tecnologia massiccia come fossero cavie da laboratorio, dove il dito deve correre più velocemente del cervello e dove tutti i sistemi scolastici e le regole sociali collaudati da oltre un secolo sono stati rottamati senza pietà. Primo fra tutti il rispetto e il timore dell'autorità. Questi ragazzi, a differenza nostra che vivevamo nel terrore di una brutta figura o di una sgridata da parte di un superiore, non hanno il senso della vergogna e considerano tutti al loro pari. Possono tranquillamente dare pacche sulle spalle al presidente della Repubblica o farsi un selfie con la lingua fuori insieme alla regina d'Inghilterra per quello che gliene importa.

E se da una parte in termini di autoaffermazione e sviluppo evoluzionistico la cosa ha un senso, è diventato praticamente impossibile farsi rispettare senza dover scendere a biechi ricatti che prevedono sempre la minaccia della privazione del maledetto telefonino. In quei momenti, e solo in quei momenti, leggi sul loro volto un'espressione di vero panico, molto vicina a quella di un assetato a cui viene tolta la borraccia d'acqua in mezzo al deserto e, come fossero stati torturati per giorni, si piegano a ogni richiesta.

E se i nostri genitori avevano potuto continuare a fare più o meno quello che avevano fatto i loro, improvvisamente noi ci siamo trovati arresi, senza un riferimento, un manuale, una app che ci dicesse più o meno cosa fare e, paradossalmente, i nostri vecchi si erano adattati molto meglio al progresso di quanto avessimo saputo fare noi.

In una parola, noi *baby boomers* eravamo stati un disastro. La cosa veramente grave e dolorosa, però, è che noi avevamo rispettato, temuto, rifiutato e ammirato i nostri genitori, e così loro avevano fatto con i propri, mentre questa nuova generazione ci disprezza in blocco.

Ci guarda come fossimo degli inetti perché incapaci di capire Snapchat o cosa sia una *ship*, ignora i nostri consigli, non teme le nostre punizioni e sembra possa veramente fare a meno di noi. Tranne poi dormire nel lettone fino a quindici anni.

La mattina a colazione, noi mattiniere e i bambini più piccoli ci trovammo a farci largo fra i resti di un campo di battaglia abbandonato dopo la resa.

Il tavolo di cucina era sommerso da bottiglie vuote e bicchieri in cui galleggiavano sigarette spente. Non c'era un solo angolo libero dove non fosse stato rovesciato qualcosa di appiccicoso e organizzammo una colazione di fortuna con il pandoro avanzato.

Letizia scese con Sara che teneva in braccio l'orsacchiotto di cui si era riappropriata senza battibecchi, cause legali e morsi, ma con la pazienza zen, confidando che presto l'ottuso rivale si sarebbe stancato, e fu una delle lezioni più grandi di quell'anno.

Andrea scese in tenuta da corsa supertecnologica con l'iPod nelle orecchie, rilassato e in forma, come se avesse dormito otto ore.

«Non preoccupatevi di rimettere a posto, la donna arriva alle undici. Io parto per St. Moritz più tardi, voi fate pure con comodo!»

Solo Andrea aveva una donna di servizio che lavorava il primo dell'anno. Doveva pagarla veramente molto bene.

Jacopo ci raggiunse poco dopo con la faccia distrutta. Al confronto con Andrea, che sembrava il testimonial della Nike, Jacopo sembrava fosse stato picchiato da dei balordi.

«Il letto era scomodissimo», disse massaggiandosi le reni, «e il riscaldamento non funzionava!»

«Per il mal di schiena ci sono io!» lo rincuorai.

«Hai beccato la stanza sfigata», lo prese in giro Andrea. «Di solito non ci va mai nessuno.»

Jacopo ci guardò come a dire "ovvio!" e aggiunse: «Direi che inauguro un altro anno di merda», versandosi il caffè in un bicchiere usato.

Poi più a bassa voce: «Ma soprattutto non ho chiuso occhio perché Fabrizio e Camilla non hanno fatto altro che litigare per colpa tua», e mi strizzò l'occhio.

Mi affacciai subito alla finestra per vedere se c'era ancora la loro macchina, ma non c'era più.

2.

Finalmente tornai a lavorare.

I giorni di festa passati a casa con un'adolescente irritabile, un bambino annoiato e una madre iperattiva che si litigavano il telecomando, avrebbero messo alla prova la pazienza di un santo.

Il mio lavoro per fortuna mi piaceva molto e non potevo negare un lieve delirio di onnipotenza da parte mia nel riuscire a portare beneficio a qualcuno con le mie mani (letteralmente), ed era qualcosa che ogni volta mi provocava una grande ondata di soddisfazione. Quando ponevo le mani sulla parte dolorante e sentivo il paziente rilassarsi e stare meglio, mi ripagava degli anni di sacrifici fatti.

La scocciatura era che ogni volta che dichiaravo quale fosse il mio lavoro mi sentivo immancabilmente rispondere, con una smorfia di dolore, «sapessi quanto mi fa male la schiena» o il collo, o il ginocchio. E questo succedeva da che avevo scoperto questo mio talento un'estate all'isola d'Elba con i ragazzi, massaggiando proprio Andrea che subito urlò a tutti che dovevano assolutamente provare le mie mani. Questo mi conferì una certa popolarità senza che dovessi fare molto sforzo. Venivano da me e mi chiedevano con voce lamentosa se potevo fare qualcosa per le loro spalle contratte e dopo poco erano lì a raccontarmi tutti i loro affari.

Tornata da quella vacanza ebbi chiaro il mio destino che, fortunatamente, non fu troppo ostacolato dai miei, anche se avrebbero preferito mi dedicassi a qualcosa di più prestigioso.

Tutt'ora ricevevo i ragazzi in studio, si sdraiavano sul lettino, si rilassavano, parlavano, li ascoltavo in silenzio e, una volta finito il trattamento, oltre al dolore si sentivano più legge-

29

ri per il semplice fatto che si erano liberati di un peso. E diventava, senza che lo sapessero, una specie di psicoterapia.

Una volta a settimana andavo a casa di Mattia per la terapia riabilitativa. Un ragazzino di diciotto anni, bello come il sole, paralizzato dalla vita in giù da tre per un incidente su uno slittino. Quando me lo avevano affidato, inizialmente avevo fatto una gran fatica. Aveva solo qualche anno in più di Vittoria e non riuscivo a guardarlo senza pensare all'ingiustizia feroce del fato. Il nostro corpo, una macchina così perfetta e sofisticata, era di una fragilità senza pari e bastava un niente per rimanere danneggiati in maniera irreversibile. E nonostante i progressi della ricerca, quando il midollo era compromesso non c'era possibilità alcuna di tornare a camminare. Ma il fatto che fosse successo a un ragazzo che aveva ancora tutta la vita davanti mi riempiva di rabbia e senso di impotenza. Tutto quello che potevo fare era aiutarlo attraverso degli esercizi di manipolazione affinché i muscoli non si atrofizzassero e la circolazione non venisse rallentata dalle lunghe ore di immobilità.

Ma era tutto. E lui lo sentiva. Sentiva la mia difficoltà nel trattarlo, percepiva la mia esitazione quando lo toccavo o lo sollevavo.

Finché un giorno si era girato di scatto e mi aveva vista piangere. Mi ero asciugata in fretta gli occhi scusandomi, imbarazzata, che non era professionale, che avevo litigato con mio marito e di non badare a me, ma lui mi aveva guardato serio negli occhi, dicendomi a brutto muso: «Se vuoi darmi una mano non devi provare pena per me, altrimenti chiedo a mia madre di trovarmi qualcun altro. Io tornerò a camminare e per farlo ho bisogno di persone positive che mi facciano muovere il culo e non di femminucce piagnucolanti. Delle tue lacrime non so che farci, quindi o sei in grado di aiutarmi o te ne vai», ed era tornato al suo videogioco.

Ero rimasta di sasso.

Mi aveva dato una grande lezione.

Gli promisi che avremmo lavorato sodo e che non gli avrei mai fatto sconti, e da quel giorno eravamo diventati grandi amici, tanto che a lui raccontavo cose che non sapeva nemmeno Antonella.

Perché Mattia era semplicemente più maturo di molti di noi.

Sua mamma mi accolse sorridente e mi accompagnò da lui. Era sempre gentile e disponibile, ma non si soffermava mai a parlare con me per più di cinque minuti, come potesse scoppiare a piangere da un momento all'altro. E la capivo. Quindi sgattaiolavo rapida in camera in modo da evitarle ogni ulteriore disturbo.

«La mia preferita!» Mi accolse allungando le braccia verso di me e avvolgendomi in un abbraccio stretto.

«Mi sei mancato», gli dissi, ed era vero.

«Dai, voglio sapere tutto, com'è andato il Natale a Londra?»

Feci una smorfia sedendomi sul letto come una ragazzina arrabbiata col mondo.

«Non sei partita?»

Scossi la testa.

«Ma è pessimo!» disse grattandosi la barbetta.

«Lo so», ammisi.

«E cos'ha fatto per scusarsi?»

«Niente», risposi infilandomi il camice.

«Stai scherzando!» disse più arrabbiato di me.

«Be', ma sai dopo tanti anni non è che potevo pretendere un mazzo di rose.»

«Un mazzo di rose era il minimo dopo un bidone del genere, oppure, che ne so, un raro vinile che ascoltavate all'epoca, una vostra foto incorniciata, una colazione con Glovo. Qualcosa si poteva inventare per farsi perdonare!»

Sentirgli pronunciare le parole «raro vinile» mi suonò come «fossile di dinosauro».

«Ma tu sei un signore, che c'entra, di quelli come te hanno buttato lo stampo!»

«Lo so!» Si pavoneggiò giocherellando con una pallina da tennis. «Ma è uno che lavora a Londra mica un poveraccio analfabeta!»

«È vero», sospirai mettendomi al lavoro. «È quello che mi fa impazzire, infatti! È stato lui a ricercarmi...» proseguii muo-

31

vendogli la gamba con un po' troppa enfasi, «...ma se non ti interessa *veramente* una persona che senso ha creare un'aspettativa, dire certe cose, fare delle promesse?»

«Betta, va bene che non mi serve a molto, ma preferirei non me la staccassi la gamba!» rise lanciandomi la pallina da tennis in testa.

«Scusami! Quando ci penso mi innervosisco, non sopporto quando sparisce così!» ripresi cercando di mantenere la calma.

«Scrivigli tu», mi incitò lui.

«Col cavolo!» risposi stizzita. «Mi aspettavo un messaggio di buon anno, di quelli sdolcinati del tipo *vorrei essere lì a passarlo con te*, invece niente, nemmeno una faccina, un meme, un video con un gatto vestito da Babbo Natale, niente!»

«E sai per certo che non gli è successo nulla...» tentò.

Lo fulminai con lo sguardo.

«È andato in Turchia per sedare uno sciopero sindacale», dissi mimando un bastone che fende la folla.

«Instagram conferma?»

«Sì. Aeroporto di Istanbul.»

«Da solo?»

«Non si capisce.»

Tacque pensieroso.

«Chiediglielo!»

«Ma sei matto? È lui che è sparito ed è lui che deve fare la prima mossa!»

«Non le capisco queste tattiche, Betta, se vuoi sapere dov'è tua figlia mica vai a vedere il suo profilo social, la chiami e glielo chiedi, perché dovrebbe essere diverso con un uomo?»

«Perché ci sono delle regole!» insistetti piccata.

«E quali sarebbero?»

Balbettai parole senza senso e diedi un colpo di tosse: «Non posso parlarne con te, sei troppo giovane».

«Non sai cosa dire perché sai di avere torto», proseguì con piglio deciso. «Ma davvero hai paura di quello che ti può rispondere?»

«Sì!» ammisi.

«Nella peggiore delle ipotesi ti dice che non ha più voglia di sentirti e ciao! Non muore mica nessuno!»

Mi sentii improvvisamente stupida e incredibilmente infantile. Stavo subendo una ramanzina in piena regola da un ragazzino in sedia a rotelle che aveva più buonsenso di me pur avendo avuto pochissime esperienze sentimentali.

E aveva ragione, che cosa c'era di complicato nello scrivergli "Ehi, buon anno, speravo di sentirti, ma vedo che sei ancora in Turchia", e attendere la risposta?

Già, che c'era di così difficile?

La difficoltà, lo ammetto, era quella di recuperare il mio equilibrio perduto.

Perché ogni volta che si varca la soglia del conosciuto e si entra in quel territorio liquido e altamente infiammabile che è il corteggiamento, tornare indietro è impossibile.

È una subdola trappola per topi: vedi il formaggio, ti sembra invitante, è profumato, appetitoso, cominci ad annusarlo da lontano, ti avvicini con cautela poco per volta, decidi che ti piace ed è commestibile e appena credi di poterti avvicinare senza pericolo… *Zac!* Scatta la trappola e rimani prigioniero, e uscirne è difficilissimo, se non impossibile. E meno giovane sei, meno hai l'agilità per trovare una via d'uscita alternativa e fuggire senza spezzarti un femore.

Non solo non ero più abituata al corteggiamento, non ero più abituata all'effetto che mi faceva Niccolò, che era l'unico per cui avevo veramente provato qualcosa di destabilizzante. L'unico di cui potessi dire di essermi mai innamorata nel senso più puro del termine, cosa che mi aveva sempre fatto sentire in colpa nei confronti di Fabrizio a cui avevo voluto un bene dell'anima, ma che non avevo mai amato con il trasporto che avrei dovuto, motivo per cui mi sentivo responsabile del nostro allontanamento e successivo disamore.

Mi sentivo in colpa, è vero. Perché Fabrizio era stato il compagno e il marito perfetto, ma l'ondata che mi aveva travolta e trascinata sulla riva come mi era successo con Niccolò, riempiendomi i polmoni d'acqua e il cuore di sabbia, per lui non l'avevo mai provata.

Per Fabrizio avevo provato un affetto sincero e genuino,

come quello che si prova per un buon amico, e questo ci aveva permesso di vivere anni sereni, senza litigi o contrasti.

Credo che in Fabrizio avessi individuato inconsciamente il padre perfetto per i miei figli e d'istinto avessi scelto lui. Non avevo mai sopportato di vedere i figli usati come merce di scambio o ricatto nelle separazioni, o peggio messi al mondo come ultima speranza di riconciliazione.

Mia madre mi aveva detto una volta di stare bene attenta a scegliere l'uomo con cui avrei avuto dei figli perché io lo avrei potuto lasciare e dimenticare, ma loro no, sarebbe stato per sempre il loro padre, ed era una responsabilità immensa. Avevo capito che andavano tutelati oltre i tuoi sentimenti veri o presunti, oltre l'obnubilamento passeggero dell'amore, oltre il suggerimento pilotato degli ormoni che immancabilmente ti fanno scegliere l'esemplare più aitante e sano, perfetto per la prosecuzione della specie, ma che alla fine risulta essere uno stronzo.

E Fabrizio era risultato la scelta perfetta, che non avevo mai rimpianto un minuto in vita mia. Non avevo provato brividi, è vero, ma non era stato un problema, avevo avuto due bambini meravigliosi e felici e quella era l'unica cosa che davvero mi interessava.

Avevo passato sei anni a occuparmi di loro e della delicata transizione da famiglia con mamma e papà, a famiglia con mamma e nonna, e papà nei fine-settimana. Non era stato facile, ma mi ero impegnata con tutta me stessa, li avevo confortati, coccolati, e li avevo tenuti con me a dormire nel lettone finché si fossero sentiti abbastanza protetti e sicuri che non me ne sarei mai andata e che il loro padre ci sarebbe sempre stato.

Mia madre in questo passaggio era stata una vera colonna portante, non troppo indulgente né permissiva, aveva fatto il poliziotto cattivo laddove io, facile preda dei sensi di colpa, tendevo a mollare, e il risultato era stato un buon compromesso di forze. Fabrizio aveva avuto qualche difficoltà in più non avendo l'appoggio dei suoi, ma poi aveva conosciuto Camilla e lei sembrava contenta di aiutarlo con i ragazzi, e una sera, imbarazzato, mi aveva detto di lei.

Avevo provato un misto di sorpresa e sincera gelosia, ma subito gli avevo fatto i miei complimenti, e una volta verificato che lei si comportava bene con i miei figli, avevo dato loro la benedizione, tanto che se li erano portati anche in vacanza. In quegli anni non mi ero più occupata di me stessa, anche se mia madre mi punzecchiava spesso, dicendomi che ero diventata troppo sciatta e che nessuno mi avrebbe mai più chiesto di uscire.

Era vero. Passavo la maggior parte della giornata con il camice bianco e i sabot, non avevo certo la possibilità di sfoggiare tacchi vertiginosi e miniabiti e, quando tornavo a casa la sera, dopo aver trattato così tanti clienti da avere le mani insensibili, avevo un estremo bisogno di stare da sola e scaricare le energie accumulate.

Così gli anni erano passati ed ero rimasta fuori allenamento.

Ma proprio mentre te ne stai lì tranquilla a pensare agli affari tuoi, divisa fra il lavoro che ami e i tuoi figli, in quello stato di grazia dove ti guardi un po' intorno, ma senza troppa convinzione, sorridendo dei disastri delle tue amiche e ringraziando il Signore di non far parte di quel club che si divide fra Tinder, Once e speed date, ecco che una sera ricevi una richiesta d'amicizia, apri il profilo e ti senti di nuovo una ventenne col vento fra i capelli, il profumo dei glicini nell'aria estiva e *The Rhythm of the Night* in sottofondo, e le tue labbra si increspano involontariamente in uno di quei sorrisi scemi e imbarazzati, e improvvisamente senti caldo.

E lui è lì con il suo sorriso di sempre, i capelli cortissimi appena sale e pepe, qualche ruga molto sexy intorno agli occhi, un filo di barba e ti dici non è possibile, a che gioco sta giocando il destino?

Eravamo stati insieme quasi un anno e mezzo quando eravamo poco più che ventenni, i diciassette mesi più belli della mia vita, tanto ero innamorata. Niccolò era un altro cavallo vincente, ma di quelli vincenti davvero. Da palio di Siena per intendersi.

Figlio di un ricchissimo imprenditore tessile che aveva subodorato il talento del figlio e lo aveva mandato a studiare a Cambridge in tempi non sospetti, quando noi al massimo venivamo mandati in vacanza studio per due settimane con il gruppo organizzato, in pullman.

Il giorno in cui mi disse che partiva mi si spezzò il cuore. Piangemmo tanto, intirizziti con le nostre felpe nel vento di gennaio, nella piazzetta davanti a palazzo Te, sotto uno di quei lampioni retrò che mi ricordavano già la dannatissima Londra. Lo accompagnai all'aeroporto insieme ai suoi. Suo padre lo guardava compiaciuto dicendogli di chiamare questo e quel suo amico una volta arrivato, ignorandomi di proposito, come se io non contassi già più niente. Arrivato alla porta d'imbarco si voltò e mi buttò un bacio che feci il gesto di afferrare. Non vidi mai più i suoi.

Passammo le prime settimane telefonandoci di continuo. All'epoca le telefonate internazionali costavano moltissimo e, quando il mio povero padre ricevette la bolletta, per poco non gli venne un colpo. Una cosa che faticavo moltissimo a far capire ai miei figli che semplicemente non mi credevano: «Dai mamma, ma non è possibile! Il lucchetto al telefono?».

Così cominciammo a scriverci. Conservavo ancora tutte le sue lettere scolorite dalle mie lacrime in una scatola in garage, le cassette che mi mandava con la sua voce registrata, un braccialettino con un cuore, le poesie di Baudelaire, un flacone vuoto di Cacharel pour homme.

Era il mio tesoro.

Ma in un anno era tornato solo una volta, a Pasqua. Eravamo stati insieme pochissimo e non faceva che parlarmi di quanto fosse bella Londra e moderna Londra e avanti Londra, mentre Mantova era solo un paesino di provincia e anch'io avrei dovuto andarmene. Ma io amavo la mia città provinciale e non l'avrei lasciata per niente al mondo. Fu così che litigammo e ripartì senza salutarmi.

Non ricordo un dolore più grande di quello, se penso a quanto il mio cuore fosse delicato e indifeso in quel momento. Lo sentii accartocciarsi e soffocare e fu terribile. Il primo dolore è il peggiore, ma se sopravvivi, quelli che vengono dopo si chiamano esperienza.

Passavo le nottate a piangere ascoltando in loop *Nothing Compares 2U*, consumando le nostre foto, con questo dolore dentro ostinato e duro che non aveva intenzione di spostarsi nemmeno per un minuto. Volevo smettesse. Dovevo trovare il modo. Ci doveva essere. E sulla spinta di quel desiderio di salvezza mi misi con Fabrizio e lo scrissi a Niccolò. Volevo ferirlo, volevo sapesse che ero andata avanti senza di lui e che stavo bene, anche se non era vero. E volevo che lui tornasse a prendermi, che mi dicesse che era geloso e che non poteva vivere senza di me, ma lui non si fece più vivo.

Ci rimasi malissimo.

Ci misi un anno a dimenticarlo, ma questo Fabrizio non lo seppe mai.

Presi il mio cuore appallottolato e lo lisciai alla meglio come si fa con un foglio di carta per renderlo presentabile. Ma giurai a me stessa che non avrei mai più sofferto così tanto. E ci ero riuscita.

Non mi ero mai più messa in una situazione così rischiosa.

E dal nulla, venticinque anni dopo, ecco che lui veniva a rompere il silenzio come se niente fosse.

Come fossimo ancora là, al gate dell'aeroporto.

Sapevo che era un terreno scivoloso, una roccia ricoperta di muschio da cui era un attimo volare di sotto e sfracellarsi, ma ritenevo che alla mia età non dovevo temere le fratture come vent'anni prima, e poi ero pur sempre una fisioterapista.

Ci eravamo messi a chattare come i due adolescenti che in fondo eravamo rimasti, ma anziché di sogni, progetti e musica parlavamo di figli, separazioni e bilanci emotivi. Mi faceva ancora ridere, era diventato un uomo di successo, ma non aveva perso la sua parte genuina, non era diventato arrogante come suo padre, e in questo certamente aveva influito la classe e la sobrietà della madre, donna molto elegante e di grande *savoir faire*.

Ci eravamo scambiati i numeri di telefono e avevamo trasferito la nostra chiacchierata virtuale anche al di fuori di quell'ora notturna rubata al sonno.

Sempre più spesso mi mandava il buongiorno, la foto di una tazza di caffè rigorosamente italiano (non si era mai arreso a Starbucks), la vista sullo skyline londinese dal suo ufficio nella City, il suo cane Rocco, un bracco tenerissimo dagli occhi tristi o qualcosa di buffo che lo aveva fatto ridere, gli errori nei menù italiani, qualcuno vestito in maniera particolarmente eccentrica. Mi ero sorpresa ad attendere quei suoi messaggi appena accendevo il telefono e, se non lo sentivo per qualche ora, cominciavo a tendere l'orecchio o a sbirciare nella tasca del camice.

Mi sentivo sicura di me, ma anche piacevolmente esposta, con una voglia di flirtare che non mi ricordavo nemmeno più di aver avuto e un piacevole languore allo stomaco che certo non indicava niente di buono, ma che era sinonimo di ritorno alla vita.

I nostri messaggi ben presto diventarono più intimi. Dopotutto eravamo stati insieme nel secolo precedente e tutti e due avevamo voglia di capire se era possibile riprendere da dove avevamo lasciato. Una specie di caccia al tesoro, con piccoli indizi seminati qua e là che cominciavano tutti con un "ti ricordi".

Ricordavamo tutto, troppo, ci stupimmo di constatare.

Le corse sulla sua moto, il concerto di Terence Trent D'Arby, i baci sulla panchina, le litigate furibonde, c'era ancora tutto nel cassetto della memoria, pronto a balzare fuori come un pupazzo a molla.

E la curiosità mista all'immensa ansia di rivederci cominciava a farsi sentire, a mordicchiare il bordo dell'entusiasmo.

Un'ansia impercettibile, come una flebile vocina che mi diceva "stai attenta, non siete più le stesse persone, siete una delle innumerevoli possibilità che potevate diventare mescolando le carte del destino". Se me ne fossi andata io invece di lui, se uno di noi non avesse avuto figli, se lui fosse rimasto… non potevamo saperlo, ma ci intrigava la possibilità di immaginare che quel ponte di anni fosse servito a scavalcare un probabile ostacolo che non avrebbe potuto tenerci legati.

Magari se fossimo rimasti qui non avremmo resistito all'inevitabile metamorfosi della crescita, alle nostre differenze, i nostri desideri, le nostre aspettative, e avremmo finito per odiarci.

Ma ora che eravamo due individui adulti e con caratteri ben definiti, volevamo capire se potevamo far combaciare l'immagine di quei due ragazzi con le persone che eravamo diventate oggi.

Era una scommessa rischiosissima, un salto mortale bendati a bordo di una macchina lanciata a tutta velocità in un cerchio di fuoco, ma sentivo che ne valeva la pena.

Lo sentivamo.

E da lì passammo alle note vocali, cosa che mi fece sentire completamente scema, specialmente perché chiesi a Vittoria di spiegarmi come fare.

«Perché vuoi imparare mamma? A che ti serve? Non ti scrive mai nessuno!»

«Voglio imparare perché quando sto lavorando e devo dirti una cosa e non posso scriverla, posso registrarti un vocale», mentii spudoratamente.

«No ti prego, un vocale da te anche no!»

Andò a finire che me lo spiegò mia madre, che aveva un'intensissima vita social, e che possedeva sempre l'ultimo modello di telefono, ma che, furba com'era, non si fece abbindolare dalle mie scuse.

«Ti stai sentendo con qualcuno, vero?»

«Ma figurati!» negai guardando altrove.

«Mmh!» fece lei col suo tono sbrigativo. «Come se non ti conoscessi! Mi auguro solo abbia almeno vent'anni, non ho niente in contrario ai toy boy, ma sai che non transigo sul rispetto della legge.»

Ed era la verità. Se mia madre mi avesse beccata a letto con uno con la metà dei miei anni non avrebbe fatto una piega, se però lo avessi fatto in orario di lavoro sarebbe andata su tutte le furie!

Era così, molto ligia alle regole. Motivo per cui non avevo mai marinato la scuola una volta, o meglio non avevo mai più marinato la scuola da quando mi aveva beccato e mi aveva punito in maniera esemplare facendomi pulire il garage da cima a fondo, e questo mi era bastato per sempre.

Lei era del parere che punire non serviva, mentre i lavori socialmente utili sì, e aveva ragione, tanto che anche i miei figli sapevano che disobbedire alla nonna significava lustrare a fondo le proprie camere e lavare i piatti per una settimana.

Con me invece, l'anello debole, tendevano a disobbedire con più scioltezza.

E mia madre me lo faceva pesare ogni volta.

Aveva ragione, è vero, ma non ci riuscivo, non mi piaceva l'idea che mi detestassero anche se per breve tempo, non reggevo il senso di colpa con loro in nessuna declinazione e speravo con tutta me stessa che capissero da soli il perché dei miei no.

Ma a quell'età ingrata, ogni no rappresentava uno smacco morale, un sopruso insormontabile, la vittoria del tiranno sul popolo affamato.

Alla loro età ero stata anch'io una campionessa di muso lungo. Ero capace di non parlare ai miei per giorni. Ricordo un sabato sera in cui non mi mandarono a casa di una delle ragazze perché non c'erano i genitori. A nulla valsero le mie proteste e le mie scuse accampate alla bell'e meglio, un no dei miei era peggio di quello dei dittatori coreani. Insindacabile.

Mi chiudevo in camera furibonda, piagnucolando e scrivendo "vi odio" sul diario che credevo segreto, ignara del fatto che mia mamma lo leggesse regolarmente (me lo disse il giorno del mio matrimonio e solo perché aveva dovuto confessarsi), poi scendevo a cena e rimanevo chiusa in un dignitoso ed ermetico silenzio che i miei ignoravano totalmente, finché, stremata e affamata, cedevo.

E stavo cedendo anche adesso, anche se non mi guardava, concentrata com'era sulle sue parole crociate senza schema.

«Chi è?» ripeté.

«Non lo conosci», dissi poco convinta.

Ma il suo silenzio ostinato mi fece capitolare nel giro di un minuto.

«Va bene mamma, hai vinto tu come sempre, è Niccolò de Martini, te lo ricordi?»

Alzò la testa pensierosa.

«Quello con cui stavi insieme da ragazzina?»

Annuii desiderosa di approvazione, ma riabbassò subito la testa.

«E?...»

«Contenta tu...»

«Mamma!» esclamai irritata. «Va bene che non ti entusiasmeresti nemmeno se entrasse John Lennon da quella porta, ma un minimo sindacale di gioia per me non credo ti farebbe male.»

«La minestra riscaldata non è buona il giorno dopo, figuriamoci dopo vent'anni...» commentò laconica.

«Stupida io a parlarti!» le risposi e me ne andai in camera mia col muso lungo, senza nemmeno un diario su cui scrivere la mia delusione o un "vi odio" a caratteri cubitali.

Decisi pertanto di tenere per me il mio idillio innocente continuando a scambiare messaggi vocali con Niccolò, ben determinata ad andare fino in fondo.

Ora più che mai.

Le avrei dimostrato che la minestra non solo è più buona riscaldata, ma è ancora meglio se surgelata per vent'anni.

Ma la nostra voglia di vederci cominciò subito a incontrare non poche difficoltà.

Il lavoro di Niccolò era pieno di imprevisti e sorprese, viaggiava moltissimo e la ex moglie aveva anche lei orari impossibili e capitava spesso che dovesse andare a prendere i figli all'ultimo momento e questo non gli permetteva di fare dei programmi in anticipo.

Lo capivo, ma mi amareggiava.

Già altre volte avevamo pensato di trascorrere un ipotetico fine-settimana insieme, ma poi era sempre saltato fuori un intoppo ed era sparito per un paio di giorni scusandosi poi in ginocchio per la sua assenza e per la poca affidabilità che non era dettata da altro che da una quantità impressionante di lavoro e di responsabilità.

Tutto questo aveva fiaccato un po' il mio entusiasmo iniziale. Temevo mi stesse prendendo in giro, e lo pregavo di chiudere se questo era il caso, che capivo, che adesso ero un'adulta e non c'erano problemi, ma lui insisteva giurandomi che non era nient'altro che quello, un lavoro tremendamente impegnativo, un padre dispotico, i figli e tutto quello che comportavano.

Era in effetti un pacchetto non indifferente di responsabilità, me ne rendevo conto, ma questo non mi impediva di sentirmi delusa ogni volta che provavo a proporre delle date e mi sentivo dire prima sì e dopo due giorni no.

Poi era arrivato Natale e finalmente avevamo deciso di passarlo insieme e che niente si sarebbe messo fra noi.

Le feste ci avevano resi ancora più nostalgici, ci immaginavamo a Londra a Natale, sotto la neve, con le luci, gli addobbi e la musica in filodiffusione per le vie del centro, io e lui a passeggio per Hyde Park, a cena in qualche ristorantino romantico e defilato a dividere un dolce o mentre facciamo il bagno in vasca circondati dalle candele, sorseggiando un vino d'annata, o ancora mentre gli massaggio le spalle senza nessunissimo intento terapeutico.

Eravamo partiti in quarta, è vero, ma non eravamo due estranei che si erano conosciuti in una chat di incontri grazie alla loro miglior foto profilo, sapevamo chi avevamo davanti, ne conoscevamo la consistenza, il profumo, i contorni, il sapore, tutta quella parte edulcorata dal filtro della memoria che rendeva ogni cosa levigata e piacevole, senza una ruga, senza un difetto.

Quello che non conoscevamo erano le ombre, le intolleranze, il reciproco dietro le quinte, ma in quel momento eravamo certi che non ci fosse niente di insormontabile e che saremmo stati capacissimi di superare ogni ostacolo.

Niccolò me lo ripeteva ogni giorno, di crederci, di credergli. Di dargli un'altra goccia di fiducia.

Mi aveva mandato gli orari dei voli e l'indirizzo della sua casa a Mayfair dove lo avrei raggiunto il 23 dicembre.

Avevo organizzato tutto, spostato gli appuntamenti e sistemato i ragazzi che avrebbero dormito da Fabrizio così che mi sarei potuta assentare cinque giorni.

Cinque giorni di paradiso assoluto dopo sei anni di purgatorio.

Fantasticavo come una ragazzina, e mi sorprendevo a seguire i miei pensieri incantandomi a guardare nel vuoto, facendo irritare prepotentemente mia madre.

«Non so chi è più sedicenne se tu o mia nipote!» mi rimproverava scuotendo la testa.

La ignoravo facendo spallucce, ma in cuor mio le davo ragione.

Era possibile sentirsi ancora così? Oltre ogni limite di età e ragionevole dubbio?

Evidentemente sì, e ogni minuto che passava desideravo sempre di più stare con Niccolò, recuperare il tempo perduto e godermi il fatto che sarebbe stato il primo e ultimo uomo della mia vita. Sarebbe stato divertente raccontarlo ai ragazzi e riderne.

Non sapevo ancora come lo avrei spiegato a Fabrizio, ma ci avremmo pensato in un secondo momento.

Ma a tre giorni dalla mia partenza, mentre stavo impazzendo per preparare la valigia, colta da un'insicurezza assoluta che mi faceva sembrare necessario tutto il mio armadio e la scarpiera, mi giunse il suo vocale.

Dal tono capii subito che il visto per il paradiso non era arrivato per tempo e che qualcosa doveva essere andato storto.

Niccolò si scusò in ogni modo possibile, mortificato, dicendomi che erano sopravvenuti contrattempi che doveva gestire personalmente: uno sciopero improvviso in una fabbrica in Turchia stava mettendo a rischio una grossa spedizione con tutto quello che poteva comportare e solo lui poteva cercare di risolvere l'impasse. Suo padre era stato chiaro.

Avevo provato a convincerlo chiedendogli perché non poteva occuparsene lui, se potevamo spostare il volo di un paio di giorni, ma mi aveva fatto capire che non c'erano margini di trattativa. Quando suo padre decideva una cosa nessuno si poteva opporre, e lui era ancora l'amministratore delegato.

Mi ero seduta sul letto ricoperto dai miei vestiti rispondendogli a monosillabi. Non potevo credere che il dolore della delusione fosse assolutamente identico ad allora, ma così era.

Non mi sentivo più ragionevole, non incassavo con facile nonchalance, non dicevo "sarà per un'altra volta": ero incazzata nera e mi sarei messa a piangere e pestare i piedi per terra.

Non lo feci solo per preservare intatta la mia dignità.

«Mi piange il cuore, mi devi credere», mi disse, «avevo preparato tutto per il tuo arrivo, ti avrei portata in giro, saremmo

stati bene, non vedevo l'ora di vederti e presentarti ai miei amici, ma questa è una tegola grossa che non posso delegare, conosci mio padre, e sai di chi sto parlando, ti giuro che fra massimo un paio di settimane ci riusciremo, io non voglio altro che del tempo per noi.»
Non mi restò che credergli e svuotare tristemente la valigia.
La differenza fra i sedici e i quarantasei anni è che non sopporti il disordine della tua camera per più di una decina di minuti.
Quando scesi per informare mia madre che non sarei partita per un imprevisto, mi accolse con un'espressione impassibile evitandomi fortunatamente il lapidario "cosa ti aspettavi".
Ma quando scosse la testa e disse: «Benedetta...» fu il colpo di grazia.
Quando mi chiamava con il nome per esteso era indice di una delusione irrecuperabile.
I ragazzi andarono lo stesso dal padre e passai il Natale da sola a casa dato che mia madre aveva più di un invito a cui partecipare e non avevo intenzione di andare da Antonella e i suoi figli teppisti che urlavano per spaccarsi i regali in testa.
Non era stato poi così male riposarsi un po', staccare la spina, godersi il silenzio, ma ogni volta che pensavo a Niccolò non riuscivo a non sentire qualcosa franare dentro. Lo scoglio era più viscido del previsto e non avevo le scarpette adatte.
La cosa più umiliante fu dover chiamare Andrea per avvertirlo che sarei stata dei loro anche quest'anno nonostante il mio iniziale rifiuto.
«Ti hanno bidonato eh?» mi disse senza mezzi termini con una risatina sarcastica.
«No, è che sono cambiati dei piani all'ultimo momento e...»
«Seee, vabbè, al tuo amico puoi dire tutto, sai che me ne frega! Mi basta che tu non sia triste che tanto non ne vale mai la pena!»
«No, ti pare, era una mezza parola fin dall'inizio, niente di che...»
«Oh io una ripassata se vuoi te la posso sempre dare, lo sai!» rise.

«Come se avessi accettato, Andrea! Ci vediamo il 31!»

Dio se faceva male.

Ma il 31 sera mi ritrovai a fissare il cellulare sperando nei suoi auguri speciali che non arrivarono.

Tre giorni dopo gli scrissi: *Che fine hai fatto?*

3.

È successo di tutto!
✓✓

Dai, non essere arrabbiata, è stato un inferno.
✓✓

Hai presente Fuga di mezzanotte *?*
✓✓

Betta, dai, hai idea di cosa significhi negoziare con i sindacati mentre gli operai imbestialiti vogliono la tua testa perché non vengono pagati da oltre sei mesi e tuo padre intanto è a Sestriere a godersela?
✓✓

Hai intenzione di visualizzare e non rispondere per molto?
Sì.
È già un inizio.
Ci sono rimasta male.
Lo so, ma non sai i momenti che ho passato, abbiamo rischiato il linciaggio, e non è un modo di dire, lo hanno detto anche ai telegiornali, la polizia ha dovuto disperdere i manifestanti con gli idranti. Pensa che ho passato l'ultimo dell'anno chiuso in una stanzetta piena di fumo con l'interprete e gli avvocati.
L'interprete era una danzatrice del ventre?
Il ventre ce l'aveva, ma aveva anche dei lunghi baffi!
☺

Appena sono arrivato all'aeroporto, la prima cosa che ho fatto è stato scriverti!
Certo che almeno un messaggino di buon anno me lo potevi mandare...

Hai ragione, è vero, ma quando sono così preso è come se venissi risucchiato da un universo parallelo, lo so che è un brutto modo di fare, me lo diceva anche mia moglie, ma quando sono sul pezzo non mi posso distrarre e credimi che con le facce che avevo davanti non avresti avuto voglia di metterti a flirtare nemmeno tu.

Poteva essere una spiegazione logica, ma mi aveva lasciato l'amaro in bocca. E non riuscivo a far finta di niente. Era sparito per settantadue ore senza un cenno e, per quello che ne sapevo, poteva essere morto in un attentato, o poteva essere tornato con la moglie. Nella mia testa due eventi assolutamente identici.

Non ero mai stata una persona ansiosa, ero stata educata alla chiarezza e alla trasparenza, che consideravo le basilari regole del convivere: se si fa tardi si avverte. Punto.

Io e Fabrizio avevamo sempre fatto così ed è quello che avevamo insegnato ai nostri figli.

Eppure Niccolò riusciva a farmi stare in ansia, e mi faceva camminare su un filo teso fra passato e futuro che oscillava in maniera pericolosa.

E purtroppo mi scoprivo sempre più disposta a rischiare di cadere nel vuoto.

Senza rete.

4.

«Niccolò de Martini?» gridò Antonella facendo volare le patatine dalla ciotola che si sparsero su tutto il divano. «E cosa aspettavi a dirmelo? Da quanto va avanti? Ma state insieme? E Fabrizio lo sa? Perché non me lo hai detto?»

«Devo rispondere in quest'ordine o hai una preferenza?»

«Comincia dal perché non me l'hai detto!» strinse gli occhi minacciosa.

«Perché mi vergognavo e perché è una cosa un po' stupida che probabilmente non significa nulla, quindi non mi sembrava importante!»

«Stronza, sono la tua migliore amica, se non lo racconti a me è come se non fosse successo!»

«È vero», ammisi, «se non lo racconti alla tua migliore amica non è successo, ma a dirti la verità non è davvero successo niente.» Mi rabbuiai.

Mi mise le mani sulle spalle e mi scrutò da vicino.

«Ohi Betta… ma ti sarai mica innamorata?»

«Ma va'!» tagliai corto allontanandomi dalla sua stretta. «Ma ti pare? Ci sentiamo da qualche mese, tutto qui!»

«Mesi?» strabuzzò gli occhi.

«Sì.»

«Stronza due volte! Io ti dico sempre tutto e tu hai dei segreti con me!»

«Non era proprio un segreto, era più un non detto, ecco», le dissi con la faccia pentita stringendomi nelle spalle. «Mi perdoni?»

«Solo se ora mi racconti tutto!»

Le raccontai tutto, e alla fine ammisi che sì, forse mi ero presa una cotta.

Ma poteva definirsi "cotta" un rigurgito tardivo di un amore di trent'anni prima? Scongelato casualmente per una distrazione? Un calo di tensione, uno sportello aperto?

Perché di quello si trattava, rianimare un cuore rimasto in arresto da troppo tempo o, per dirla con le parole di mia madre, «riscaldare la minestra al microonde».

«È così romantico!» esclamò con gli occhi a cuore. «Riprendere da dove avete lasciato, sposarvi nella chiesa di San Barnaba dove abbiamo fatto la comunione, insieme ai vostri figli, e tutta la compagnia al completo, è come il remake di *Breakfast Club*. Potremmo vestirci come negli anni Ottanta, sarebbe bellissimo.»

Ecco perché non le dicevo niente, perché quando si trattava di relazioni, non aveva il minimo senso della realtà, non avvertiva mai nessun segnale di pericolo, era di un'ingenuità che anche una principessa delle favole l'avrebbe presa a schiaffi dicendole "vuoi svegliarti cretina?".

Ottenere un consiglio velato di buonsenso da lei non era possibile, se le dicevi che uno sceicco arabo voleva comprarti in cambio di trenta cammelli e portarti a vivere nel suo harem lei lo trovava «incredibilmente romantico», se stavi con uno che ti tradiva sistematicamente, ma poi ti mandava dei fiori per farsi perdonare, dovevi perdonarlo e, se un uomo non ti piaceva ma era tanto carino con te, era tuo dovere dargli una chance.

Insomma non c'era un vero motivo per rifiutare un uomo se questo ti voleva.

Era come se volesse credere a tutti i costi nell'amore da film, nonostante l'evidenza. Tu le portavi prove schiaccianti a sostegno dell'accusa e lei con quel sorriso sognante da bambina allo zoo ti diceva "sì, ma lui ti ama", e alla fine o la prendevi a pugni o ti arrendevi.

Ancora non comprendeva perché io e Fabrizio ci eravamo lasciati, non ero riuscita a farglielo capire. Non ci eravamo traditi, non avevamo litigato, avevamo solo deciso di comune accordo che eravamo arrivati al traguardo e questa per lei non era una ragione ammissibile.

Per lei era questione di tempo e ci saremmo rimessi insieme.

«Diciamolo alle ragazze sabato sera!» esclamò come fosse il tema di un pigiama party.

«Sei scema?» risposi serissima rimpiangendo di averle fatto quella confidenza. «Ci manca solo che tutte si mettano a spettegolare e in dieci secondi la voce giunga a suo padre! Mi farebbe rapire dalla mafia russa!»

«Già, hai ragione», rispose pensierosa, mentre il figlio la chiamava a gran voce dal tavolino a un metro da noi perché la matita si era spuntata, per il puro gusto di interromperci.

«Sì, amore, ora la mamma ti fa la punta alla matita, un momento solo!»

«Subito! Ho detto che la voglio subitooo!» urlò.

«Arrivo amore», gli disse affettuosa, invece di conficcargliela in una mano.

«Comunque io ci credo alla storia della Turchia sai?» mi disse restituendo la matita temperata al piccolo demonio che finalmente tacque.

Sospirai.

«Mah!» dissi. «Non so cosa pensare, non sono abituata a questo genere di cose, non ho mai aspettato un segno di vita da un uomo, o ci sei o non ci sei, il resto faccio fatica a capirlo.»

«Si vede che non esci con qualcuno da un pezzo!» concluse. «Il mondo è molto cambiato dagli anni Novanta.»

«Già», risposi, «e non in meglio!»

L'indomani sera, tornata a casa dal lavoro, trovai mia madre pronta ad accogliermi con un'aria da cospirazione.

«Sono arrivati dei fiori per te e tuo figlio piange in camera sua, quale opzione scegli?»

«Ma che domande fai mamma!»

«Io avrei scelto i fiori», commentò lei.

«Lo so», sospirai entrando in camera dove vidi Francesco buttato sul letto in lacrime.

«Amore della mamma cos'è successo?» gli chiesi allarmata, girandolo verso di me per abbracciarlo.

«A scuola mi dicono che sono grasso», mi rispose singhiozzando disperato.

«Ma come grasso? Chi te lo dice?»

«I miei compagni.»

«Ma no, stellina, sono solo cattiverie, i bambini sono crudeli alla tua età, tu non starli ad ascoltare!»

E dopo diventa peggio, evitai di aggiungere.

«Mi hanno preso di mira all'intervallo e mi hanno rubato
la merenda perché hanno detto che non ne ho bisogno perché sono un grassone di merda!» ricominciò a piangere ancora più forte.

«Ma l'hai detto alla professoressa?» chiesi preoccupata.

«No, mi vergognavo e poi mi hanno minacciato che se lo
dicevo mi avrebbero picchiato.»

«Tesoro, vuoi che venga io a parlarci o il papà?»

«No, mamma, no, o mi daranno anche della femminuccia
e poi è finita, sono solo in prima media.»

La sua logica non faceva una piega, aveva già capito la necessità di tenere un basso profilo per sopravvivere.

«Amore, tu lo sai che non sei grasso vero? Alla tua età il
corpo deve ancora svilupparsi e da un giorno all'altro cresce-
rai di venti centimetri e la pancetta che ora vedi diventerà
massa muscolare e allora stai sicuro che saranno loro ad aver
paura di te!»

«Non mi interessa che abbiano paura di me, voglio solo
che mi lascino in pace!» dichiarò.

«Lo so, ma voglio assicurarmi che tu non abbia dubbi su te
stesso solo perché un branco di deficienti perdigiorno ti ha
preso di mira, visto che sei uno che studia invece di stare a fa
re dei tutorial sulle bolle di saliva.»

Rise tirando su col naso.

Gli scompigliai i capelli.

«Lo sai che quando avevo la tua età i miei compagni di classe mi fecero una museruola per il naso?»

«Davvero?»

«Già, siccome secondo loro avevo il naso lungo, pensarono
bene di costruirmi una museruola con la gabbietta di un tappo di spumante, li faceva molto ridere.»

«E tu che hai fatto?»

«Risi moltissimo davanti a loro, poi tornai a casa e mi misi a piangere con la nonna.»

«E lei che ti disse?»

«Che smettessi subito di piangere, che avevo il naso più bello del mondo perché me lo aveva scelto lei e che i miei compagni erano degli imbecilli e non avrebbero combinato niente nella vita. E su questo punto ha avuto ragione.»

«Ma a te il tuo naso piaceva, io invece sono un ciccione davvero!»

«No, amore, la differenza è che a me non interessava cosa pensassero quei deficienti del mio naso. È lungo, è vero, e allora? A me sta bene così, se gli avessi dato retta mi sarebbe venuto il complesso e probabilmente me lo sarei rifatto, rimanendo comunque infelice. E secondo te è giusto fare una cosa perché un imbecille ti ha detto che secondo lui non vai bene?»

Scosse la testa.

«Nessuno ha il diritto di dirci come dobbiamo essere, non esiste uno standard a cui aderire. Perché non basterà mai! Nessuno è mai abbastanza bello, ricco, intelligente o bravo, in compenso molti sono troppo cattivi, stupidi e coglioni.»

«Mamma!» esclamò per la parolaccia.

«Scusami, ma mi saltano i nervi quando sento queste cose!» Gli presi il viso fra le mani: «Ascoltami bene: dal momento che rispetti il prossimo e sei una persona onesta, le tue scelte non devono riguardare nessuno. Mai! E per quello che mi riguarda puoi anche andare in giro vestito da aragosta».

Si asciugò gli occhi e sorrise.

«E smetti di dire che sei un ciccione! Sei un bambino di dodici anni e vai benissimo così, non voglio più sentirtelo ripetere», dissi severa.

«Allora che faccio?»

Eh, lo avessi saputo…

Se non reagiva lo avrebbero massacrato psicologicamente e se reagiva lo avrebbero massacrato fisicamente. Non vedevo grande via d'uscita se non quella di aspettare che crescesse e andasse al liceo. Ma non mi sembrava un consiglio geniale.

Ma come avevo fatto io? Come avevamo fatto noi?

Eravamo tutti stati presi di mira a turno a scuola, era una legge di natura che non risparmiava nessuno a scuola e nemmeno nella vita.

Tutti eravamo stati almeno una volta spintonati, umiliati pubblicamente e presi in giro. Ci avevano alzato la gonna, rubato la merenda, preso a gavettoni, accusati di cose che non avevamo fatto, ma era stato parte del percorso di crescita, il battesimo del fuoco nel burrascoso mare della vita. Tornavamo a casa e i nostri genitori ci chiedevano cos'era successo e noi dalla vergogna non lo dicevamo, e anche se lo facevamo ci ignoravano dicendoci di smettere di frignare. E noi smettevamo e così diventavamo più forti, o semplicemente cambiavamo strada andando a scuola.

Ma ora era tutto più crudele e cattivo, c'era un sottile gusto sadico nel vedere soffrire gli altri e non bastava vederli soffrire, bisognava demolirli, distruggerli, spingerli a farsi del male e, possibilmente, documentare il tutto con un bel video virale.

E contro questi *haters* non c'era medicina, perché non avevano mai un rimorso o un rimpianto, non c'era la minaccia della vergogna a farli desistere, e spesso i bulletti erano supportati da genitori altrettanto bulli e deficienti.

A noi questa tortura non era toccata.

Non c'era nessuna minaccia di condivisione social come forma di ricatto, non c'era *shit storm* che distruggesse pubblicamente la nostra autostima.

Tutt'al più una scritta sul banco fatta con l'ago del compasso o qualche telefonata anonima a casa.

In tutta la nostra infanzia e adolescenza, la minaccia peggiore era sempre stata «stasera lo dico a tuo padre!», che era la massima forma di deterrente per qualsiasi problema che potevamo aver creato o tentato di creare.

Mia madre non aveva mai alzato le mani su di me, ma bastava che mi stringesse il polso un po' di più che capivo di aver passato il segno e non mi azzardavo a insistere.

Ma questa nuova generazione, così tecnologica e intuitiva, nascondeva un cuore delicatissimo e fragile.

«Tesoro, senti, tu cerca di non dare troppo nell'occhio, non isolarti e trova un gruppo di ragazzi affini a te, l'unione fa la forza, ricordalo sempre. E poi stringi i denti, e lascia che le medie passino. Nel frattempo affila la lingua invece dei pugni, portali su un piano diverso dal loro e sbilanciali.»

Mi guardò interrogativo.

«Non preoccuparti, lunedì ti iscrivo a un corso di tai chi», gli dissi e uscii.

In cucina mi attendeva mia madre con il bouquet già sistemato nel vaso.

«Hai già letto il biglietto, vero?» le chiesi.

«Ovviamente», rispose sorniona.

«Mamma! Ma non si fa!» la sgridai.

«Oh, Benedetta! Per una volta che ti succede qualcosa non vuoi condividerla con la tua vecchia madre?»

«Sei una persona orribile», risposi e le presi il biglietto dalle mani.

Era di Niccolò.

Diceva: *Mi farò perdonare fosse l'ultima cosa che faccio!*

Sorrisi e guardai mia madre sventolandomi col bigliettino: «Visto?».

«Mmh… finché non vedo, non credo…»

«Sei in fase biblica vedo!» esclamai.

«È dai tempi di Noè che gli uomini raccontano le stesse cose, mi stupirebbe il contrario.»

«Eddai, mamma, sii un po' contenta per me.»

«Lo sarò quando mi dimostrerai che mi sbagliavo. Peccato che, in settantatré anni, non sia ancora successo!»

Ripensandoci, la mia adolescenza non doveva essere stata tanto spensierata.

«Piuttosto, hai sentito cos'è successo a Francesco?» cambiai argomento.

«Certo, ma se non si dà una regolata finirà in una di quelle trasmissioni dove operano i ciccioni di trecento chili.»

«Ma, mamma, che dici? Mangia come tutti noi, è solo un po' in sovrappeso, è l'età.»

«Cucino da quasi sessant'anni e nessuno è mai ingrassato in casa mia. Ma se non la smette di ingozzarsi di schifezze fra un po' sarò io a dargli del grassone.»

«Ma lui non mangia schifezze mamma, non le abbiamo mai comprate.»

«Noi no, ma il suo zaino sembra il bottino di Halloween dopo il giro dell'isolato.»

«E tu come lo sai?»

«Perché ci ho guardato dentro, come ho sempre fatto anche con te, ma come credi di conoscere i tuoi figli?»

Mi sfiniva.

Mi sfiniva, ma aveva ragione.

Mi avevano talmente irritato i metodi da KGB tanto in voga negli anni Settanta, quando io e mio fratello non potevamo avere un minimo di privacy nemmeno in bagno perché lei aveva tolto le chiavi, o al telefono perché lei o mio padre a turno ascoltavano dall'altro apparecchio (altra cosa che faceva morire dal ridere Vittoria) che mi ero ripromessa che io li avrei lasciati liberi, che avrei rispettato i loro spazi e la loro intimità, così come nessuno aveva fatto con me e con tutti quelli della mia generazione.

Ma devo ammettere che così facendo li avevo dotati di una libertà eccessiva e incontrollata che mi si era rivoltata contro: come potevo pretendere adesso che mi aprissero il loro cuore quando me ne ero sempre stata dietro le quinte per permettere loro di esibirsi liberamente senza inibirli? Come potevo pretendere di arrivare nel pieno del subbuglio ormonale e risolvere i loro drammi come Mary Poppins?

L'essere genitore prevedeva la tolleranza a un'ostilità che non ero mai stata pronta ad accettare. Mia madre me lo aveva sempre ripetuto: non devi piacere ai tuoi figli, sono i tuoi figli, non i tuoi amici. Ma io avevo voluto dimostrarle che avrei potuto essere la loro migliore amica e anche la loro madre e, come prevedibile, avevo avuto torto.

Mia figlia mi guardava con sufficienza e mio figlio s'ingozzava di merendine di nascosto.

E io stavo riesumando una storia d'amore talmente antica che ci voleva il carbonio quattordici per datarla.

L'indomani in studio venne Woody. Lo trattavo da mesi per una dorsalgia ribelle che si acuiva ogni volta che aveva a che fare con l'ex moglie.

«Mi ha chiesto di restituirle i soldi dell'abbonamento alla palestra che mi aveva regalato per il mio compleanno e che non ho mai usato.»

«Ci fossi andato un po' più spesso non avresti il mal di schiena adesso», cercai di sdrammatizzare.

«Lo sai che ho paura quando attraverso la strada perché temo che assoldi uno scagnozzo per mettermi sotto?» rise.

«Ne sarebbe capace?»

«Ma certo! Non vede l'ora che io sparisca dalla faccia della terra, sono la sua macchia sul curriculum, il punto più basso della sua carriera, una verruca da asportare.»

«Dai, ora esageri…» cercai di confortarlo premendogli forte alla base della schiena e provocandogli uno spasmo di dolore.

«"Potessi cancellare questi dodici anni lo farei", mi ha detto sorridendo appena usciti dal tribunale e, credimi, non è proprio carino sentire la tua ex dirti una cosa del genere, mentre ti sta portando via la casa, la macchina e tre quarti dello stipendio!» esclamò con una smorfia di dolore. «Per mesi ho sognato di essere uno scarafaggio mentre lei mi inseguiva con l'insetticida!»

«Kafkiano», commentai.

«Sì, lo disse anche il mio psicologo, prima di cominciare a ventilare l'ipotesi che fosse il mio atteggiamento ad attirare tutte le mie sfighe! Come se io mi alzassi la mattina e sbadigliando dicessi: vediamo come posso fare per trasformare questa magnifica giornata in un'indimenticabile giornata di merda! Nemmeno fossi un collezionista!»

Scoppiai a ridere. Lo trovavo irresistibile, sicuramente un tipo non facile, contorto e a modo suo, ma chi non lo era ormai? Si è malleabili solo fino a una certa età, dopodiché l'argilla del carattere si solidifica definitivamente e tutto quello che puoi fare è legarti con qualcuno che non urti troppo contro i tuoi spigoli mettendo da parte tutti i sogni dei due decenni precedenti.

Ma non riuscivo a capire come l'amore potesse avariarsi al punto di diventare qualcosa di disgustoso, inavvicinabile, ributtante. Come una torta meravigliosa e profumata che un giorno ti accorgi essere piena di vermi e allora la prendi così com'è e la butti via tutta intera, rabbrividendo.

Te ne fossi accorto prima, forse, saresti corso ai ripari, avresti provato a eliminare le parti andate a male, a trovare un modo per conservarla meglio, ma quando è troppo tardi non ti restano che le soluzioni estreme, come l'eutanasia.

Io e Fabrizio eravamo riusciti a rendere l'asportazione ancora accettabile, camuffando il volume soffice e cremoso dell'amore con la consistenza solida dell'affetto e della stima, ma solo perché ci eravamo accorti in tempo che il sapore non era più lo stesso, e avevamo provato a rimediare.

Probabilmente eravamo stati solo fortunati.

«Ho sentito che sabato avete una *girls' night*!» mi chiese più tardi, rivestendosi.

«Sì, ci vediamo con le ragazze», risposi, «continuiamo a fingere di reggere ancora l'alcol e le ore piccole come facevamo vent'anni fa, e poi ci mettiamo quarantott'ore a riprenderci.»

«A chi lo dici! L'ultima volta che ho deciso di ubriacarmi sono andato in enoteca e ho comprato un whisky da settanta euro, perché tutto il resto mi fa venire l'ulcera e un mal di testa devastante. L'unico che sembra non conoscere il tempo è Andrea, non ha preso un chilo in trent'anni il maledetto, e le sue rughe sono disposte in modo talmente strategico che sembrano fatte con Photoshop».

«È vero», confermai, «è quello di noi che ha subito meno l'usura del tempo!»

«Grazie al cazzo!» esclamò. «Senza figli e con quel patrimonio sfido chiunque a invecchiare male. Si scopa una venticinquenne nuova ogni quindici giorni e passa da una settimana bianca a una settimana alle Maldive senza nemmeno la scocciatura di giocare il campionato, e, credimi, se c'è qualcuno che invidio sfacciatamente è proprio lui, che infatti mi disprezza come fossi davvero uno scarafaggio.»

«Ma no che non ti disprezza, lui è fatto così, non c'è nessun altro che conti più di sé stesso.»

«Sì, ma ti rendi conto di quanto sia ingiusta la vita? Tu nasci in una famiglia ricca sfondata e il tuo unico problema sarà come spendere i soldi, essere sempre giovane e assicurarti l'ultimo modello di iPhone. Se invece nasci in una famiglia di poveracci come la mia, stai certo che qualunque scelta farai sarà un fiasco completo, senza speranza di redenzione, come se un dio annoiato lassù appena ti vede correre verso un sogno te lo schiacciasse come una formica.»

«Io non credo che la sua vita sia così positiva e divertente come ci vuole far credere, sì, certo, avere quella disponibilità economica facilita di molto le cose, però poi facciamo tutti i conti con le esperienze e le delusioni e davanti a quelle siamo tutti soli.»

«Ma ti sei bevuta il cervello, Benedetta?» esclamò voltandosi troppo velocemente e urlando di dolore. «Da quando in qua i soldi non sono tutto? Ti ricordo che io sono tornato ad abitare dai miei che mi odiano, me l'hanno proprio detto!» dichiarò in tono stridulo. «"Noi non ti vogliamo qui, vogliamo fare la nostra vita, andare in viaggio con la parrocchia, giocare a bingo e stare con i figli di tua sorella, visto che lei ne ha, la tua presenza qui è proprio inutile."»

«Dimmi che te lo stai inventando!» risi.

«Solo la parte del bingo è inventata, i miei avrebbero detto: tombola!»

«Okay hai vinto! Quando sei in modalità "Dio mi odia" alzo le mani!» sorrisi alzandole veramente.

Mi appoggiai al bordo del tavolo e incrociai le braccia. «Ora ti dirò una cosa banale, trita e ritrita, ma te la devo dire: tu hai già vinto alla lotteria e non te ne rendi conto.»

«Con la fortuna che ho devo aver lavato il biglietto in lavatrice.»

«Mi riferisco alla salute, Jacopo. Tu puoi camminare, correre, andare in bagno, fare l'amore, respirare e mangiare senza l'aiuto di nessuno. Lo so che sembra scontato, lo sembra a tutti noi, ma credimi, vedo abbastanza persone che non possono fare niente di tutto questo e molti non hanno la metà dei tuoi anni.»

Mi guardò abbottonandosi la camicia. «Ti odio quando mi fai sentire una merda!»

Mi strinsi nelle spalle sorridendogli di rimando.

«Lo so, ma è l'unico modo per vedere la vita nella giusta prospettiva!»

Mi diede un bacio sulla guancia.

«Senti, ma sabato c'è anche Miriam con voi?»

«Perché me lo chiedi?» risposi pizzicandogli il braccio.

«Curiosità», rispose strizzandomi l'occhio e uscendo.

Mi lavai le mani, aprii la finestra e versai qualche goccia di lavanda nel diffusore per cambiare l'aria e rilassarmi fra una seduta e l'altra.

Era un piccolo rito che mi concedevo per scaricare l'energia che trattenevo dai clienti che trattavo e Woody, in quanto a negatività, mi sfiancava ogni volta.

I primi tempi mi scoppiava un mal di testa feroce, mentre lui usciva fresco come una rosa, così ero corsa ai ripari.

Capivo la sua rabbia, era in una situazione davvero sgradevole che lo riempiva di frustrazione, ma se lo si lasciava partire nel loop, non riusciva più nemmeno a intravedere una sola possibilità e cominciava a crogiolarsi nel rancore finché questo diventava come una coperta logora e maleodorante, ma comunque calda e protettiva di cui non riusciva più a sbarazzarsi.

Chiamai Fabrizio per parlargli di Francesco, ma lui mi rispose a voce bassa col risultato che mi misi a bisbigliare anch'io.

«Perché parli piano?»

«Sono... in riunione.»

«In riunione? E con chi? Lavori da solo!»

«Sì, no, cioè... a pranzo, sono a pranzo con un cliente.»

«Ma sono le quattro, state facendo merenda?»

«Oddio, Bene, anche tu quando ti ci metti... Dai sono con Camilla, e lei è un po' in difficoltà con te ultimamente... Quindi le ho promesso che non ti avrei parlato!»

«È uno scherzo vero?»

«No, è solo temporaneo. Sai, lei soffre molto per il fatto che io e te abbiamo passato tanti anni insieme e per il nostro rapporto, gli amici in comune e i bambini, insomma è un po' gelosa allora le ho promesso che avrei limitato le nostre chiamate a quando dobbiamo parlare di Vittoria e Francesco.»

«Di' un po' Fabrizio, ma sei diventato scemo? Vuoi dirmi che siccome lei ha le paturnie io e te dovremmo fare finta di non conoscerci?»

«Non dico di fare finta, dico solo che per il bene comune, almeno per il momento, sarebbe opportuno diradare un po' le chiamate.»

Di tutte le cazzate sentite ultimamente questa le superava tutte.

Respirai profondamente.

«Va bene, Fabrizio, adesso siediti e compila pure il modulo di richiesta di contatto da dare a Camilla mettendo la crocetta accanto alla voce "parlare dei figli". Sappi che Francesco si ingozza di merendine perché a scuola lo bullizzano, o lo bullizzano perché si riempie di merendine, ancora non lo so, ma ho bisogno che suo padre ci parli per aiutarmi a capire l'origine di questo malessere, perché è evidente che io e te abbiamo sbagliato qualcosa anche se credevamo di essere stati perfetti, e se la tua fidanzatina non ci arriva, be', è il caso che tu ti faccia un paio di domande!»

Riattaccai maledicendo il fatto di non avere una cornetta da buttare giù con tutta la forza per sfogarmi invece di uno stupido tastino su un display che non potevo permettermi di frantumare.

Era assurdo doversi trattenere perché il dare libero sfogo ai propri impulsi sarebbe costato troppo.

Ero fuori di me, non gli avevo mai riattaccato il telefono in faccia da che lo conoscevo e subito mi pentii di averlo fatto.

Corsi a versare altre gocce di lavanda nel diffusore e respirai a pieni polmoni, sperando di ritrovare la calma, ma non mi sentivo minimamente più rilassata.

Mi richiamò.

«Dai, Bene, parliamone da persone adulte», disse in un tono più alto.

«Com'è che adesso parli a voce normale? Ti sei allontanato dalla secondina?» ironizzai pentendomi di nuovo e mordendomi il pugno dalla rabbia.

«Mettiti nei suoi panni, non è facile per lei.»

«Mettermi nei suoi panni? Ma certo! E perché non uscirci insieme? Anzi prenota le vacanze per tutti già che ci sei!»

Rimase in silenzio e temetti che ci stesse pensando davvero.

«Va bene, Fabrizio, come ti pare, l'unica cosa che voglio da te è che venerdì sera quando li vieni a prendere ci parli e cerchi di capire cosa sta succedendo, in maniera calma e tranquilla.»

«Ecco… a questo proposito, ti volevo dire che questo finesettimana non li posso prendere…»

«Ah no? E come mai?»

«Perché io e Camilla andiamo in montagna a casa sua, sai non abbiamo quasi mai un week-end per noi e vorrei cercare di venirle incontro.»

Ero certa che il fumo che vedevo aleggiare nella stanza provenisse dalle mie orecchie e non dal diffusore.

«Benissimo, allora divertitevi», dissi in tono allegro. «E non ti preoccupare se tuo figlio è bulimico, sono piccolezze, l'importante è che voi vi possiate rilassare.»

E questa volta sbattei il telefono sul tavolo come fosse davvero una vecchia cornetta della SIP e, come era prevedibile, ruppi lo schermo.

«Vaffanculo!» urlai.

Il mio storico *self control* era andato a farsi benedire.

Sentii bussare la segretaria dello studio.

«Tutto bene?»

«Sì, sì», risposi, «ho solo un ex marito imbecille.»

«Mi faccia indovinare», rispose dall'altra parte della porta, «la nuova fidanzata ha dettato delle regole?»

«E lei come lo sa?»

«Benvenuta nel club.»

5.

Entrai in casa sbattendo la porta con una tale violenza che mia madre uscì dal bagno con lo shampoo nei capelli per vedere se fosse scoppiata una bomba.

Mi avvicinai a lei per evitare di farmi sentire dai bambini.

«Fabrizio ha deciso di diventare lo schiavo di Camilla», bisbigliai esattamente come faceva lui. «Adesso non devo chiamarlo troppo perché lei è gelosa e devo farlo esclusivamente per quello che riguarda i nostri figli! Ah! E questo fine-settimana non li prende perché vanno in montagna!» dissi digrignando i denti.

«Mmh… non ci voleva, sabato avevo una cena con quelli del corso di teatro…»

«Mamma! Non è questo il problema. È come sta gestendo questa storia, lui ha delle priorità e non può sottostare ai capricci di quella.»

«È un uomo, è stato programmato per cedere ai capricci di una donna.»

«Mi sfinisci mamma», le risposi entrando in camera di Francesco per vedere come stava.

Lo vidi al computer che giocava con qualcosa di violento, cupo e rumoroso.

«Ciao, tesoro della mamma, com'è andata oggi?»

Fece spallucce.

Andai a inginocchiarmi vicino a lui.

«Cosa fai di bello?»

«Gioco», rispose, senza alzare gli occhi dallo schermo.

«Hai voglia di parlare un po' con me?»

Fece spallucce di nuovo.

Ma anche noi eravamo stati così? Temevo di chiederlo a mia madre.

«Ti ho trovato un corso di tai chi vicino a casa, hai voglia di provare?»

Prima che facesse spallucce di nuovo chiusi delicatamente lo schermo del computer e feci appello a quel briciolo di pazienza residua già messa a dura prova dal mio ex marito.

Gli sorrisi ignorando le sue proteste e i suoi sbuffi e gli "uffa" e i "che palle" e lo presi delicatamente per le spalle per cercare di parlargli.

Si divincolò come un'anguilla e andò a buttarsi a faccia in giù sul letto.

«Francesco, ascolta la mamma», gli dissi seguendolo. «È un corso divertente e che ti farà incontrare tanti altri bambini della tua età».

«Non ci voglio andare!» protestò com'era prevedibile.

«Devi solo provare, se poi non ti piace non ci vai più.»

«Tanto non lo so fare, non sono capace e mi prenderanno tutti in giro.»

«Ma no tesoro, nessuno ti prenderà in giro, è una disciplina che insegna a difendersi, a proteggersi e a diventare più sicuri di sé.»

Tacque, e finalmente mi rivolse la sua attenzione.

«Il tai chi non è uno sport di squadra, non devi correre dietro a una palla o accapigliarti, è un percorso che si fa con sé stessi, per trovare equilibrio e stabilità. È difficile da spiegare, ma credimi, ti aiuterà moltissimo. Prova solo una volta, e ti prometto che se non ti piace non ci torni.»

«Tanto so già che non mi piace!»

«Ti ricordi lo sformato di broccoli che fa la nonna?»

«Sì.»

«Dicevi che ti avrebbe fatto schifo e non lo volevi nemmeno assaggiare, poi quando hai provato ti è piaciuto da morire.»

Esitò. Segnai un uno a zero mentale.

«Allora domani sera andiamo a provare?»

«Una volta sola però!»

«Te lo prometto.»

Lo lasciai ai suoi giochi di morte e distruzione e andai in cucina a farmi un bicchiere di vino.

Mi buttai sul divano intenzionata a non rispondere a nessun'altra provocazione e accesi la televisione su un reality, ma mia figlia venne ad accoccolarsi contro di me come un gatto.

«Sei stanca mami?» mi chiese lisciandomi una ciocca di capelli.

«Di cosa hai bisogno Vittoria?» risposi guardando lo schermo.

«Sabato c'è la festa da Carolina, ci posso andare?»

«Chiedi alla nonna, io stasera abdico alla patria potestà.»

«Ma la nonna ha detto di no!» si lagnò.

«E perché la nonna ha detto di no, di grazia?» chiesi con infinita dolcezza.

«Non lo so…» rispose guardandosi le unghie.

«Perché non ci sono i genitori!» gridò mia madre dal bagno.

«Ah… perché non ci sono i genitori», ripetei sorridendo. «Allora mi dispiace ma non puoi.»

«Uffa, ma ci vanno tutti!» protestò impuntandosi.

Adoravo questa parte.

«Tu non sei *tutti* amore mio, ti abbiamo educata esattamente perché tu riesca a differenziarti dalla massa e in particolar modo dalle tue amiche cretine che si fanno le foto con il flash allo specchio e la lingua di fuori come chihuahua sotto il sole. Adesso mi detesti, ma un giorno mi ringrazierai, o forse no, io ancora non ho ringraziato mia madre», dissi e tornai al mio programma trash.

«Tanto sabato sono da papà e Camilla, e loro mi ci mandano!»

E qui mi pregustai il podio e la medaglia.

«Eh no, cara mia, questo fine-settimana il papà e Camilla vanno in montagna e dovrai stare con me!»

Vidi l'odio delinearsi netto sul suo viso.

Quanto era facile passare dalla mamma migliore del mondo alla strega cattiva da bruciare sul rogo senza rimpianti.

Che mestiere ingrato era il nostro. E pensare che lo avevamo scelto.

Li metti al mondo con un amore assoluto, folle, strabordante che ti travolge e ti stravolge. Un minuto prima ci sei solo tu con le tue priorità, i tuoi egoismi e le tue necessità, e un minuto dopo non ci sei più e ci sono solo loro, pezzi di te che corrono in giro per cui saresti disposta a dare la vita senza pensarci un secondo, che vorresti proteggere e sostenere per sempre, e che il solo pensiero che possano provare il minimo dolore ti devasta a un punto da toglierti il fiato. Ma quando non sono più sotto il tuo totale controllo fanno di tutto per staccarsi da te con uno strappo più doloroso di quello della nascita. Dimostrandoti un disprezzo così penetrante che ti uccide ogni volta e loro lo sanno. Lo sanno perfettamente.

Vittoria se ne andò in camera sbattendo anche lei la porta per comunicarmi tutto il suo disappunto.

Mia madre venne a sedersi accanto a me, anche lei col suo bicchiere di vino e un piattino di olive che mise in mezzo a noi.

«Poi sabato ce la mandiamo, ma l'importante è che sappia che siamo noi ad avere il potere», disse.

«Sei perfida mamma», le risposi brindando.

Più tardi, a letto, mi misi a chattare con Niccolò.

Avevo voglia di rovesciargli addosso tutta la mia incazzatura con Fabrizio, ma sentivo che non dovevo cedere alla tentazione. Eravamo ancora nella fragile bolla del corteggiamento e ogni intrusione della realtà avrebbe rischiato di farla esplodere.

A fine mese vengo a Mantova, mi scrisse di punto in bianco.

Davvero? risposi col cuore già in gola.

Sì, devo incontrare mio padre e così finalmente ti vedrò!

Il cuore cominciò a battermi forte nel petto, un'ondata d'ansia che mi faceva mancare il respiro. Contai rapidamente quanti giorni mancassero alla fine del mese.

Diciannove.

Pochissimi e tantissimi.

Non vedo l'ora di vederti Betta!

Anch'io, confessai di getto in barba alle tattiche e i temporeggiamenti. Chi aveva più tempo ormai? *Anch'io tantissima!*

65

Adesso ci mancavano solo le note di *Questo piccolo grande amore*.

Mi trovai a fantasticare sul suo rientro in città. Lui che mi aspetta nella nostra piazzetta con un mazzo di fiori, mi abbraccia forte e mi dice che non sono cambiata, io che lo guardo negli occhi e gli dico neanche tu, poi mi bacia, uno di quei baci da film, che ti fanno tornare con il cuore indietro nel tempo, ma con la testa di oggi e la tua consapevolezza di donna adulta, senza imbarazzi o incertezze.

E finivamo a letto insieme (location ancora da definire) dove lo facevo impazzire. Questo almeno è quello che mi avrebbe detto lui.

Era il mio pensiero fisso da quando avevamo ricominciato a sentirci.

Avevo fatto l'amore con pochi uomini in vita mia e principalmente con Fabrizio con cui, a un certo punto, avevo smesso barattando il sesso programmato con una pacifica e pantofolaia convivenza. Ma con Niccolò era stato speciale, erano quelle prime volte ancora impacciate e poco disinvolte, fatte più di abbracci stretti e lunghi baci nel buio che di performance da YouPorn a cui ultimamente tutti sembravano aspirare.

Da quando con Fabrizio ci eravamo lasciati avevo avuto un paio di flirt caldeggiati principalmente dalle insistenze di Antonella, ma niente che mi avesse fatto rimpiangere una bella serata passata sul divano a leggere.

Il sesso fine a sé stesso era interessante fino ai trent'anni. Dopo le aspettative si facevano sempre più alte e irraggiungibili, ma la forza di gravità e il tempo rendevano ogni tentativo di apparire giovani piuttosto patetico, se non sostenuto da una grandissima dose di affetto.

E noi donne non più giovani sapevamo di avere, nelle ventenni, una concorrenza spietata e sleale, tanto da farci ringraziare se qualcuno era ancora interessato a noi, anche un palpeggiatore sull'autobus.

Ma la verità è che avere due figli ti cambia completamente la prospettiva: o ne vale veramente la pena o non stai nemmeno a perdere tempo.

E il problema era che Niccolò, vivendo esattamente la mia situazione, poteva essere un candidato ideale.

"Non mi devo innamorare", mi annotai mentalmente, sapendo di esserci già caduta con tutte le scarpe.

Il giorno dopo portai i ragazzi a scuola nel silenzio generale, intenzionati com'erano a farmi sentire la peggior madre del mondo, e scesero dalla macchina senza quasi salutarmi.

Urlai un «vi voglio bene stronzetti!» e corsi da Mattia che, in confronto a loro, era una boccata d'aria fresca.

«Grande Betta!» mi disse accogliendomi con il cinque alzato. «Ho una notizia bomba, sei pronta?»

«Certo spara!» risposi incuriosita, prendendolo sotto le braccia per spostarlo sul lettino.

«Mi voglio allenare per una regata!»

«Una regata?» chiesi stupita.

«Sì, ho visto un video su YouTube, è una cosa pazzesca, ci sono dei disabili che hanno vinto delle regate in solitaria, ti rendi conto? È troppo fico, hai idea del vento in faccia, e la sensazione di libertà? Mi sono gasato tantissimo!»

Vedevo il suo entusiasmo esplodergli dentro, era contagioso, era impossibile resistergli.

«Ho già contattato un'associazione, devo solo convincere la mamma che è preoccupata a morte e a questo devi pensare tu!»

«La parte più difficile», risi.

«Sì, è andata nel panico, dice che è pericoloso, ma cosa vuole che mi succeda... peggio di così?» rise.

«Okay, quando esco ci parlo io», gli promisi.

Era un ragazzino incredibile e sentivo che questo nuovo progetto lo avrebbe fatto diventare ancora più tosto e forte.

Avrei voluto presentarlo a Woody quando cominciava a piangersi addosso, lo avrebbe ridimensionato. Almeno per dieci minuti.

Sua mamma si rivelò un osso più duro del previsto e in effetti quando mi fece la domanda «e se fosse figlio tuo?» non potei non sentirmi in difficoltà.

Quando i figli sono i tuoi è sempre tutto diverso.

Ma feci lo sforzo di immaginare (nel limite del possibile), cosa avrei fatto se mi fossi trovata al suo posto e il ricordo della luce negli occhi di Mattia e del suo entusiasmo furono l'unica risposta che mi servì.

Aveva tutto il diritto di provarci, aveva tutto il diritto di sentire di nuovo il vento in faccia e noi tutti lo avremmo appoggiato e sostenuto. La sua vita era già abbastanza limitata così da non avere bisogno di mettergli altri paletti.

E alla fine la convinsi.

Non fossi così vecchia ti sposerei, mi scrisse lui più tardi.

Lo considero un complimento! risposi.

Antonella mi aspettava in un bar sotto il mio studio per pranzare insieme e aggiornarci sugli ultimi pettegolezzi.

Le raccontai di Niccolò e di Woody, e lei mi mise al corrente del nuovo tizio con cui usciva: un altro signore molto potente, molto benestante, molto vecchio, e molto sposato.

Mi avesse detto che usciva con un ventitreenne sarei stata molto più contenta.

Ma l'ennesima replica di uno che ricordava suo padre mi addolorava profondamente.

«È molto galante sai?» mi disse con gli occhioni sognanti.

«Be' tesoro, lo credo bene, non penso che gli restino molti altri stratagemmi per sedurti no?»

«Ma a me piacciono tanto quei suoi modi un po' retrò, sai, come aprirti la portiera, lasciarti passare per prima…»

«…pagare il conto…»

«Sì, anche quello!» rise.

«Okay, siamo d'accordo, ma poi a letto come fai? Insomma settant'anni non sono quaranta.»

«Sessantotto», mi corresse.

«Ah, okay scusa cambia tutto allora», risi addentando il mio panino.

«Diciamo che non è il fisico la prima cosa mi attrae in lui.»

«Ma immagino che sia la prima cosa che attrae lui di te.»

«Lui mi dice sempre che sono *così* intelligente ed è stimolante parlare con me.»

«Certo che lo è, però ecco, tesoro, io sostengo da sempre

che tu meriti davvero qualcosa di più, e con questo intendo qualcuno, possibilmente più giovane, con cui costruire qualcosa di solido, non essere la bella statuina da sfoggiare di qualche vecchio imprenditore mantovano.» Odiavo parlarle così, ma volevo capisse quanto fosse sprecata, sebbene sapessi perfettamente che ogni mio commento volava nel vento come una bolla di sapone, da secoli.

«No, Betta, ti sbagli! Mi ha detto che mi porta a Vienna con lui, potrebbe davvero essere quello giusto.»

Ecco l'altro capitolo dolente: quello giusto.

Da che la conoscevo ne avevo contati almeno una sessantina di "quelli giusti", e lei non si rendeva conto di recitare esattamente lo stesso copione ogni volta, dimenticandosi di aver già detto le stesse cose del fidanzato precedente.

La sua definizione di "quello giusto" era molto vaga, non si riferiva mai all'amore, o all'intesa intellettuale, spirituale o chimica, si riferiva sempre a una sensazione di protezione verso cui correva ostinatamente, come un grande ombrello durante un acquazzone sotto il quale si sarebbe riparata nonostante fosse vecchio e bucato.

Anche se non le piaceva niente del carattere o della personalità dell'uomo in questione, ci si adattava perfettamente, diventando quello che l'altro voleva, finché quello non si stancava e lei andava in pezzi perché non capiva cosa aveva sbagliato.

Il problema era proprio quello, non sbagliava niente, solo non era più lei, era una bella bambola tutta sorrisi e moine che diceva sempre di sì e per questo la scaricavano in favore di qualcosa di più intrigante o semplicemente nuovo.

Aveva già dato inizio alla fase di modellamento perdendo l'identità: cominciava a vestirsi e pettinarsi diversamente, parlava in maniera più elegante e precisa e rideva coprendosi la bocca. Sarebbe durata qualche mese e poi sarebbe finita con lei in lacrime, fino alla volta successiva.

Ma anch'io mi chiedevo se Niccolò fosse quello giusto.

O se lo fosse stato molto tempo prima e noi ci fossimo stupidamente persi i nostri anni migliori finendo per accontentarci, adesso, di quel poco che restava.

Temevo di scoprirlo, perché se fosse venuto fuori che avevo perso il grande amore della mia vita, quello insieme al quale avrei voluto invecchiare, lo avrei rimpianto per sempre.

Costanza venne in studio da me.

Entrava ogni volta in una nuvola di profumo e tailleur firmati, con borsa, tacchi e manicure degne di Beverly Hills.

Ora che riusciva a spogliarsi e sdraiarsi sul lettino, passavano fra i venti e i trentacinque minuti, motivo per cui rimaneva almeno un'ora e mezzo in cui mi informava su tutta la Mantova che contava e soprattutto su quella che non contava.

Conosceva tutti e non si muoveva foglia che lei non lo sapesse.

Viveva con l'inseparabile cane, non aveva figli né amici a parte Miriam, ma era davvero spassosa e cinica fino alla morte.

«Dai, occupati delle mie povere ossa!» mi esortò sdraiandosi a pancia in giù e rimanendo in reggiseno e perizoma La Perla da almeno trecento euro.

«Io posso massaggiarti per tutta la vita, ma lo sai il problema qual è, devi abbassare il tacco dodici perché la tua schiena non ce la fa più», le dissi sorridendo.

«Preferisco morire!» rispose senza esitazione. «Mi ci farò seppellire con i tacchi! *Pronto...? No tesoro, non mi disturbi!*» rispose al telefono che al solito squillava all'impazzata e che lei non spegneva mai.

Dopo aver parlato una decina di minuti infamando la giunta comunale, invocando i direttori di rete e i vertici delle TV private locali, finalmente si mise buona.

«Costanza», le chiesi dopo un po', «tu che la conosci bene, sai se Miriam esce con qualcuno?»

«Non scopa con nessuno da almeno cinque anni, perché?»

«Ho la sensazione che Woody sia interessato a lei.»

«Dio volesse!» esclamò tirandosi su sui gomiti. «Te l'ha detto lui?»

«Mi ha chiesto se c'era anche lei sabato e ho trovato strano che me lo chiedesse, non l'ha mai fatto prima.»

«Sarebbero una gran coppia insieme, non conosco nessuno con un senso dell'umorismo più contorto del loro, starebbero chiusi in casa al buio a guardare serie per il resto della vita.»

«Dai, Costanza, ma è la tua migliore amica!»

«Infatti, e glielo dico in faccia ogni volta, ma lei è così, introversa, diffidente, solitaria… però è la migliore ascoltatrice che ci sia, è sensibilissima e mi dà sempre i consigli migliori, poi io faccio sempre di testa mia, ma questa è un'altra storia.»

«Perché non provi a tastare il terreno per vedere se c'è margine di interesse?»

«Lo farò certamente, sarebbe la storia dell'anno! Ci aprirei il telegiornale! Ma dimmi di te, invece, ho saputo che c'è stata una *reunion*…»

«Di che parli?» chiesi sulle spine.

«Niccolò de Martini, ho saputo che vi siete riavvicinati…» disse in tono sornione.

«E da chi l'hai saputo?»

«Ma sai, io faccio presto a sapere le cose, qualcuno del gruppo me l'avrà detto, ora non mi ricordo nemmeno chi…»

Considerando che lo sapeva solo Antonella e che ero stata così ingenua da credere alle parole «non lo dico a nessuno», rimpiansi amaramente di avergliene mai parlato. Ma ormai era inutile negare.

«Ci siamo ritrovati su Facebook dopo vent'anni, divorziato, due figli, le solite cose…» minimizzai.

«Sì, ma insomma *quagliate* o no?» disse stringendo la mano più volte.

«Non siamo ancora riusciti a vederci, è sempre a Londra ed è molto incasinato col lavoro, un bidone dietro l'altro…» chiusi.

«Che palle, mai un lieto fine!» sospirò ributtandosi giù. «Ma se vuoi mi posso informare, sai no? Amanti, figli in giro, debiti…»

«No, Costanza, credo non ce ne sia bisogno e al momento preferisco non saperlo, lasciami crogiolare un attimo nell'illusione.»

«Okay, ma se hai bisogno di scatenare il segugio basta che

mi mandi un *whatsappino* anche la notte e io mi metto in azione, tanto non dormo mai…» disse tirandosi di nuovo su. «Piuttosto, il "fidanzatino" nuovo di Antonella non mi piace per niente», confessò, «è uno che presta soldi, e ha un giro strano di scommesse, fossi in te la metterei in guardia!»

«Sarebbe più facile convincere un gatto a non mangiare un pesce rosso», risposi, «è già in fase "uomo della mia vita".»

«Invece sarebbe proprio il caso che lo lasciasse perdere, lui ha avuto guai con la giustizia ed è impelagato con gente losca e non paga nemmeno gli alimenti alle ex mogli.»

«Bella persona! Possibile che nessuno abbia una storia degna di questo nome nel gruppo? Anche per una semplice questione statistica», chiesi premendole un gomito in pieno dorsale con un po' troppa veemenza.

«Oddio che male!» gridò senza fiato. «Non lo so, Betta, secondo me la nostra è stata proprio una generazione di sfigati, non stiamo a cercare perché, ma mi sembra chiaro. Comunque anche tutta questa ricerca del grande amore, diciamoci la verità, ha anche rotto… al momento mi scopo due che insieme non fanno cinquant'anni e sto benissimo! Bisogna anche cambiare le aspettative, non siamo mica le nostre madri, siamo quasi nel 2020 e stiamo ancora a cercare l'uomo della vita! Non siamo credibili dai!» E tornò a scrivere un messaggio sul telefono.

In effetti non aveva tutti i torti.

La storia del "per sempre" ci aveva fregate alla grande, e ora era diventato un desiderio effettivamente anacronistico.

Mia figlia non mi sembrava smaniasse per il compagno di classe come facevamo noi alla sua età, appicciando cuori sui diari e sperando in un semplice sguardo su cui ricamare il matrimonio da favola. La vedevo molto più determinata e indipendente nonostante la giovane età, e con le idee molto più chiare circa il suo futuro. Non si struggeva per ore accanto al telefono o ad ascoltare *I Will Always Love You* a ripetizione piangendo, ma pensava a un modo per diventare qualcuno nel più breve tempo possibile, anche se non era esattamente un'opzione migliore, dato che fra lei e le sue compagne l'idea di diventare qualcuno equivaleva all'idea di Antonella di trovare quello giusto: un immenso punto interrogativo.

Forse era vero, eravamo stati una generazione di sfigati, ma non avrei fatto a cambio con mia figlia nemmeno sotto tortura.

Reggere la loro pressione era qualcosa di impossibile, ed era la prova darwiniana che solo chi si adatta resiste, non certo il più intelligente, o il più sensibile, ma solo chi aveva un pelo sullo stomaco lungo abbastanza da non preoccuparsi di schiacciare, umiliare e calpestare chiunque si trovasse sul suo cammino.

E la sua classe era piena di piccoli divi in lizza per diventare il nuovo influencer.

Non un ingegnere, un cardiochirurgo, un ricercatore, o la ballerina, ma qualcuno con vaghissime capacità di ordine pratico, che non deve far altro che stare lì a farsi seguire dalla massa.

Di certo qualcosa era andato storto nel passaggio generazionale, un po' come nel film *La mosca*, e il virus del narcisismo evidentemente si era introdotto nella macchina del tempo creando nuovi mostri.

Ero nervosa, inutile negarlo.

Per i ragazzi, per Fabrizio, e per l'arrivo di Niccolò.

Troppe cose da gestire al di fuori del mio controllo.

Decisi di prendermi una giornata per andare a parlare con la preside della scuola di Francesco e capire quanto fossero gravi gli episodi di bullismo di cui mi aveva parlato. Più tardi sarei uscita con Vittoria con la scusa di un po' di shopping e per passare un po' di quel famoso "tempo di qualità" madre-figlia insieme, anche se sarebbe stato meglio definirlo "terreno minato" madre-figlia, dato che, come mettevi un piede in fallo, ti beccavi subito un "che palle tanto non capisci" in piena faccia, vanificando tutto.

Il pensiero di Niccolò a Mantova ormai era diventato un tarlo e le parole di Costanza mi tornavano alla mente. Certo che avrei voluto sapere se aveva scheletri nell'armadio, certo che mi veniva voglia di sguinzagliare il segugio, ma allo stesso tempo volevo che questa nostra "cosa" mantenesse la purezza dell'inizio, come se non fosse passata una vita nel frattempo.

Per me Niccolò era ancora il ragazzo spensierato con il bel sorriso e il ciuffo ribelle che mi portava in moto sul lago di Garda o a vedere il tramonto ai giardini Belfiore e volevo credere che il tempo non lo avesse cambiato in nessun modo. Anche se sapevo che era una totale illusione.

Come quando credevi che il tuo cantante preferito fosse una persona sensibile, emotiva, e totalmente innamorata di te, mentre era un eroinomane, egocentrico e alcolizzato.

La preside mi accolse calorosamente. Era una donna robusta e dall'aria sfinita, che entrava in trincea tutte le mattine a sedare bombardamenti, tentando di proteggere i professori dagli attacchi dei genitori e dagli alunni prepotenti che li minacciavano verbalmente.

«Se mi avessero detto che sarebbe andata così mica l'avrei fatto questo mestiere», mi disse facendo spazio sulla scrivania alla ricerca di un flaconcino di ansiolitico e buttandone giù una manciata di gocce.

Le espressi la mia preoccupazione nei confronti di Francesco anche per accertarmi che fosse al corrente di quello che succedeva nella sua scuola e lei mi ascoltò con attenzione, il viso appoggiato fra le mani e la fronte aggrottata.

«Lo so benissimo chi sono i bulli e Francesco non è l'unica vittima purtroppo, solo che un tempo il bullo era escluso dal gruppo, adesso diventa un leader e di solito basta conoscere i genitori per capire da quale albero sia caduta la mela! Lo sa che una mamma ha minacciato di denunciarmi se non promuovevo suo figlio urlandomi: "Ma lo sa che mio figlio ha 47.000 follower?".»

Mi appoggiai alla sedia, arresa.

«Ma non si può fare nulla? Una nota, una sospensione, lavori socialmente utili?»

«Ci vorrebbero! Basterebbe mandarli a fare un po' di volontariato con gli anziani o con le persone in difficoltà e si darebbero subito una calmata, ma ho le mani legate, ogni iniziativa è sistematicamente boicottata perché i figli non si possono stancare e non possono venire in contatto con niente che possa turbare la loro mente e far loro conoscere la realtà. Ormai lo spauracchio della sospensione non funziona più, questi non hanno vergogna di niente.»

Sospirai.

«Allora continueranno indisturbati a vessare i ragazzini più deboli?» le chiesi muovendomi a disagio sulla sedia.

«Non mi fraintenda», mi disse, vedendomi contrariata. «Prendo molto seriamente questo problema e non ci dormo la notte, mi guardi, non ho neanche sessant'anni e sembro la mia bisnonna!» rise amaramente. «Abbiamo messo le telecamere nei corridoi e nei bagni, perché è lì che facilmente avvengono le prepotenze, e i ragazzi sanno che possono rivolgersi ai professori in qualunque momento.»

«Già, ma così saranno presi ancora più di mira! Non siete sempre lì a sorvegliarli, il pericolo può essere anche nel tragitto fino alla fermata dell'autobus!»

Cominciavo a sentirmi frustrata, capivo che era complicato, ma trovavo che non si impegnassero abbastanza. Ci fosse stata mia madre al posto di quella donna, le cose avrebbero funzionato molto meglio, probabilmente a suon di marce sotto la pioggia e centinaia di flessioni.

Uscii scoraggiata attraversando lo stesso cortile che ci aveva visti giovani, dato che quasi tutti avevamo fatto le medie lì.

Mi sedetti un attimo a osservarli. Le ragazzine sembravano tutte molto sicure di sé e dimostravano almeno cinque anni di più, vestite e pettinate come adolescenti e con modi spesso strafottenti. I maschi invece tendevano a picchiarsi o insultarsi pesantemente. Quello che era più triste è che invece che chiacchierare e confrontarsi, stavano tutti a guardare il cellulare e a contare i like.

Presi il telefono e composi il numero di Fabrizio, ma poi esitai.

Improvvisamente mi sentii a disagio, come non avessi dovuto o potuto farlo.

Eppure era mio diritto, Fabrizio era un po' "roba mia" e forse era questo il problema.

Non lo era più.

Scrissi a Niccolò.

Anche a Londra i ragazzini vengono bullizzati e nessuno può fare niente? digitai aggiungendo una serie di faccine disperate.

Qui da noi c'è il metal detector all'ingresso! rispose. *Scherzo, mia moglie ha preteso la scuola più esclusiva che ci fosse in circolazione e per la retta che pago stendono tappeti di rose in corridoio!*

Moglie. Aveva detto *moglie*.

Rimasi bloccata a guardare il messaggio senza sapere cosa fare, se fingere di ignorarlo e ridere, o farglielo notare.

Sto contando i giorni lo sai? interruppe i miei pensieri.

Anch'io, risposi scegliendo la prima opzione.

Ti porto a cena in quel ristorante a Sabbioneta dove andammo per il nostro anniversario!

È chiuso da almeno dieci anni!

Allora ci troveremo un posto nuovo, un posto nostro!

Non vedo l'ora.

Anch'io Betta, mi manchi davvero.

Tuffo al cuore.

Mi mandi una tua foto? Mi manca il tuo viso e ho voglia di vederti.

Una foto?

Sì, fatti un selfie, voglio vedere i tuoi occhi e il tuo sorriso!

Sorrisi imbarazzata.

Presi il telefono, aprii l'applicazione e sorrisi allo schermo.

Mi sentii una totale cretina.

Provai a farmi un paio di scatti, ma li cancellai subito.

Il terzo era il meno peggio e lo inviai, ma mi pentii immediatamente di averlo fatto.

Rimasi in attesa di una sua risposta, come in attesa dei risultati della maturità.

Ci stava mettendo decisamente troppo. Avrebbe annullato il ritorno a Mantova, ne ero certa.

Sei bellissima, giuro, sei bellissima! mi rispose finalmente.

Tirai un sospiro di sollievo.

Non esagerare dai, è solo uno scatto al volo, mentii.

Mi hai fatto battere il cuore invece, non sei cambiata per niente, mi sono emozionato!

Tesoro! scrissi di slancio.

Davvero Betta, sei proprio bella bella, sei rimasta una ragazzina, stessi occhi, stesso sorriso sbarazzino, i riccioli pazzi... che voglia di vederti e stringerti che ho, non ti immagini!

Speriamo passino in fretta questi giorni, sta diventando una tortura!

Voleranno e staremo finalmente insieme. Staremo bene te lo prometto!

Le farfalle si stavano dimenando nello stomaco.

Ero innamorata, era chiaro, inutile mentire ancora a me stessa.

Mi sentivo la testa leggera, sorridevo per niente, ed ero in stato di allerta continuo. Volevo Niccolò, lo volevo più di ogni altra cosa, avevo aperto la gabbia e il cuore era volato fuori.

E non c'era modo di recuperarlo.

Aspettai che Vittoria tornasse da scuola per portarla in centro.

La faccenda di Francesco mi aveva preoccupato, cominciavo a temere di aver sbagliato tutto come madre e che un giorno avrei scoperto che oltre al figlio bulimico avevo una figlia cleptomane senza essermene nemmeno accorta.

Mi salutò con un bacetto distratto volteggiando leggera con i capelli sciolti e una disinvoltura che di certo non aveva preso da me.

A vederla sembrava che avesse il mondo in pugno e tutto sotto controllo. Mi metteva in soggezione, lo ammetto, mi faceva sentire inadeguata.

E lei lo avvertiva e se ne approfittava.

«Andiamo da Tezenis, mami?» mi chiese. «Ho bisogno di reggiseni nuovi.»

«Per farci cosa?» chiese mia madre intercettando il mio pensiero.

«I miei sono tutti vecchi», protestò subito.

«E quanti te ne servono? Mica devi farli vedere a nessuno», insistette.

«Mamma!» mi chiamò in soccorso.

«Dai ne prendiamo uno carino, lo scegliamo insieme», risposi facendo gli occhiacci a mia madre.

Se la perdevo adesso non sarei riuscita a comunicare con lei nemmeno per un minuto e il pomeriggio sarebbe diventato interminabile.

Era peggio di un segnale wi-fi debole, ti spostavi un attimo e cadeva la connessione.

In negozio si infilò in camerino con almeno sei modelli diversi.

Mentre l'aspettavo, ripensavo al mio primo reggiseno, che mi era stato passato da mia madre: una specie di orribile paracadute color carne con le spalline larghe e una forma improbabile che urlava «nonna» da tutte le parti.

Poi c'era da chiedersi perché non fossimo a nostro agio col nostro corpo.

Vittoria mi chiamò nel camerino a vedere come le stavano e le stavano perfettamente tutti e sei, in maniera allarmante.

Alla fine gliene comprai tre facendole giurare di non dire niente alla nonna.

Uscimmo a passeggiare per il corso e ne approfittai per fare due chiacchiere.

«Senti, tesoro, tu come stai?»

«In che senso?» rispose guardando le scarpe in una vetrina.

«Nel senso se hai delle preoccupazioni, per la scuola, le amicizie, lo studio, qualunque cosa!»

«Tutto bene», rispose lei.

«Sei sicura?»

«Mmh... sì.»

Purtroppo ricordavo fin troppo bene l'impenetrabile muro di silenzio dietro cui erano capaci di chiudersi gli adolescenti. Io, alla sua età, vivevo con le cuffie sulle orecchie, e di mia madre che mi parlava ricordavo solo il labiale.

«Sarò sincera Vittoria, sono preoccupata per te e Francesco, non vorrei mai che soffriste e ho paura che la separazione mia e di papà vi abbia fatto più male di quanto diate a vedere. Questa cosa mi sta davvero logorando!»

Guardò in basso esitando un attimo, come se volesse dirmi qualcosa, ma non sapesse da che parte cominciare.

«Con me puoi parlare di tutto, lo sai.»

Provai a intercettare il suo pensiero che doveva essere una cosa del tipo "sono innamorata pazza di quello di terza, vorrei raccontarlo alla mamma, ma che palle, è la mamma, e non voglio che sappia le mie cose!".

E, come prevedibile, rispose: «Okay».

«Tutto qui?» chiesi

«Sì, ho detto okay.»

Missione fallita.

«Va bene, Vittoria, andiamo a mangiarci un gelato», capitolai. «Senti, mi spieghi come funzionano i filtri per i selfie?»

6.

Mi scoprivo a contare le ore che ci separavano.

Avevamo preso a scambiarci foto tutti i giorni e gliele mandavo volentieri perché ogni volta, non importa se avessi avuto le occhiaie o l'herpes, mi riempiva di complimenti e quello mi faceva bene, mi faceva sentire più viva, più luminosa, più giovane.

Se fosse stato uno sconosciuto non mi sarei sentita così sicura, avrei senza dubbio alzato più barriere e sarei stata diffidente, ma Niccolò era stato il mio grande amore, quello che aveva conosciuto la me vulnerabile e immatura, che mi aveva visto piangere quando litigavo coi miei e che mi aveva accompagnato a farmi prescrivere la pillola del giorno dopo in un consultorio a Verona, tanto avevamo paura delle chiacchiere della gente. Insomma, Nicco era una grossa parte di me e della mia vita senza filtri, e non solo quelli delle foto.

Non mi sentivo così viva da troppo tempo ormai ed era una sensazione euforica che mi dava energia e gioia. Riscoprivo la mia spensieratezza, la mia voglia di vivere, il mio lato femminile sotterrato da anni di responsabilità e un'esistenza ormai pianificata, spesa fra lavoro, marito e figli.

Stavo rinascendo, ricominciavo a respirare e, per sostenere questa mia sensazione di benessere, avevo bisogno di sentirlo il più possibile, come piccole dosi di nicotina, e per quanto fosse distante un paio di stati e un discreto tratto di mare, era più presente di quanto potessi desiderare e il nostro rapporto si faceva sempre più intimo e complice.

Anche per lui rappresentavo una bella fonte di carica e lo capivo dalla frequenza con cui mi scriveva e dal suo entusiasmo.

Averti ritrovata mi sta davvero cambiando la vita sai? Per anni non ho fatto che lavorare e tornare a casa a ore impossibili e l'unico svago erano un paio di birre con i colleghi il venerdì sera. Ma tu mi stai facendo ricordare cosa mi ero perso e ho nostalgia di un posto a misura d'uomo. Ci crederesti che lo sto dicendo io? Ti prometto che staremo bene, ti farò stare bene. Non vedo l'ora di vederti.

Mi sentivo a tre metri da terra e nemmeno Fabrizio o mia madre potevano buttarmi giù, nonostante il loro impegno.

Portai Francesco alla lezione di tai chi, o meglio, ce lo trascinai di peso.

Evitai di fare riferimento alla scorta di merendine e di svuotargli lo zaino sul letto come invece mia madre pretendeva che facessi, perché non volevo farlo vergognare o rimarcare che avesse un problema. Ero fortemente convinta che, dal momento in cui avesse trovato una passione, una motivazione, o peggio si fosse innamorato, il suo interesse per i dolci sarebbe svanito dall'oggi al domani. Era stato così per tutti.

Ma mia madre aveva sempre preferito le maniere decise e dimostrative, del tipo "punirne uno per educarne cento".

Una volta aveva lasciato aperto sulla mia scrivania il mio diario segreto dove aveva sottolineato con l'evidenziatore una riga in cui la chiamavo «*perfida strega*» perché non voleva comprarmi una felpa Best Company, obbligandomi a scusarmi con lei.

Mi ricordo che ero corsa da mio padre in lacrime col diario violato in mano e lui aveva cercato di intercedere per me, con scarsissimi risultati.

Alla fine mi pregò lui di scusarmi per evitare rappresaglie da parte di mia madre.

«Ti passo a prendere alle sei!» dissi a Francesco consegnandolo controvoglia nelle mani dell'insegnante, un uomo ben piazzato con le spalle larghe e i capelli rasati che ispirava solidità ed equilibrio.

«Stia tranquilla che glielo restituisco intatto», mi rassicurò. «Il tai chi è una disciplina non violenta, nessun occhio nero, glielo garantisco. Le mamme di oggi si preoccupano sempre, io alla loro età tornavo a casa conciato per le feste, ed è così che ho imparato a difendermi.»

Gli sorrisi. Per un istante ricordai le ginocchia sbucciate per le cadute dalla bicicletta che in casa erano accolte con un: «Che vuoi che sia! Vatti a disinfettare che ora si cena», e che smorzavano sul nascere ogni nostro tentativo di crogiolarci nel vittimismo e, a dire la verità, dal momento che ci ignoravano, passava anche il dolore.

Tentai di dargli un bacetto sulla guancia, ma optai per scompigliargli un po' i capelli e lasciarlo alla sua lezione.

Il maestro aveva ragione, non potevo proteggerlo per sempre.

Salii in macchina e scrissi a Fabrizio per informarlo, mi rispose con un "pollicino" che mi fece salire un'incazzatura mostruosa.

Avrei dovuto cominciare anch'io un corso di lotta, ma non di tai chi, mi serviva uno sport violento.

Anche con la tua ex i rapporti sono così complicati? scrissi subito a Niccolò, col puro intento di sentirlo parlar male di lei.

Non me ne parlare. La sento solo per pianificare gli spostamenti dei figli il fine-settimana e spesso e volentieri comunichiamo attraverso di loro, è molto più indolore e si evitano polemiche.

Era già qualcosa.

Ma non abbastanza.

Lei sta con qualcun altro adesso?

Sì, già da prima di separarci. Diciamo che mi ha buttato fuori di casa quando ha trovato il rimpiazzo giusto, ma non ho voglia di parlarne, ti prego. Raccontami di te invece, sai che sono più bravo ad ascoltare che a parlare di me.

Sono nera perché Fabrizio da quando sta con Camilla non fa che rispondermi a monosillabi e faccine, sembra scemo, è totalmente soggiogato, non lo riconosco più.

So cosa intendi, i rapporti diventano difficili quando ci sono i figli di mezzo. Sono anche andato da una psicologa per oltre un anno per farmi aiutare a gestire tutte quelle emozioni, è stata davvero dura.

Vorrei che Fabrizio avesse il tuo buonsenso, al momento mi sta sfuggendo di mano.

Non è che ne sei ancora innamorata?

Assolutamente no! Non avrei potuto vivere con lui un minuto di più, però mi sembra di non averlo mai conosciuto!

Dovrai imparare che la persona che conoscevi non esiste più, anche se ci hai condiviso la più profonda intimità per gran parte della tua vita. Devi avere la forza di riporre tutto nella scatola della memoria e andare avanti!

Te l'ha detto la psicologa? ⌣

Beccato! ⌣ *Ora mandami il tuo viso che sono in astinenza!*

Ma ti ho mandato una foto stamattina! protestai.

Sono passate già sette ore scherzi?

Sorrisi e mi scattai un selfie con il filtro *smooth skin*, come mi aveva insegnato Vittoria, che mi toglieva almeno dieci anni, e inviai.

Era ufficiale: avevo sedici anni, trent'anni dopo.

Ma mentre rileggevo la chat come la sedicenne in questione mi chiamò mia madre.

Sussultai colta sul fatto come se avesse di nuovo letto il mio diario.

«Puoi venire a prendermi al pronto soccorso?» mi chiese.

«Oddio cos'è successo!» mi allarmai.

«Ma niente, sono inciampata come una scema uscendo dal supermercato e mi sono lussata una spalla cadendo!»

«Arrivo subito, ma tu come stai?»

«Io bene! Il signore su cui sono caduta molto meno!»

Quando arrivai al pronto soccorso la trovai sorridente e allegra con il braccio fasciato al collo che chiacchierava piacevolmente, seduta in sala d'attesa, con un signore elegante con un grosso cerotto sulla fronte.

«Disturbo?» le chiesi per annunciarmi.

«Oh, questa è mia figlia Benedetta, te ne ho parlato!» disse all'uomo come se si conoscessero da mesi.

«Piacere!» risposi stringendogli la mano.

«Lui è Romano che è stato così gentile da attutire la mia caduta!»

«A lei però è andata peggio, vedo!» sorrisi indicando la sua fronte.

«Niente affatto! Guardi che fortuna invece, fare da materasso a uno splendore simile non capita tutti i giorni!»

Avevo sentito bene?

«Mamma», tagliai corto, «se sei pronta, dovremmo andare perché dobbiamo passare a prendere Francesco a tai chi.» Poi rivolta a Romano: «Francesco è il nipote, ma immagino che lo sappia già».

«Sì, certo! E Vittoria è la femmina», rispose.

«Perfetto!» conclusi. «Scambiatevi il numero di cellulare così potrete continuare comodamente a chiacchierare.»

«Già fatto», rispose mia madre alzandosi con una smorfia di dolore che sortì subito l'effetto desiderato.

«Lascia che ti aiuti, Leontine», disse Romano, già stregato dalla sua chioma bionda .

Ci accompagnò alla macchina e l'aiutò a entrare e sedersi salutandola con un baciamano.

Appena ripartimmo esclamai: «Che cos'era quello mamma?».

«Quello cosa?»

«Tutta quella scena da svenimento. Stavi flirtando sfacciatamente, ma non ti vergogni?»

«Vergognarmi? Ma neanche per sogno, anzi sabato vedi di uscire che voglio invitarlo a cena!»

«Non farai entrare uno sconosciuto in casa!»

«Certo che sì, quale posto migliore per testare le buone intenzioni di un gentiluomo.»

«Ma fatti invitare al ristorante!»

«Col braccio fasciato? Non se ne parla, voglio giocare in casa, nel mio territorio.»

Sospirai.

Che donna impossibile.

«E dove lo metto Francesco? Lo chiudo sul davanzale?»

«Ce l'avrà un amichetto no? Sennò gliene troveremo uno.»

Arrivate davanti alla palestra, vidi Francesco correre fuori come un missile e mi preparai psicologicamente ai capricci e ai "non ci metterò mai più piede", ma inaspettatamente aprì lo sportello e gridò: «Mamma tai chi è ganzissimo!».

«Davvero?» risposi sconvolta.

«Sì, sì, mi piace un sacco, non vedo l'ora di tornarci e il maestro è simpaticissimo!»

Ero sull'orlo delle lacrime.

«E sabato posso andare da Emanuele? È il mio nuovo amichetto, mi ha invitato.»

Guardai mia madre con gli occhi a fessura: «Avevo ragione a dire che sei una perfida strega!».

Sorrise soddisfatta.

Quando Vittoria ci annunciò di aver preso otto al compito di matematica e che per questo si meritava di andare alla festa di Carolina, ci producemmo in una patetica farsa meritocratica, come se non avessimo già deciso di mandarcela tre giorni prima.

Io e mia madre stavamo diventando una specie di associazione a delinquere finalizzata ai nostri esclusivi vantaggi.

Del resto se volevi ricominciare ad avere un barlume di vita sociale una volta che i figli erano diventati un po' più grandi, eri obbligata a un Tetris logistico.

Morivo dalla voglia di scrivere a Fabrizio dell'incidente di mia madre, aggravandolo di un paio di costole rotte e una frattura di un paio di vertebre (d6 e d12, avrei specificato) e che a causa di questo dovevo occuparmi di lei, ma fu proprio la "perfida strega" a consigliarmi di lasciar perdere e di fargli godere ancora un po' la sua luna di miele perché ne avremmo avuto bisogno più tardi.

Quella donna cominciava veramente a terrorizzarmi.

Il sabato, in casa, sembrava un episodio di *Otto sotto un tetto*, tanto eravamo tutti agitati e di corsa.

Vittoria si era cambiata settantaquattro volte e la sua stanza era un'esplosione di vestiti che aveva abbandonato per terra, sul letto e sulla sedia, ingenuamente sicura che qualcuno li avrebbe raccolti per lei.

Francesco aveva passato due giorni a ripetere i movimenti di tai chi appena imparati davanti allo specchio e si era anche fatto pregare per venire a mangiare, segno che avevo ragione a pensare che il suo interesse per i dolci fosse solo temporaneo.

Mia madre era radiosa, si era messa una camicia di seta verde che si intonava perfettamente con i suoi occhi e i capelli platino, un paio di orecchini dorati, rossetto e smalto rossi.

La spalla non le faceva più male e mi aveva chiesto di toglierle la fasciatura e, constatando che stava bene, non avevo potuto insistere più di tanto.

Aveva cucinato il suo delizioso arrosto con patate e lo strudel di mele e cannella con uvetta e noci, e la casa profumava in maniera irresistibile.

Il povero Romano sarebbe rimasto ammaliato dal sortilegio della strega.

Caricai i ragazzi in macchina e li accompagnai alle rispettive serate.

«Vi passo a prendere domattina alle dieci, non un minuto di più», dissi perentoria. «E vi chiamo più tardi per sapere come va, e tu, Vittoria, occhio a cosa posti su Instagram che ti controllo e se ti offrono qualcosa da bere di colore viola tu rifiuta!»

«Mamma! Siamo sempre i soliti non è un festino di trapper!»

«Ma non ci sono i genitori e non mi piace!»

«Anche tu andavi alle feste senza genitori e sei sopravvissuta!»

«Proprio perché mi ricordo com'erano non voglio che tu ci vada!»

«Dai mami!» mi fece gli occhi dolci. «Ho preso otto al compito.»

«Sparisci!» le dissi, mentre rivedevo chiare davanti ai miei occhi le serate a casa di Andrea o Woody o Costanza dove cercavamo di concentrare il massimo della trasgressione nelle poche ore che i genitori ci permettevano di trascorrere fuori, solitamente dalle nove a mezzanotte, perché dormire a casa di altri era fuori discussione. Come mi sembravano innocue quelle serate adesso.

In quel poco tempo dovevamo riuscire a flirtare con chi ci piaceva, magari strappandogli un bacio per scriverlo sul diario per tutta la settimana a venire, fumare senza che le mamme se ne accorgessero annusandoci il maglione e i capelli e ubriacarci col vin santo dei nonni scovato in qualche dispensa, ascoltando i Depeche Mode fino allo sfinimento.

Quelle tre ore erano la nostra ragione di vita, ogni minuto era da riempire con risate, pettegolezzi, scoperte, sguardi, musica, ed eravamo talmente presenti e vivi e pieni di voglia di scoprire il mondo, pur non conoscendo niente, che Mantova ci sembrava New York.

Accompagnai Francesco dal suo nuovo amico Emanuele e, appena la mamma aprì la porta, lo vidi correre dentro di corsa.

Io e lei ci guardammo e scoppiammo a ridere.

«Scusalo, di solito è timidissimo!»

«Anche il mio, si vede che il tai chi sta dando i suoi frutti!»

Lo salutai da lontano, ma non mi rispose, allora porsi la borsa col cambio alla mamma, e le augurai buona fortuna.

E finalmente mi recai verso la mia *girls' night*, che mai come quella sera sentivo di meritarmi.

Ci trovavamo al solito a casa di Costanza, che aveva un grande divano, un tappeto che non era disseminato di giocattoli e pennarelli e un frigo pieno di alcolici.

Confesso che la sua libertà faceva un po' invidia a tutte noi, specialmente quando per ritagliarci del tempo libero dovevamo fare le capriole, però l'idea di non avere una famiglia, o un legame forte come quello con i figli non mi faceva desiderare di fare a cambio con lei.

Ma senza dubbio faceva parte del "pacchetto mamma" che, una volta acquisito, non ti faceva più ricordare come fosse una vita senza pargoli. Di fatto Costanza non ne aveva mai voluti e sembrava perfettamente soddisfatta.

Quando arrivai, le ragazze erano già sedute con gli spritz in mano.

Mi salutarono tutte calorosamente e, dopo un giro di bacetti, mi buttai letteralmente sul divano, mettendomi in bocca una manciata di noccioline e servendomi il mio meritato drink dalla caraffa.

Finalmente libere.

La squadra femminile era quasi al completo: Costanza elegantissima e spumeggiante, con la sua sigaretta elettronica con cui cercava di smettere di fumare per l'ennesima volta; Antonella che non finiva più di raccontare del nuovo fidanzato; Letizia con il telefono in mano che mandava messaggi a Cosimo rimasto a casa con i quattro figli; Miriam la scrittrice, con l'aria sempre un po' spaesata e fuori posto, ma che osservava tutto e tutti da sotto la frangia; Linda che raccontava dell'ultimo cantante con cui faceva *sexting*, a suo dire la nuova frontiera del sesso senza impegno; e Anita, che mostrava in giro le foto del suo nuovo cane adottato.

Mancavano solo le Civette sul comò, che non invitavamo perché ci impedivano di spettegolare liberamente.

Antonella si sedette subito accanto a me: «Io e Amedeo andiamo a Montecarlo sai?» mi annunciò.

«A fare cosa?»

«Mah, non lo so, in giro, a fare shopping, al casinò!»

«A giocare?»

«Sì, gli piace tanto, io sto lì accanto a lui, non ci capisco niente di dadi, ma dice che gli porto fortuna.»

«Mica giochi anche tu vero?»

«No, no, giusto dieci euro alle slot machine, ma per divertirmi.»

Mi corse un brivido lungo la schiena.

«Tesoro, stai attenta che è un attimo ritrovarsi in un vicolo a fare l'elemosina dopo che hai chiesto soldi in prestito a tutti quelli che conosci.»

«Oh, ma con me non attacca, io nemmeno lo capisco come funziona quel gioco, mi fingo interessata solo per fargli piacere. Trovo sia giusto condividere le passioni.»

«Anto, il gioco d'azzardo non è una passione, è una dipendenza!»

«E l'amore non è una dipendenza?» mi chiese lei con quegli occhioni da cerbiatta.

Sì, decisamente lo era e subito mi venne voglia di sentire Niccolò e mi alzai per andare in bagno a scrivergli.

Volevo sapere dov'era e cosa faceva, ma non volevo chiederglielo direttamente.

Così mi limitai a un *Mi manchi* a cui però non rispose nei tempi che mi permettevano il trattenermi troppo in bagno, così tornai a sedermi con il telefono in tasca come fosse un organo vitale.

Odiavo sentirmi così, ma era proprio l'attesa che mi dava quel brivido che mi faceva sentire viva e adolescente.

Quello spazio ignoto in cui mi facevo mille domande su cosa faceva e con chi, cercando di rimanere equilibrata, lucida e coerente, anche se non lo ero nemmeno un po'.

Finalmente una vibrazione nella tasca, che si rivelò essere mia madre che mi chiedeva dove fosse la salsiera in ceramica.

Risposi con un seccatissimo *Al solito posto*, e tornai a farmi risucchiare dal limbo dell'attesa.

Sbirciavo il telefono ogni pochi minuti nella speranza di non aver sentito. E, naturalmente, immaginavo i peggiori scenari di lui con la cravatta slacciata in un bar di *pole dancers* a Soho che infila banconote da dieci sterline nel perizoma di una ventenne.

Mi andai a sedere accanto a Miriam, nella speranza di estorcerle delle informazioni su Woody, anche se sapevo che era un osso durissimo.

«Allora, stai scrivendo un nuovo libro?» le chiesi per rompere il ghiaccio.

«Eh sì, praticamente non faccio altro, finito un libro, ne arriva un altro…» rispose abbassando gli occhi.

Aveva la capacità di far morire le conversazioni sul nascere, decapitandole con l'accetta delle risposte chiuse.

«Però deve essere bello, insomma puoi creare storie dal nulla seduta al tuo tavolo senza nessuno che ti dica cosa devi fare, senza orari, ovunque tu voglia!»

«Be' insomma, non è proprio così facile, è una pressione piuttosto grossa e ci vuole molta disciplina.»

Tacque di nuovo.

Provai a offrirle uno spritz, ma mi mostrò la sua acqua tonica.

«Ho visto Woody l'altro giorno, è venuto in studio da me!» sparai d'un fiato.

«Davvero?» chiese, improvvisamente interessata, toccandosi i capelli.

«Ha mal di schiena poverino, sai, la ex moglie gli sta dando il tormento!»

«Lo so, che brutta storia, pensa che la moglie mi ha ispirato un mostro a tre teste per la storia fantasy che sto scrivendo adesso. Una specie di Medusa che invece di ipnotizzarti ti manipola e ti corrompe, è molto sottile...»

Ecco, si era animata, dovevo battere il ferro.

«Woody è un uomo in gamba davvero, ha solo avuto tanta sfortuna. La moglie è stata la prima donna della sua vita, e lui si era messo in testa che doveva essere quella giusta, senza vedere cosa ci fosse fuori. Già quando si sono sposati non andavano più d'accordo, quindi la discesa era matematica. Ma sono certa che quando troverà davvero la persona giusta fiorirà letteralmente.»

Trattenni il fiato.

«Sta frequentando qualcuno in questo momento che tu sappia?»

«No no no!» mi affrettai a rispondere. «Assolutamente no, nessuno! No, proprio no!»

Speravo di essere stata chiara.

Rimase in silenzio.

«Tu credi che...» cominciò, ma il mio cellulare vibrò nella tasca e non riuscii a rimanere con lei un secondo di più e, mentendo spudoratamente, mi allontanai col telefono all'orecchio dicendo forte: «Dimmi Vittoria!».

Una volta in cucina, al riparo da occhi indiscreti, lessi: *Amore mio, sapessi quanto mi manchi tu, da star male!*

Ossigeno. Ero di nuovo viva e di buonumore.

Avrei potuto affrontare un monologo di sei ore con Miriam.

Ci siamo, amore mio, ancora undici giorni, risposi.

Sarebbero stati lunghissimi, ma ne sarebbe valsa la pena.

L'attesa sarebbe stata quella spolverata di cannella che avrebbe reso ancora più piacevole il nostro incontro.

Costanza entrò in cucina aprendo un pacchetto di sigarette con i denti.

«Basta con 'sto schifo!» disse buttando sul tavolo la sigaretta elettronica. «È come usare un vibratore al posto di un uomo e dire che è uguale!»

L'accompagnai sul balcone.

«Avevi ragione circa Amedeo, il nuovo fidanzato di Antonella», le dissi chiudendomi nel maglione. «La porta al casinò di Montecarlo e le fa fare la bella statuina portafortuna, una cosa da film anni Cinquanta che credevo non esistesse nemmeno più, sai di quelli con Mario Carotenuto? Il vecchio senza più una lira che gira nei casinò di mezza Costa Azzurra sperando di vincere per saldare i debiti e che non ha nemmeno di che pagare la camera d'albergo.»

«Controlla che non le chieda dei soldi, perché so che lo ha già fatto con altre. Tutto quello in cui investe fallisce immediatamente, più che un Re Mida è un Re Merda!»

Risi. «Fortuna che Antonella non ha soldi allora.»

«Ah, ma potrebbe sempre intestarle società o debiti, quelli come lui non guardano in faccia nessuno.»

«Se la conosco bene, finché non ci sbatte la testa o non arriva qualcun altro sarà come parlare a un muro.»

«Di chi parlate?» chiese Linda con lo spritz in mano, già abbondantemente brilla, seguita da Anita intenta a rollarsi una sigaretta.

«Di Paola!» esclamò Costanza per sviare l'attenzione. «Lo sapete che ha divorziato e si è messa col migliore amico del marito?»

«Giura!!!» urlammo in coro.

«Giuro!» rispose dando una boccata e aspirando il fumo fra i denti.

Cominciammo a ridere e indignarci come facevamo da ragazze.

«Ma che troia!» dichiarò Anita concentratissima a infilare il filtro nella cartina.

«Si è anche fatta rifare il naso e la liposuzione!» aggiunse Costanza sempre informatissima.

«Ma io lo sapevo che era una gatta morta», disse Linda rabboccando il bicchiere con altro prosecco. «Le sono sempre piaciuti quelli ricchi.»

«Ma il marito era ricco, non vendeva auto?»

«Sì, ma l'amico del marito vende appartamenti di lusso, ha fatto un upgrade.»

«Hai capito?» fece eco Anita accendendosi la sigaretta. «Zitta zitta, si è fatta l'attico, e pensare che io vivo ancora in affitto e al massimo da un uomo ho avuto in regalo la candida.»

Scoppiammo a ridere.

«Indovinate con chi sto uscendo io invece?» chiese Linda accennando un passo di danza.

«A proposito di candida?» fece Costanza.

«No sul serio! Vi do un indizio: canta!»

«Grazie! Lavori per la Sony!»

«Maggiorenne o minorenne?»

«Uomo o donna?»

«Ha gli occhiali? I baffi? Il cappello? È Bob! Come in *Indovina Chi?*...»

«Ma non uscivi con quelli esclusi dai talent perché trovavi giusto consolarli?»

«Sì, poi ti si appicciano come delle cozze e diventano insopportabili!»

«Se è Vasco non te lo perdonerò mai!»

«Fuochino... Allora è meglio che non ve lo dica!»

«Ma dei nostri è rimasto qualcuno?» chiese Anita.

«L'ultimo scapolo d'oro è Andrea», risposi.

«Sì, ma siamo tutte troppo vecchie per lui», commentò Costanza.

«Io ci sono stata e non si è lamentato!» annunciò Linda con un sorriso serafico.

Ci girammo tutte verso di lei.

«Ci siamo incontrati una sera a una festa pallosissima, una cosa del Rotary, i nostri padri ci vanno lo sapete, no? Ci siamo fatti un paio di bar e poi siamo finiti a casa sua per il bicchiere della staffa.»

«E quanto era lunga la staffa?» gridò Costanza senza più nessun freno inibitore.

Ormai eravamo partite.

«Da ubriachi non vale!» sentenziò Anita.

«Vale! Vale!» rispose Linda sorniona, finendo l'ennesimo spritz.

Rientrammo ridendo per tornare a sederci in salotto, mentre Letizia camminava su e giù parlando al telefono con Cosimo che non riusciva a far addormentare la piccola Sara, finché esasperata disse la frase magica: «Va bene ho capito torno a casa!».

Si strinse nelle spalle e ci salutò.

«E io che mi lamento perché non mi sposa!» disse infilandosi il cappotto. «Mi sa che è la mia fortuna!»

Antonella nel frattempo parlava fitto fitto con Miriam probabilmente raccontandole da capo la lista dei pregi del suo fidanzato con la scusa del "lo puoi mettere in un tuo libro", frase che la povera detestava, ma che era troppo educata per fare presente, e quindi ascoltava fingendo interesse e facendo sì con la testa.

Decisi di andare a salvarla.

«Anto, mi è sembrato di sentire il tuo telefono squillare nella borsa, magari è lui!»

«Uh, oddio, si arrabbia sempre quando mi perdo le telefonate!» disse e si alzò di corsa.

Io e Miriam ci guardammo sorridendo.

«Grazie!» mi disse. «Non ne potevo più, le voglio bene, ma è più di mezz'ora che mi tiene in ostaggio!»

«Senti, perché invece non chiami Woody e uscite insieme?»

«Ma no dai, non gli interesso!»

«Dammi retta!» insistetti. «Lo sai che ho naso per certe cose.»

Arrossì e si toccò di nuovo i capelli.

Missione compiuta. Woody mi doveva un favore bello grosso.

Linda ormai era ufficialmente ubriaca fradicia, biascicava e non si teneva in piedi, Antonella smaniava per tornare a casa e noialtre eravamo acciambellate sul divano in preda a quella tipica nostalgia di fine serata quando ti rendi conto che il meglio è passato e non è successo niente, esattamente come tutte le altre volte.

Cominciammo a chiamare i taxi e a salutarci per darci appuntamento alla settimana successiva, e io rimasi a dare una mano a Costanza a mettere a posto.

«Allora c'è qualcuno che sta per tornare a Mantova eh?» mi chiese accendendosi l'ennesima sigaretta.

«Che intendi?» risposi portando i bicchieri in cucina.

«Fai la gnorri? Dai che hai capito! Torna a casa Nicco!» canticchiò.

Mi fermai in mezzo alla stanza con i bicchieri in mano.

«E tu che ne sai?»

«Non farmi mai questa domanda, sorella, io so tutto, sempre, te l'ho detto!»

«Come l'hai saputo? Dai, dimmelo!»

«Non posso rivelare le mie fonti, ma sappi che questa notizia morirà con me!» Poi, strizzandomi l'occhio: «Allora? Come festeggiate?».

Mollai i bicchieri sul tavolo e tornai a sedermi su una poltrona.

«Non ho idea, sono in fibrillazione, non so cosa fare, come vestirmi, cosa dire, niente», ammisi.

«Bello no? Mi piacerebbe sentirmi così una volta ogni tanto, ma dopo che sono uscita con uno un paio di volte è come un film già visto, tutto prevedibile, anche il sesso e devo subito cambiare.»

«Sarà che io e lui abbiamo un passato, probabilmente è l'idea di quello che proverò rivedendolo che mi sconvolge, ma credimi non sono più io.»

«Ma meno male», rispose e si mise a rispondere freneticamente a un messaggio.

Presi il mio telefono e vidi la notifica di due messaggi.

Ho voglia di fare l'amore con te, diceva il primo.

Vienimi subito a prendere mamma! il secondo.

7

Richiamai Vittoria che mi rispose dopo tre squilli con la voce triste.

«Che succede tesoro?»

«Niente, mi sono stufata voglio tornare a casa.»

«Ma non dovevate rimanere a dormire?»

«Sì, ma non ho voglia, voglio tornare a casa!»

«Va bene, fra una mezz'ora sono lì.»

Salutai Costanza che sulla porta mi diede una sonora pacca sul sedere aggiungendo un «mi raccomando goditela!» a cui risposi con un «non stasera purtroppo!».

Arrivata sotto casa di Carolina feci uno squillo a Vittoria che uscì dopo un paio di minuti col muso lungo.

«Allora? Cos'è successo?»

Fece spallucce. «Niente!»

«Vittoria, dai, ho mollato tutti per venirti a prendere, ora non mi dire che non è successo niente!»

Guardò fuori dal finestrino, le spalle curve.

«Mi hanno messo in mezzo, mi prendevano in giro.»

«Ma chi? Le tue amiche?»

Fece sì con la testa.

«Carolina e le altre?»

«Sì.»

«E per quale motivo?»

Sospirò, ormai obbligata a raccontare la storia a sua madre.

«C'è un ragazzo che mi piace a scuola e loro si sono messe a fare battutine ad alta voce e poi gliel'hanno proprio scritto sotto una sua foto su Instagram. Ho chiesto che smettessero, ma loro ridevano, allora ho detto che sarei andata via, e mi hanno risposto che sono una musona che non sa stare al gioco.»

Brutte vipere crudeli e vigliacche, avrebbero fatto strada nella vita, non c'è dubbio, se non avevano a cuore la sensibilità degli altri e nessun problema a fare di un'amica lo zimbello della serata.

«Per il commento su Instagram non ci pensare più, lui non ci farà caso e nessuno darà seguito a questa storia. Ma stai lontano da queste ragazze. Lo so che le consideri le tue amiche e che sono le più popolari della scuola, ma le dinamiche tra femmine sono così complesse da gestire che anch'io, alla mia età, non sarei in grado di dirti come comportarti con loro, perché o sei una stronza nata o non lo sei. Quindi, anche se so che non è un gran consiglio, tu rimani rispettosa e gentile, ma restane fuori, perché la terza amica è quasi sempre il capro espiatorio, quella che viene usata come pedina e sacrificata quando c'è da fare colpo su un ragazzo o semplicemente ci si annoia.»

«Infatti secondo me lui piace a Carolina, anche se dice sempre che è uno sfigato, lei è l'unica che ha il profilo su This-Crush.»

«Sarebbe?»

«Un sito dove chiunque può scrivere anonimamente qualcosa di te sotto il tuo profilo e così vedi a quanta gente piaci.»

«Chiunque chiunque?»

«Sì.»

«Quindi il parco giochi dei pedofili?» Ero inorridita.
Fece spallucce.

«Carolina ha un sacco di crush, piace tipo a tutti!»

«Vittoria ascoltami bene!» esordii, cercando di trovare un tono autoritario: «Tu sei una ragazza sensibile, di buon cuore, intelligente e bella, ma non sei una carogna e non lo sarai mai. Loro questa cosa la sanno e ne approfittano facendoti prima sentire accolta e spingendoti a far loro delle confidenze, ma tutto quello che dirai sarà usato contro di te alla prima occasione!».

«Ma perché è così?».

«Perché le persone non sono tutte come vorremmo che

fossero, e soprattutto non sono come noi, ma ci sono tante altre ragazze dall'animo gentile come il tuo che rimarranno tue amiche per sempre. Punta alla qualità non alla quantità, o alla moda, o alla popolarità, perché è nel bisogno che si vedono i veri amici, non alle feste.»

Cercai un fazzoletto nella borsa e glielo porsi.

«So che non è un periodo facile, amore mio: l'adolescenza, la separazione mia e di tuo padre, la scuola, sono tutte cose complicatissime da affrontare, ed è sempre dura, sempre. Alla tua età io piangevo per tutto, perché tutto mi faceva paura, e non sapevo come si doveva vivere e che decisioni prendere, e odiavo i miei, e mi sentivo sola, diversa e confusa, e quando mi innamoravo mi disperavo per mesi. E la nonna non mi aiutava con i suoi modi ruvidi e lo spionaggio. Ma piano piano si impara a farsi rispettare e a seguire l'istinto quando si tratta di scegliere le persone giuste, ci vuole un po' di tempo e molte delusioni, ma poi tutto acquista un senso. La tua età è il periodo più bello della vita, credimi. Anche se ora preferiresti chiuderti in camera ad ascoltare musica triste per sempre, non vedere questo episodio come un fatto insormontabile, guardalo come una lezione da imparare senza darti la colpa di essere la persona che sei. E guai a te se ti iscrivi a This-Crush!»

Misi in moto sperando che qualche parola facesse breccia, anche se sapevo che il senso del mio discorso le si sarebbe chiarito improvvisamente a una quindicina d'anni di distanza.

Non parlò più fino a casa, ma si limitò a tirare su col naso.

Suo padre continuava a perdersi i momenti fondamentali della loro crescita, momenti che servivano a costruire la loro fiducia nei nostri confronti, non essere presenti significava perdere punti. Poi sarebbe stato inutile lamentarsi della loro distanza a cose fatte.

Avrei voluto che mia madre mi avesse abbracciato di più e che mio padre mi avesse spiegato meglio la vita, ma a quei tempi non erano equipaggiati e, ora che noi genitori eravamo così sensibili e attenti a ogni singolo movimento, ci perdevamo il meglio perché permettevamo a sanguisughe emotive come Camilla di sottrarci quel tempo.

Dentro di me, comunque, ero contenta di essere io la favorita.

Arrivate a casa, aprii la porta e fummo accolte dalla musica che veniva dal salotto. Mi ricordai dell'appuntamento di mia madre.

«Ma chi c'è in casa?» chiese Vittoria.

«La nonna ha invitato un amico.»

Entrammo in salotto e li vedemmo ballare guancia a guancia alla sola luce dell'abat-jour.

Sorrisi.

Erano teneri, completamente rapiti, sembravano così giovani.

«Vedi, Vittoria?» le sussurrai. «Se c'è una cosa che ho imparato dalla nonna è che la vita va sempre avanti e più va avanti più è sorprendente.»

La accompagnai in camera.

Si mise il pigiama e si infilò sotto le coperte. Finsi di ignorare la valanga di vestiti che ricopriva il letto.

Ora era di nuovo la mia bambina indifesa.

«Mi racconti chi è questo ragazzo che ti piace?»

Si rannicchiò.

«È uno di terza, si chiama Massimo, è bellissimo!»

«E cos'altro?»

«Boh, cos'altro c'è?»

«Mah non so, per esempio se è simpatico, intelligente, educato, rispettoso, di buona famiglia, se ha dei progetti, se guida con prudenza, se va bene a scuola, insomma le solite cose!»

Avevo veramente detto «di buona famiglia»?

«Ma mamma queste cose sono noiose!»

«Va bene, allora ricomincio. Si droga? Spaccia? Picchia i cani? Ruba i soldi ai suoi? Fa prostituire la sorella? Minaccia i professori? Meglio?»

Si mise a ridere.

«No, non lo fa!»

Respirai di sollievo.

«Be' è già un inizio.»

«Ma ora che lui sa che mi piace che faccio?»

«Niente, ignoralo, funziona sempre, non so perché, ma è così!»

«Anche tu ignoravi papà?»

«Be', sai, noi ci conoscevamo da così tanti anni che ignorarsi era un po' difficile specialmente in una compagnia di venti persone, però quando cominciò a piacermi parlavo a tutti tranne che a lui, e fingevo mi interessasse un altro.»

«Ma perché facevi così?»

«Vecchie tattiche della nonna che poi anche lei ha smesso di usare, come vedi!»

«Allora farò finta di niente!»

«Brava, e aspetta che faccia lui la prima mossa, almeno quello!» Le rimboccai le coperte. «Ora dormi, però, che è tardissimo!»

«Mamma, domani rimetto a posto la camera, te lo prometto!»

Le diedi un bacio sulla fronte e uscii strisciando lungo i muri per non incontrare il fidanzato di mia madre e sperando che non dormisse in camera con lei per non dovermelo ritrovare davanti a colazione.

Da giovane era impensabile che il mio ragazzo dormisse a casa, ma adesso che lei aveva settantatré anni e viveva qui, non è che potevo dirle «non sotto il mio tetto».

Una volta a letto scrissi subito a Niccolò.

Serata assurda, te la riassumo: Antonella innamorata di un giocatore vecchio e pieno di debiti, Miriam innamorata di Woody (credo ricambiata) ma non se lo dicono, Linda temo vada a letto con un trapper di ventitré anni e ha più alcol che sangue nelle vene, Anita ha preso altri due gatti, Paola ha lasciato Davide per il suo miglior amico e Costanza sa che arrivi.

E io che sono solo andato in palestra e poi sono passato da Prêt a prendere un panino al pollo! Lo vedi? È quello che ti dicevo, la vera vita non è nelle grandi città!

Non è strano che Costanza sappia che arrivi?

Lei sa tutto di tutti da sempre, avrà parlato coi miei.

Già, probabile... Ma aspetta, la parte migliore! Mia madre ha co-

nosciuto un tipo al supermercato cadendogli addosso e adesso sono di là a fare dio-sa-cosa.

Dici che fanno sesso?

Non sul mio divano spero!

Noi lo faremo sappilo, come quando eravamo ragazzi e non potevamo staccarci le mani di dosso!

Non in macchina però, la mia sciatica non lo sopporterebbe.

Nemmeno la mia cervicale, ma tu potresti fare miracoli con le tue mani, ne sono sicuro.

Vedremo se sarai un bravo paziente, lo stuzzicai.

Farò tutto quello che vorrai! Ho una voglia di te che mi sento veramente un ragazzino alla prima cotta.

Non sai io, ti penso in continuazione.

Me la mandi una foto? Ho bisogno dei tuoi occhi.

Sorrisi, mi ero appena struccata, avevo l'elastico nei capelli e il viso unto di crema.

Ma se mi voleva, come diceva, doveva prendermi così, perché in ogni caso quella sarebbe stata la donna accanto a cui si sarebbe svegliato.

Inviai.

Sei bellissima, davvero, e quel sorriso è il mio sorriso.

Ero cotta di quell'uomo.

Ho concluso vostro onore.

Hai voglia di fare una cosa?

Dimmi!

Ascoltiamo lo stesso brano prima di dormire?

Okay quale?

Two Solitudes, *dei Level 42 te la ricordi?*

Certo che sì me la facesti conoscere tu!

Al mio tre allora!

Buonanotte tesoro, ci sentiamo domani!

Buonanotte! Sognami!

Prima di dormire però scrissi a Fabrizio: *Sappi che i tuoi figli sono due ragazzi meravigliosi e che la tua latitanza non li sta aiutando affatto!*

Rilessi e cancellai *latitanza* in favore di *assenza*.

Cancellai di nuovo. Troppo accusatorio.

Riprovai: *Credevamo di essere stati genitori impeccabili, e invece nonostante tutto i ragazzi stanno attraversando un bel periodo di merda e sarebbe il caso tu fossi più presente!*

Cancellai. Troppo aggressivo.

Spero tu ti sia divertito in montagna, ai ragazzi sei mancato molto!

Cancellai di nuovo. Troppo ruffiano.

Vaffanculo!

Troppo.

Rinunciai pensando alle parole di mia madre «lascialo alla sua luna di miele finché dura», ma prima di spegnere il telefono diedi un'occhiata al numero di Niccolò.

Era on line. Merda.

L'indomani mattina, per prima cosa, controllai ancora il suo ultimo accesso, non era andato a letto molto dopo esserci lasciati, ma abbastanza perché ne fossi infastidita, pur rendendomi conto che era da dementi.

Se io entravo in ansia a quasi cinquant'anni come facevano gli adolescenti a non impazzire?

Andai in cucina e incontrai mia madre che canticchiava con la radio accesa.

«Qualcuno si è svegliato di buonumore!» mi annunciai.

«Buongiorno!» mi rispose sorridente. «Siediti, ho appena fatto il caffè!»

«È stata una bella serata mi pare!» dissi sedendomi.

«Romano è un uomo davvero molto piacevole, sì!»

«E basta?»

«Sì, molto simpatico, vedovo, benestante, ha una casa a Jesolo.»

«Carichi pendenti?»

«Devo ancora informarmi.» Mi porse la tazza con il caffè.

«Mamma dai! Lasciati un po' andare, vi abbiamo visto ballare guancia a guancia ieri sera, sembravate molto affiatati!»

La vidi irrigidirsi. Odiava essere colta sul fatto.

«Ci avete spiati?»

«Oggesù, no davvero! Ho di meglio da fare nella vita che spiare due anziani pomicioni! *Bleah!*» esclamai schifata.

«Ma non abbiamo fatto sesso!» si difese.

«Mamma non lo voglio sapere», risposi tappandomi le orecchie e cantando «*lalalalalala*».

Vittoria ci raggiunse. «Chi ha fatto sesso?» chiese sbadigliando.

«La nonna! Sesso non protetto e ha paura di essere rimasta incinta!»

«Benedetta!» esclamò dandomi una pacca sul braccio, arrossendo.

«La nonna è una GILF!» rise Vittoria.

«E che significa?»

«Credimi che non vuoi saperlo mamma!» tagliai corto. «E ora basta parlare di sesso di domenica mattina o vi porto a confessarvi!»

Più tardi andai a prendere Francesco, la mamma di Emanuele mi assicurò che erano stati bravissimi e che potevo portarlo quando voleva. I due si salutarono come partissero per il fronte con un coro di drammatici «no dai ancora cinque minuti!».

In macchina Francesco non smise un minuto di parlare raccontandomi dei giochi fichissimi che il suo amico aveva, dei film che avevano guardato e delle storie di paura che si erano raccontati fino a tardi.

Non lo avevo mai visto così entusiasta, sorrideva, era vivace e pieno di vita, come un bambino di dodici anni dovrebbe essere.

A casa la nonna lo riportò sulla terra.

«Hai fatto i compiti?»

Cambiò subito espressione.

«Uffa, nonna, non ho voglia!»

«Li devi fare, domani c'è scuola.»

Sbuffò platealmente buttando la testa indietro.

«Sì, tesoro, li devi fare.»

«La scuola fa schifo!» esclamò andando a chiudersi in camera.

«Anche una vita senza istruzione fa schifo», rispose mia madre.

Rimasta sola in salotto mi predisposi a una domenica tranquilla e senza drammi, che avrei passato a chattare con Niccolò preparandomi psicologicamente al nostro incontro.

Mia madre sarebbe andata al cinema con Romano, e Vittoria sarebbe uscita con le vipere che l'avevano cercata ed erano "tanto" dispiaciute per l'accaduto.

«Mi raccomando, non farti coinvolgere in tragedie inutili», le dissi mentre usciva, «non ha senso.»

Mi diede un bacetto distratto e uscì.

La capacità che avevamo di non portare rancore a quell'età e di dimenticare ogni torto subito con un semplice «scusa» era commovente.

Più tardi i torti si sarebbero accumulati, stratificati, solidificati e poi li avremmo catalogati con etichette colorate, per data, gravità e livello di offesa, e accedervi sarebbe stato facile e immediato: "Il 23 dicembre 1998…".

Non avevo ancora sentito Niccolò, e lo immaginavo alle prese con i figli in monopattino a Hyde Park.

Gli mandai una foto, provandone prima una decina, ma non visualizzò. Sbuffai.

Dov'era finita la me pragmatica e lucida?

Dov'ero finita?

Maledetti telefoni, dissi buttandolo sul divano ed entrando a tradimento in camera di Francesco, con la scusa dei compiti, aprendo la porta senza bussare, giusto per riprendere il mio ruolo. Metodo poco ortodosso, ma sempre meglio che curiosare nello zaino.

Lo trovai tranquillamente seduto alla scrivania.

«Scusa, amore, avrei dovuto bussare, ma ero sovrappensiero, va tutto bene? Bisogno d'aiuto?»

«Un po' con la matematica», mi disse.

«Dai, la mamma se la cava bene in matematica, ti do una mano.»

Due ore e un quarto dopo avevo un mal di testa feroce e non ero riuscita a venire a capo di un singolo problema.

Tanto che mi arresi e cercai la soluzione su Google.

Quando tornai al mio telefono, mi accorsi che Niccolò aveva visualizzato, ma non aveva risposto. La qual cosa, ammetto, mi fece un certo effetto. Un effetto fastidioso e non controllabile.

Comunque la mettessi, dentro di me si faceva strada l'insicurezza.

Mi sentivo ridicola, cominciavo a temere che avesse di meglio da fare che rispondermi, o che non trovasse nemmeno il tempo di inviare un cuoricino, o peggio, che la foto non gli fosse piaciuta e non avesse avuto il coraggio di dirmelo.

Ma era possibile ridursi così?

Nemmeno Fabrizio si era fatto sentire, e ammetto che anche questo suo comportamento mi infastidiva altrettanto.

Era sempre stato presente specialmente per i suoi figli e mi chiedevo se Camilla fosse una tale dea del sesso da tenerlo legato al letto coperto di miele bollente per l'intero fine-settimana, o se fosse una tale scassacoglioni da impedirgli di comunicare con il mondo esterno.

Optavo per la seconda ipotesi.

Decisi di scrivergli, dopotutto era pur sempre il padre dei miei figli, qualche diritto dovevo pure vantarlo.

Tutto bene? I ragazzi hanno avuto qualche turbolenza in questi giorni, niente di grave, qualche battibecco con i compagni, sono tutti molto più stronzi che ai nostri tempi! Quando li vedi parlaci un po' anche tu. Bacio. B

Aspettai qualche istante, finalmente visualizzò, ma anche lui non rispose.

«Ecchecazzo però!» esclamai a voce molto alta, tanto che Francesco mi riprese da camera sua.

Scrissi ad Antonella in preda all'ansia più nera.

Dimmi che è la giornata mondiale del «visualizza e non rispondere» e che io non ne ero al corrente!

Io ci sono! rispose subito. *Stiamo tornando da Montecarlo, ci siamo divertiti molto!*

Davvero? Avete vinto?

Sì, lui è tutto contento!

Mi fa piacere per te, e tu sei contenta?

Sì, molto, mi fa star bene.

"Almeno tu", pensai. Forse alla fine aveva ragione lei a farsi andar bene la scarpa che si trovava davanti, invece di scegliere colore, modello e misura se tanto alla fine non te le mettevi mai.

Ero nervosa e mi misi a cucinare uno sformato di carne e verdure, che era un piatto lungo e complicato, così da non pensare, e soprattutto per poter bere vino rosso, con la scusa del ragù.

Mia madre tornò in serata e venne a complimentarsi con me per il profumo, non prima di avermi chiesto se ci avevo messo il timo (certo che sì).

Erano stati al cinema a vedere *A Star is Born* che era, parole sue, di una noia mortale, ma lungo abbastanza da far sì che si strusciassero un po'.

Mia madre era sempre stata così disinibita o era l'inizio di qualche forma di arteriosclerosi di cui dovevo preoccuparmi?

«Suvvia, sei una donna fatta e finita! Mica ti vergognerai adesso!» mi rimproverò.

«Certo che sì, mamma, ma non voglio sapere niente della tua vita intima. E poi non è rispettoso nei confronti di papà, ecco!»

Sull'«ecco» misi il muso.

«Tuo padre è stato l'amore della mia vita, lo sai benissimo, ma lui è morto da oltre dieci anni. Fossi morta io, quanto tempo credi ci avrebbe messo a trovare un'altra?»

Temevo che la risposta fosse tre mesi e preferii tornare a girare il sugo.

Le versai un bicchiere di vino e dissi: «Alla tua mamma!».

Erano le otto passate e Vittoria non si vedeva.

La chiamai e non rispose nemmeno lei, a quel punto stavo per esplodere.

«Che succede oggi? Una tempesta magnetica? Non mi ha risposto nessuno eccetto l'unica persona che potevo sentire domani!» urlai.

«Tornerà, lo sa che a quest'ora si cena.»

«Sì, mamma, ma non è più come quando avevo io la sua età e ci cacciavate letteralmente fuori di casa dopo pranzo per poi rivederci a cena senza nemmeno chiedervi se eravamo vivi, ora è un attimo che cadano nelle mani di un pedofilo.»

«Siete sempre tornati, tu e tuo fratello, e Vittoria è una ragazza sveglia.»

Prima che dicesse qualcosa di sgradevole del tipo: «Mica come te», sentii le chiavi girare nella toppa e il sangue ricominciò a fluire.

«Si può sapere dove sei stata?» l'aggredii.

«In centro mamma, te l'avevo detto», rispose.

«E perché non rispondi quando ti chiamo?»

«Perché non ho sentito», rispose entrando in camera sua.

Mi voltai verso mia madre.

«Mamma, ricordami le conseguenze di una risposta simile ai miei tempi?»

«Non ci hai mai nemmeno provato, ti bastava lo sguardo», confermò.

«Hai sentito Vittoria? Vai a lavarti le mani che andiamo a tavola!» sbraitai.

«Non ho fame, non mangio!»

Era ufficialmente la mia giornata no.

Francesco per fortuna arrivò di corsa e ci mettemmo a sedere senza Vittoria.

Non avevo memoria di uno scenario simile nella mia adolescenza, all'epoca la regola voleva che quando il capofamiglia era a tavola, tutti stavamo seduti ed era lui a decidere quando e se potevamo alzarci.

Quello che mi chiedevo è perché non avessero il minimo rispetto dell'autorità. Non avevo mai pronunciato la magica frase «quando ti manterrai da sola farai come ti pare, ma non finché sei sotto questo tetto», uno dei mantra con cui ero cresciuta, ma cominciavo a pentirmi di non averlo fatto, perché che fosse tutto loro dovuto, in cambio di una miriade di sensi di colpa, cominciava a stancarmi.

E non era la serata giusta per farmi saltare i nervi.

«È buonissima mamma!» esclamò Francesco.

«Non hai fatto merenda?» chiese mia madre.

«No, ho fatto i compiti», rispose.

Alzai impercettibilmente il sopracciglio in segno di esultanza.

Poi andai a bussare alla porta di Vittoria, che rispose un «ho detto che non ho fame» che io presi come un «avanti!».

Era sul letto col dannato telefono in mano.

«Allora che succede Vittoria? Sei drogata? Ubriaca? Che hai stasera si può sapere?» l'attaccai, contravvenendo a ogni regola pedagogica consigliata dal 1600 a oggi.

Ovviamente non mi rispose.

Le tolsi il telefono di mano e si ribellò.

«Dammelo mamma!»

«Eh no, tesoro, dato che te l'ho comprato io e sono io che ti pago le ricariche, tecnicamente questo telefono è mio e tu sei anche minorenne, quindi non c'è tribunale che mi condannerebbe, ma puoi sempre scrivere su Facebook "mia madre è una stronza" e raccoglieresti una miriade di like!»

Mi guardò con odio.

«Se lo rivuoi ti aspetto a tavola, altrimenti lo tengo io!» e uscii.

Dopo tre minuti la vidi entrare in cucina come se andasse al patibolo e sedersi sulla sedia come un sacco.

«Tanto non mangio, non ho fame!»

«Come vuoi, lo mangerai domani.» Che era un'altra regola aurea del secolo scorso, in risposta a un «non mi piace, non lo voglio».

«Dove sei stata?» le chiese mia madre, dando inizio alla raffica di domande da KGB che non avrei augurato al mio peggior nemico.

«In centro», rispose versandosi da bere per non guardarla. Affrontare un conflitto aperto senza il telefono cominciava a rivelarsi difficoltoso per lei.

«Dove di preciso» Non era una domanda.

«In giro, per negozi, piazza Erbe, il solito.»

«Con chi»

Mia madre non aveva mai avuto bisogno di punteggiatura per esternare i suoi stati d'animo.

«Con Carolina e le altre.»

«Quindi avete fatto pace», intervenni per stemperare il fuo-co di fila.

«Sì tutto a posto ora.»

«Avete chiarito?»

«Sì, mi hanno chiesto scusa.»

«E tu le hai perdonate?» Sempre mia madre.

«Be'... sì.»

La fissava impassibile.

Vittoria abbassò gli occhi.

«Mi dai il telefono ora, mamma? Voglio andare a letto.»

«Niente telefono per stasera», rispose lei, «così impari a mancare di rispetto a tua madre e tua nonna, ora alzati e vai in camera.»

«Ma nonna!»

«Vai!»

Si alzò con gli occhi lucidi e andò in camera sua sbattendo la porta.

«Non è uscita con le amiche», confermò mia madre.

«Come lo sai?»

«Conosco i miei polli, è arrivata tardi, non rispondeva, ha l'aria stravolta, c'è di mezzo un ragazzo.»

Guardai mia madre ed estrassi il telefono dalla tasca.

«Non possiamo farlo», dissi.

«Dobbiamo invece.»

«Non abbiamo la password.»

«Tu non ce l'hai io sì, mi è bastata un'occhiata una volta.»

Scossi la testa.

Mia madre doveva essere stata una spia in tempo di guer-ra, altro che la neutrale Svizzera.

Sbloccò il telefono.

Mi sentivo come stessi profanando una tomba.

«Non ti senti sporca mamma?»

«Figurati! Che cosa farà mai che non hai fatto tu o io! E poi preferisco saperlo che trovarmi in una qualche trasmissione pomeridiana accusata da una criminologa di non aver protet-to mia nipote.»

Aprì la chat di WhatsApp e scorse i nomi.

Nessuna chat recente con le amiche, ma una molto attiva

con il famoso Massimo che, dalla foto profilo, cuore di mamma, mi sembrava un imbecille.

«Che imbecille!» confermò mia madre.

Un bulletto con i capelli scombinati, occhiali tondi e il sopracciglio rasato a metà.

«Non capisco, ma non parlano italiano?» si spazientì lei. «*Raga, ti lovvo, bella lì, postato, amò...* ma cos'è successo?»

«È successo che sono cambiati i tempi, mamma.»

«In peggio vedo! Leggi tu, che non capisco niente.» Mi passò il telefono.

Sospirai e cercai di decifrare lo scambio.

Il commento su Instagram, al contrario di quello che credevo, non era passato inosservato.

Vittoria non solo non aveva mai fatto pace con Carolina, ma era uscita con lui senza dirmi niente.

«E adesso che si fa?»

«Punizione naturalmente!» gongolò.

«Sì, ma le abbiamo violato il telefono, non si fiderà mai più e non mi racconterà mai più niente in vita sua.»

«Perché prima lo faceva? Vai da lei prima che lo faccia io!» mi ordinò.

Fu il mio turno per alzarmi controvoglia e trascinarmi fino in camera sua.

Prima di bussare mi voltai e le chiesi: «Ma tu conosci anche la password del mio telefonino?».

Mi guardò come fossi scema: «Ma ovvio no?».

8.

Bussai alla porta e la risposta non si fece attendere: «Vai via mamma!».

Esattamente quello che mi occorreva per entrare in modalità collisione.

Col telefono in mano varcai la soglia e andai a restituirglielo.

«Tieni.»

Lo prese come se le stessi ridando l'orsacchiotto perduto.

La guardai fissa con le mani sui fianchi.

«Non hai niente da dirmi?»

«No perché?» rispose sbloccando il telefono e cominciando a scorrere compulsivamente.

Inspirai. Mantenere la calma cominciava a diventare impossibile.

«Vittoria, so che non hai visto le ragazze oggi.»

Improvvisamente capì e il suo viso si trasformò in una maschera di disprezzo profondo, totalmente sproporzionato rispetto alla situazione, ma ricordavo bene l'umiliazione dell'oltraggio di un diario violato.

«Mi hai letto i messaggi mamma! Sei una stronza!»

Il cervello mi si annebbiò per un istante, un istante sufficiente a fare qualcosa di cui mi sarei pentita per il resto della vita: mollarle un ceffone in piena faccia, per poi rimanere a osservarmi la mano come non fosse la mia, desiderando di staccarmela.

Vittoria adesso mi guardava con le lacrime gli occhi tenendosi la guancia.

«Vittoria… io… non volevo farlo…» balbettai troppo tardi.

«Vai via, vai via ti odio!» mi gridò voltandosi a piangere sul letto.

Uscii sentendomi uno schifo. La peggiore delle madri, una vigliacca senza autocontrollo, e lei se lo sarebbe ricordato per sempre.

Mia madre mi vide uscire sconvolta.

«Che è successo?»

«Le ho dato uno schiaffo.»

«Se lo sarà meritato! Che ti ha detto?»

«Che sono una stronza.»

«Allora hai fatto bene. Le passerà, e tu non ti scusare finché non lo fa lei.»

Essere madre, per la prima volta, era un compito che sentivo più grande di me. Stavo perdendo la testa, la lucidità, il buonsenso. Non avevo mai nemmeno immaginato di alzare le mani sui bambini, ma quel «sei una stronza» era stato un proiettile in pieno petto, un abuso, un insulto, un'immensa mancanza di rispetto. Ma più delle parole era stato il suo sguardo a farmi paura e farmi sentire impotente: tutto quell'odio negli occhi della mia bambina.

Sì, è vero, un tempo uno schiaffo era considerato educativo, ma oggi una cosa così ti faceva perdere l'affidamento.

Rientrai in camera sua per scusarmi, bypassando i consigli di mia madre. Non potevo sopportare quel peso un secondo di più.

«Vittoria perdonami, non volevo farti del male», le dissi col cuore in mano. «Scusami ancora, non avevo il diritto di leggere i tuoi messaggi e mi taglierei la mano se servisse, ma mi sono sentita sopraffatta e offesa e ho reagito male, scusami ancora, tesoro.»

Era la prima volta che mi scusavo con lei. Venivo da un mondo dove nessuno si scusava coi figli, noi avevamo sempre e solo obbedito a regole che nessuno ci spiegava mai, «si fa così perché lo dico io». Punto. Ma quel mondo non c'era più e io mi muovevo male in un ambito sconosciuto, senza una guida, spaventata da tutto e tremendamente insicura sul da farsi perché mi rendevo conto di non essere forte abbastanza e di non tollerare il senso di colpa.

Vittoria si stropicciò gli occhi e si mise seduta.

«Scusa per averti dato della stronza», disse piano.

«Sono stata stronza io a leggerti i messaggi è vero, ma sono troppo preoccupata per te e non voglio che ti cacci nei guai, ma se mi dici le bugie non mi posso fidare e allora mi obblighi a spiarti e poi tu non ti fidi più di me ed è un circolo vizioso! Capisci che non ha senso? Non sono una tua nemica, non voglio impicciarmi dei fatti tuoi, ma anche se ti senti un'adulta, la verità è che non lo sei e preferisco che tu mi odi perché ti ho letto un paio di messaggi che saperti nei casini!»

Le accarezzai una guancia.

«Tu e tuo fratello siete la cosa più importante che ho, siete tutta la mia vita, e farei qualunque cosa per non vedervi soffrire, e siccome so com'è là fuori, vorrei evitarvi tutti i dispiaceri e le fregature possibili! Ho bisogno di sapervi al sicuro e quando mi hai detto della carognata di Carolina e le altre avrei voluto prenderle a schiaffi; quando poi ho visto che sei uscita con quel Massimo che parla come uno scemo avrei voluto prendere a schiaffi anche lui, e poi invece ho finito per prenderc a schiaffi te! Sono una cretina, ma sono solo un essere umano, pieno di difetti, sbaglierò ancora, ma non sai quanto ti voglio bene!» Ero un fiume di parole, un pasticcio di lacrime e buone intenzioni, una cosa che mia madre avrebbe sicuramente disapprovato, ma ero io, onesta e vera, che ammettevo le mie difficoltà in un ruolo oggettivamente difficilissimo perché non aveva senso continuare con le tattiche.

Vittoria mi abbracciò forte.

«Ti voglio bene anch'io mamma.»

Piangemmo tutte e due, grossi singhiozzi liberatori.

Ora capivo perché nessuno ti diceva quanto fosse difficile fare il genitore: perché altrimenti nessuno avrebbe fatto più figli.

«Com'è andato l'appuntamento con Massimo?» le chiesi asciugandomi le lacrime.

«Non lo so, mamma, strano.»

«Strano bene o strano male?»

«Non so, ero emozionata e ho detto solo scemenze.»

«Non penso se ne sia accorto…»

«Dai mamma!»

«Scusa! Intendevo nel senso che sicuramente anche lui era imbarazzato e sarà stato concentrato sulle cose da dire, non che fosse scemo.»

«No, lui parlava un sacco.»

«Ma è proprio quando qualcuno è imbarazzato che parla moltissimo e velocemente.»

Sorrise rincuorata.

«Dai adesso dimmelo, vi siete baciati?»

«Mamma questo non te lo voglio dire.»

«Hai ragione, lo prendo per un sì! Vado a prepararti latte e biscotti che non voglio tu vada a letto senza cena.»

In cucina mia madre faceva palesemente finta di non aver ascoltato da dietro la porta.

«Che c'è?» le chiesi.

«Non te la sei cavata male anche se dovevi aspettare almeno ventiquattr'ore prima di parlarle e poi sei troppo melodrammatica! Tutte quelle lacrime e quello psicodramma! Ma tu non sei mai stata una che resiste alla tensione, io potrei andare avanti mesi senza problemi.»

«Lo so mamma! Ti hanno addestrato i servizi segreti, eri la prima del corso insieme a Mata Hari, io invece cerco di aggiustare le cose subito. Non so come fai a sopportare il silenzio e il conflitto.»

«Ma io non sono mai in conflitto con nessuno, il problema è degli altri se non sono d'accordo con me!» rispose candidamente.

Andai al frigo per prendere il latte.

«Come va con Romano?»

«È molto innamorato.»

«Segno che lo lascerai a breve?»

«Finché non diventa appiccicoso lo tengo.»

«Se poi si affeziona troppo lo buttiamo giù dalla macchina in autostrada?»

«Ma no, sciocchina, lo riporto al supermercato dove l'ho trovato.»

Risi.

Era diabolica.

A volte mi chiedevo se fosse la mia vera madre.

Mentre ero in bagno a lavarmi i denti, sentii il suono di un messaggio.

Con il cuore che batteva chiusi l'acqua, riposi lo spazzolino, mi asciugai il viso con l'asciugamano e m'incamminai lentamente verso il comodino.

Presi il telefono, aprii la chat e lessi il messaggio di Niccolò.

Scusami, Betta, ma April si è fatta male cadendo e sono stato tutto il giorno al pronto soccorso a litigare con la mia ex. È stato più facile trattare con i sindacati in Turchia!

Mi dispiace, la bambina sta bene? risposi, cercando di mantenere la calma ed evitare di lamentarmi e pretendere attenzioni.

Sì, ora sta bene, le hanno dato tre punti sul mento, ma è stata una tragedia farla stare ferma. Urlava, voleva la mamma, ma lei era a Brighton quindi ci ha messo più di due ore a tornare, puoi immaginare!

Sì, potevo. Per quanto tu pianificassi la tua vita, una parte di te rimaneva sempre sintonizzata su quella dei tuoi figli, pronta a mollare tutto se loro avessero avuto bisogno di te a qualsiasi ora del giorno e della notte e in qualunque continente.

Non ti ho ancora detto com'eri bella in quella foto. Volevo risponderti subito, ma con il medico davanti e la bambina che piangeva non potevo!

No, ma figurati, non devi nemmeno dirlo! Anch'io ho avuto una giornata piuttosto complicata, dev'esserci Saturno o qualche costellazione contro.

Puoi dirlo, oggi mi sono davvero sentito solo, sai? Ci sono giorni in cui fra lavoro, responsabilità e bambini mi sento sopraffatto. A volte è davvero troppo e non c'è possibilità di delegare e mi chiedo quanto potrò andare avanti prima che mi venga un infarto!

Non hai nessuno che ti possa aiutare? Una persona fidata, una baby-sitter, un assistente.

Nessuno di cui mi possa davvero fidare e comunque nessuno che la sera, mi versi un bicchiere di vino e mi dica «ora sei a casa».

E ti faccia un massaggio al collo?

Magari... Mi manca la normalità, Betta, corro come un pazzo da anni, *le mie giornate sono folli, e io comincio a essere stanco e a chiedermi se ne valga davvero la pena. Vedi, le cose funzionano solo finché credi funzionino, poi a un certo punto ti giri e il tuo matrimonio è fallito, gli affari sono sempre più incasinati, e tu hai solo responsabilità e nemmeno un minuto per sederti e respirare.*

Quando sarai qui ci prenderemo del tempo per noi, faremo delle passeggiate, parleremo tanto, vedrai che ti rilasserai.

Credimi, è tutto quello che desidero. Se adesso mi dicessero «vai alle Maldive» non mi interesserebbe come venire a Mantova da te. Forse non te lo dovrei dire, ma ho bisogno della mia Betta.

Mi sciolsi. Giuro.

Le farfalle cominciarono a battere le ali tutte insieme.

Possibile che amassi ancora Niccolò? Che l'amore forte che provavo per lui all'epoca fosse solo in attesa di essere davvero rianimato? Che l'amore non scadesse e non si consumasse mai, ma fosse sempre pronto a riaccendersi a contatto con l'aria?

Mi sdraiai sul letto, immaginando una nostra ipotetica vita insieme, con i nostri figli, magari a Londra. Vittoria avrebbe detto subito di no, ma poi sarebbe stata più che contenta di studiare in un college, e così Francesco. Probabilmente sarebbe stato molto più difficile convincere Fabrizio, anche se questo avrebbe fatto la felicità di Camilla.

Ci demmo la buonanotte con un'ultima foto e molti baci e carezze virtuali e un'infinità di «vorrei».

Lo desideravo come non avevo mai desiderato nessuno.

L'indomani per prima cosa chiamai Fabrizio piuttosto seccata.

«Come mai non rispondi più ai messaggi? Sei guardato a vista?»

«Ma no, siamo tornati tardi, e non era il caso di chiamare i ragazzi a quell'ora.»

«Da quando c'è un coprifuoco?» risposi secca.

«Dai Betta…»

«Non dirmi "dai Betta"! Sembra che non ti interessino!»

«Ma certo che mi interessano, che discorsi, sabato li prendo io e ci parlerò.»

Silenzio.

C'era una tensione a cui non ero abituata e che non mi piaceva.

Lo sentivo lontano e non era normale fra noi. O almeno non era mai stato normale.

Cercai di mantenere il controllo.

«Non voglio litigare, ma ti giuro che non è un momento facile per loro e hanno bisogno del loro padre.» Che era una frase un po' mélo, come avrebbe detto mia madre, ma dovevo far leva sull'istinto paterno.

«Lo so! E come ti ho detto, sabato ci parlo.»

Silenzio di nuovo.

«D'accordo, allora ciao», dissi.

«Ciao.»

Mi era rimasto in bocca un retrogusto di amaro; delusione, abbandono, distacco.

Non sapevo dargli un nome, ma sapevo che stava mettendo una distanza fra noi, che fino ad allora non c'era mai stata nonostante non fossimo più sposati da anni. Consideravo il nostro legame come qualcosa di indissolubile, credevo di avere un diritto di prelazione su di lui, ma aveva sollevato una barriera e lo aveva fatto rapidamente, o meglio, lo aveva fatto da quando Camilla aveva cominciato ad avanzare lei i suoi diritti.

Da quando gli uomini erano diventati delle prede?

"Da sempre", avrebbe detto mia madre.

Mattia era di ottimo umore quando arrivai e me ne accorsi dal volume con cui ascoltava la musica che sentivo già dal corridoio. Quando era felice suonava rock a tutto volume, e quando era triste una cupa nenia di chitarra classica che avrebbe istigato al suicidio anche il più ottimista dei sette nani.

«Betta!» gridò. «Domenica faccio la prima uscita in barca a vela e devi venire anche tu, l'ho già detto alla mamma che è in botta da ansia da una settimana, quindi devi distrarmela!»

«Ma certo che vengo», gli risposi entusiasta cercando di abbassare la musica. «Porterò lo Xanax per la mamma!»

«Altro che Xanax, ci vorrebbe un cannone», rise. «Partiremo presto perché dobbiamo raggiungere Riva del Garda e ci vorranno più di tre ore, te la senti?»

«Me la sento sì!»

«Non sto nella pelle, sono gasato a palla! Cazzo, Betta, lo capisci? Esco da questa stanza e finalmente vado al lago!» Era emozionatissimo e mimava la batteria sulle note degli AC/DC. «L'ultima volta che ho visto l'acqua era l'estate prima dell'incidente!»

Mi fece vedere le barche progettate apposta per persone con disabilità che erano praticamente inaffondabili e che si potevano manovrare con un semplice joystick. Il sorriso gli attraversava la faccia, mentre mi mostrava video e siti specializzati e le e-mail dei contatti che aveva preso.

Aveva una tale voglia di vivere che avrebbe potuto fare qualsiasi cosa, se solo sua madre l'avesse appoggiato un po' di più.

Toccava a me essere ottimista per tutti e due.

«Ci sarai, vero, domenica?» mi chiese Lucia con apprensione mentre uscivo.

«Certo che sì, non preoccuparti, andrà tutto bene, si divertirà moltissimo.»

«Ma se si fa male?»

«Non si farà male, sarà accompagnato dagli istruttori e dagli altri ragazzi, e lui ha bisogno che tu lo appoggi e sia con lui, non vuole altro. Gli stai facendo un regalo immenso e vedrai che ce la godremo.»

Mi guardò esitando un momento.

«Sai», disse poi a voce bassa, «fui io a insistere quell'anno perché andassimo in montagna, era un momento di crisi con mio marito e pensai che ci avrebbe fatto bene una settimana bianca tutti insieme, ma non stava funzionando, io e mio marito eravamo in tensione, lui era nervoso, io ero convinta che avesse una relazione, e Mattia uscì per lasciarci un po' soli e non sentirci litigare. Era una giornata nebbiosa, c'era poca visibilità, lui prese lo slittino per fare un giro, ci andava sempre, era molto bravo, ma nella foschia perse il controllo, uscì dalla pista e volò da un dirupo per venti metri. Noi eravamo così impegnati a litigare che ce ne siamo accorti dopo due ore. Lo portarono via con l'elicottero. Quella fu l'ultima volta che parlai con mio marito senza un avvocato.»

Me lo raccontò in maniera asciutta e distaccata, come si fosse allenata a ripeterlo in modo meccanico per non morire ogni volta di crepacuore, come fosse l'unico modo per convivere con un peso simile: mettere una distanza emotiva fra una tragedia immensa e un senso di colpa devastante per non impazzire di dolore.

«Lui è così per colpa mia capisci?» disse seria. «Non me lo perdonerò mai, per questo non posso sopportare che gli succeda nient'altro.»

«Non essere così dura con te stessa», tentai di dirle. «Lui ti adora e ha bisogno di te, e ha solo bisogno che tu lo supporti.»

«Io non posso permettere che lui soffra più di quello che l'ho obbligato a soffrire!»

«Lui non soffre, te lo garantisco. È un ragazzo felice anche se ha delle limitazioni e ti vorrebbe dalla sua parte, lo so che ti sto chiedendo uno sforzo immenso, ma prova a lasciare fuori tutte le paure e ad affidarti a lui e al suo coraggio, perché ha meno paura lui di me e te messe insieme. Ti chiedo un giorno, un giorno soltanto.»

Fece sì con la testa.

«E domenica ci divertiremo!»

Le strappai un mezzo sorriso. Piccolino, ma era già un inizio.

Le diedi un bacetto veloce sulla guancia che la lasciò spiazzata. Non lo avevo mai fatto, ma sentivo che quella donna aveva bisogno di un'amica, perché viveva una vita votata all'autolesionismo e all'espiazione e non era giusto né nei suoi confronti né nei confronti di Mattia, che era la gioia di vivere fatta persona.

Raggiunsi Antonella a pranzo nel solito bar.

Appena mi vide spalancò le braccia e mi sorrise.

Era ancora una splendida bambina.

«Guarda!» esclamò raggiante, mostrandomi un solitario grande come una biglia che le torreggiava sull'anulare.

«Oggesù!» esclamai.

«Non è stupendo?» cinguettò.

«È gigantesco!»

«Hai visto come brilla?» disse, muovendolo sotto la luce.

«Lo vedono anche le sonde intorno alla terra! Te l'ha regalato lui?»

«Sì, dopo aver vinto al casinò mi ha portata da Bulgari e mi ha preso questo!»

Doveva essere costato quanto un monolocale in centro. Una follia.

Che senso aveva? mi chiedevo.

«È quello giusto te lo dicevo!» Poi, aprendo, il menù: «Uh, che buono, c'è l'hamburger con le patatine!».

Era difficile esprimere quello che pensavo senza che mi credesse gelosa di un uomo così generoso; parlare di uomini con lei era sempre un terreno minato.

«Non ti sembra un po' esagerato? Non mi fraintendere, tu vali più dei gioielli della corona, però uscire da un casinò dopo una megavincita e comprare un anello pazzesco... forse c'erano altri modi per dimostrarti il suo amore...»

«Tipo?»

«Tipo lasciando la moglie?» azzardai.

«Ma è proprio perché per adesso non può lasciarla che mi gratifica così!»

«E la lascerà?»

«È malata di cancro, non esce più di casa, mi fa anche un po' pena, ma è come se non ci fosse, quindi, in fondo, non è proprio un grosso problema!»

«Sì, ma non può portarti in giro e presentarti come la sua fidanzata qui a Mantova!»

«Infatti andiamo sempre fuori città, sai come sono pettegoli qui.»

«Lui non ti ha mai chiesto dei soldi vero?» buttai là guardando il menù.

«Solo al ritorno per pagare il taxi e il pieno in autostrada e, ah, i panini e i sigari all'Autogrill, ma capisci poverino dopo un regalo simile...» Mi sventolò di nuovo l'anello sotto il naso.

«Capisci? È questo che mi sembra strano, Anto. Non puoi spendere così tanto in un anello e poi non avere i soldi per la benzina!»

«Vuoi dire che non avresti accettato se Niccolò ti avesse regalato un anello?» mi chiese con innocenza.

«Niccolò non me lo regalò nemmeno all'epoca l'anello, quindi dubito che lo farebbe adesso, però devi ammettere che questa sua situazione è un po' ambigua, dovresti parlargli, capire che intenzioni ha!»

«Va bene gli parlerò! Mmh... però anche il fish & chips dev'essere buono!»

Inutile continuare. Aveva chiuso la comunicazione.

«Sabato da te?» le chiesi.

«Te lo posso dire venerdì? Forse andiamo a Genova!»

«A fare che?»

«A vedere una barca al salone!»

Uscita dal locale chiamai immediatamente Costanza raccontandole tutto perché facesse delle ricerche.

«Mi sono già informata!» rispose, sempre sul pezzo. «Intanto la moglie non è malata per niente, ma è in Kenya, dove passa la maggior parte dell'anno, ed è lei che ha i soldi, ma soldi veri, piantagioni di caffè, non so se ti rendo l'idea. Lui è il classico "cretinetti" che ha giocato a fare l'imprenditore e gli è andata male e ora ha un sacco di debiti in giro. Se riesci, dille di lasciar perdere.»

«Nessuno ci riuscirebbe lo sai!»

«Be' mettila così, alla peggio ha un anello da impegnarsi!»

Ricordavo spesso una frase che ci aveva detto al liceo il professore di filosofia, che recitava: «Prima di giudicare qualcuno, cammina un miglio nelle sue scarpe», ed era una cosa che avevo cercato di insegnare a Vittoria e Francesco e che mi sforzavo di applicare ogni volta che mi trovavo a dare un giudizio facile su qualcuno.

Nessuno di noi sapeva cosa avrebbe fatto se si fosse trovato nei panni di un altro, con le sue esperienze e il suo passato. Per questo mi riusciva così difficile immaginare una vita sentimentale serena e appagante con i trascorsi familiari di Antonella, e non ero certa che una qualunque di noi non si sarebbe trovata coinvolta in situazioni altrettanto sbilanciate pur di avere una figura maschile accanto che desse un minimo di sicurezza, anche se completamente distorta.

Una presenza, purché sia.

Quando Woody arrivò in studio stava ancora peggio di quando l'avevo trattato l'ultima volta.

«Che ti è successo? Tua moglie ti ha fatto picchiare?»

«No, stavolta lei non c'entra», rispose muovendosi come un vecchio.

Lo aiutai a sedersi sul lettino.

«Ho seguito il tuo consiglio e sono uscito con Miriam, l'ho portata a cena in un agriturismo perché avevo voglia di un posto defilato, con poca gente intorno, e ho avuto fortuna perché c'erano solo due tavoli prenotati e i camerieri, per quanto scoglionati per la serata morta, sono stati abbastanza gentili. Lei non beve ed è vegetariana, e non è stato facilissimo rompere il ghiaccio, però sembrava contenta di essere lì, rideva e le venivano quelle fossette sugli zigomi e poi abbassava la testa in un modo molto grazioso.» Fece una smorfia di dolore muovendosi.

«E quindi?»

«Abbiamo parlato di un sacco di cose, di quando eravamo ragazzi, della mia ex, del suo lavoro, di film, di libri, di serie, lo sai che ne guarda anche più di me? È pazzesco! E dopo cena l'ho riaccompagnata a casa, siamo rimasti a parlare ancora un po' sotto casa sua, poi mi ha chiesto se volevo salire per un orzo, lei non beve caffè, e io ho accettato.»

«Ti ha picchiato il suo fidanzato?»

«Macché! Appena ho varcato la soglia mi si è avvinghiata addosso e non mi ha più mollato, una furia! Ha preteso prestazioni da ventenne, tu non hai idea, e chi ce l'ha più l'agilità nelle reni? Lei fa yoga tutti i giorni, mentre io prendo l'ascensore anche per salire al primo piano!»

Scoppiai a ridere.

«Quindi l'ernia del disco ti è venuta per le tue performance sessuali? Dovrò smettere di chiamarti Woody e cominciare a chiamarti Rocco!» Gli diedi una pacca sulla gamba.

«La vita è veramente scorretta!» piagnucolò. «Trovi una donna che ti considera un dio del sesso anche se sei un tappo con tre capelli rimasti in testa, però hai quasi cinquant'anni e devi imbottirti di Toradol se vuoi provare a soddisfarla e poi spendere uno stipendio in fisioterapia!»

«Ti farò un prezzo speciale, dai!»

«È stato umiliante quando alle tre e mezza le ho chiesto se potevamo provare a dormire un po' e lei mi ha guardato delusa.»

«Non potete provare qualcosa di meno atletico? Più soft magari.»

«E cosa le dico? Facciamo sesso via WhatsApp perché non reggo il ritmo? No, sai che ti dico, Betta? Finirò in riabilitazione, ma ne sarà valsa la pena.»

Quella era senza dubbio la migliore notizia della settimana.

Non avevo visto Woody sorridere da anni e mai si era goduto davvero qualcosa, talmente era concentrato sulle sue disgrazie. Sembrava sempre che attendesse la tegola guardando il tetto e una volta che questa cadeva l'accoglieva con un «lo sapevo».

Finalmente si era lanciato in un territorio nuovo e sconosciuto e dall'unione delle sue nevrosi con quelle di Miriam poteva davvero uscire qualcosa di esplosivo, niente che un busto ortopedico e un po' di ibuprofene non avrebbero potuto curare.

Lo scrissi a Niccolò appena uscì.

Lo sai che è esattamente quello che faremo noi? Non ci staccheremo le mani di dosso nemmeno per un minuto, a meno che tu non voglia guardare la televisione.

Sì avevo proprio intenzione di leggere e dormire.

Io no, Betta, dobbiamo recuperare vent'anni non abbiamo tempo da perdere.

Sorrisi.

Immaginavo la nostra intimità, il suo corpo, il mio, come sarebbe stato vederci cambiati, invecchiati senza una transizione quotidiana. Saremmo rimasti delusi? E il suo profumo, che all'epoca era un mélange di gioventù, ormoni e Dior sarebbe stato ancora lo stesso? Lo avrei riconosciuto?

A mano a mano che i giorni passavano sentivo crescere l'impazienza, la voglia di lui, il bisogno di sentirlo vicino, ma anche il timore che qualcosa potesse andare storto tra noi, qualcosa che non potevamo controllare, temevo la delusione.

Mi guardavo allo specchio e mi dicevo che non ero così male, non avevo ancora capelli bianchi, ero rimasta più o meno al mio peso forma, e le rughe c'erano, ma non ancora troppo spietate. Allora improvvisavo un lifting con le dita tirandomi su la fronte, sollevando gli zigomi verso l'alto, stendendo le rughette degli occhi, poi mollavo tutto di colpo e guardavo l'effetto decadenza.

Non ero invecchiata male, è vero, ma ero invecchiata, non c'era niente da fare.

La forza di gravità, che mi piacesse o no, aveva fatto il suo corso, ma io mi vedevo allo specchio tutti i giorni da quarantasei anni, mi fossi guardata improvvisamente dopo venti mi sarebbe preso un colpo.

Ed era quello che temevo di leggere negli occhi di Niccolò.

Tanto che chiamai d'urgenza Costanza e le chiesi di accompagnarmi dal suo medico estetico di fiducia per un paio di punturine last minute, cosa a cui non avevo mai nemmeno pensato in vita mia, ma che adesso mi sembravano assolutamente necessarie.

Tornai a casa e subito mi accorsi che Vittoria non era del solito umore insopportabile, ma peggio: era insofferente, triste e sull'orlo del pianto. Girava a vuoto in cucina appoggiandosi a un mobile o a una sedia sospirando e guardando il telefonino.

Le accarezzai la schiena e le sorrisi.

«Ti va un tè?» le chiesi con dolcezza.

Fece sì con la testa e andò a sedersi.

«Tutto bene con le ragazze?»

«No, ormai non ci parliamo più», mi disse col musino triste.

Presi dei biscotti e glieli misi davanti.

«Sai, tesoro, a volte non è proprio un male quando certe amicizie finiscono. Significa che non erano sincere o semplicemente che non eravate sulla stessa lunghezza d'onda. Alla tua età si cambia idea tutti i giorni, è un subbuglio di novità e pensieri, la tua personalità deve ancora plasmarsi e non devi farti piacere certe persone solo perché sono più popolari. Le grandi personalità che hanno cambiato il mondo non erano mai popolari a scuola, fra poco passerà anche questa e non ci penserai più, anche se capisco che non è facile stare in classe e non parlarsi.»

Vedevo le mie parole rotolare fuori e dissolversi come vapore acqueo: come poteva aver senso quello che dicevo? «Passerà», «cambierà», «è questione di tempo» erano concetti che a sedici anni non avevano senso e, a dirla tutta, non lo avevano nemmeno dopo.

Si strinse nelle spalle.

«Massimo mi saluta appena.»

«Massimo il bellissimo?»

Annuì.

«Dopo l'altra sera, non mi ha nemmeno parlato, io mi sono avvicinata al suo motorino, sono stata lì un po', ma non mi ha detto nulla. Poi è arrivato il suo amico e sono andati via.»

Allarme cuore spezzato.

La mia bambina aveva appena subito gli effetti devastanti della "spunta" nella lista di uno stronzetto presuntuoso che l'aveva incantata facendole credere di essere speciale, e una volta ottenuto quello che voleva, nella migliore delle tradizioni se l'era data a gambe. Come sempre.

E lei avrebbe dovuto vederselo davanti ancora per un paio d'anni.

«Mi assicuri che c'è stato solo un bacio?» dovetti chiederle.

«Sì, ci siamo baciati.» Abbassò lo sguardo.

Mi sembrava di essere la poliziotta che chiede i dettagli alla vittima di aggressione ancora sotto shock.

«E?...»

«E basta, mamma, dai smetti è già abbastanza imbarazzante così.»

«Okay, ma dovevo chiedertelo, fa parte dei doveri delle madri, quelli che ti consegnano alla nascita, c'è proprio tutto un file da scaricare...»

Le venne da ridere.

«Giuro! Poi ci sono aggiornamenti continui, praticamente tutte le settimane ne ricevo uno, lo apro, lo scarico, lo leggo, sono convinta di aver capito tutto e poi ne arriva un altro che contraddice quello precedente e quello vecchio non serve più.»

Sorrise.

«No, mamma, non abbiamo fatto nient'altro, ma lui voleva e io… ci stavo pensando.»

La mia bambina avventata, sognatrice e romantica come ogni adolescente che si rispetti che ha fretta di crescere e sentirsi emancipata e libera, ignara del rischio di votarsi a mesi di lacrime e infezioni intime.

«Piccola mia, credimi, è meglio che ti abbia dimostrato chi fosse prima di fare questo passo che anche se tutti ti dicono non essere niente di importante e quasi un peso da togliersi, è veramente una cosa importantissima che ti ricorderai per sempre e che non si ripeterà più con la stessa attesa e aspettativa. E ti auguro che la tua prima volta sia con un ragazzo che ti ama e ti rispetta perché così sarà indimenticabile, com'è giusto che sia, e non una cosa squallida per compiacere uno stronzetto analfabeta o farsi accettare dalle amiche.»

«Ma lui mi piaceva un sacco!»

«Ma è normale, più sono deficienti più ci piacciono, è una legge di natura, è stato così anche per me!»

«Non è stata con papà la tua prima volta?»

«No, con papà ci siamo messi insieme molto più tardi, la mia prima volta è stata un'estate al mare, avevo quasi diciotto anni e dissi alla nonna che andavo a dormire perché avevo mal di testa e invece scappai dalla camera d'albergo per raggiungere questo tizio che mi piaceva un sacco. Un deficiente appunto!»

«E fu bello?»

«Assolutamente no! Fu una cosa per niente romantica, faceva freddo e lui non fu per niente dolce, e dopo non lo vidi più.»

«Che brutto!»

«Già. Ho rimpianto per sempre di essere stata con lui per-

125

ché era la mia prima volta, e doveva veramente essere speciale.»

Le sorrisi dolcemente e le accarezzai i capelli.

«Capisci cosa intendo?»

Fece sì con la testa.

Speravo tanto avesse capito.

Mia madre entrò in cucina guardando il suo cellulare.

«Ho sempre saputo che eri scappata per andare con quell'imbecille!»

«E perché non mi hai fermata?»

«Sarebbe servito?»

9.

«Voglio andare via, Costanza! È stata una cazzata enorme chiedertelo, non è una roba per me questa delle punturine, voglio andare a casa!» piagnucolavo seduta sulla poltrona del «suo mago», come lo chiamava lei, un medico estetico che per la modica cifra di trecentocinquanta euro ti restituiva la gioventù perduta.

«Finiscila, dopo sarai così contenta che mi dichiarerai amore eterno e mi chiederai perché non l'hai fatto prima.»

Il medico entrò, si sedette davanti a me e cominciò a pizzicarmi la fronte e le guance come fossi una pallina antistress, o uno sharpei.

Non mi vedeva come una donna, ma solo come una massa di pieghe, rughe e difetti da correggere.

«Qui ne farei due…» disse fra sé e sé, passando il pollice fra le mie sopracciglia, «qui intorno invece un po' di ialuronico», riferendosi al contorno occhi, «le labbra invece…»

«Le labbra no!» urlai. «Le labbra no, la prego.»

Mi squardò con disprezzo, come fossi una codarda che non aveva capito niente della vita, e guardò Costanza che scosse la testa, quasi a scusarsi di avermi accompagnato.

«Mi dispiace!» dissi, «ma non l'ho mai fatto.»

Il medico armeggiò con delle fialette e finalmente si diresse verso la mia fronte.

«Mi farà male?»

«Ma va'!» rispose Costanza. «Quello non è dolore, è legittima difesa.»

Un quarto d'ora dopo eravamo di nuovo in macchina. Avevo la faccia rossa e piena di buchi e anche se non avevo urlato per conservare un briciolo di dignità, mi aveva fatto un male cane.

«A proposito», mi disse, «hai saputo di Miriam e Woody?» mi chiese, guardandosi nello specchietto retrovisore.

Esitai un attimo, ma evidentemente era già una notizia di dominio pubblico.

Nella nostra compagnia un segreto non era mai durato per più di un paio d'ore dall'accaduto in un giorno infrasettimanale, otto minuti al massimo nel fine-settimana.

«Sì, me l'ha detto! Un uomo nuovo!» esclamai.

«Dio sa quanto ne avessero bisogno quei due», commentò, accendendo la finta sigaretta che emanava un odore stranissimo.

«Puzza di merda vero? Puoi dirlo forte, l'altra sera ero in macchina con uno nuovo e ho creduto che avesse sganciato. Ma la cosa peggiore è che ha creduto avessi sganciato io e ci siamo guardati imbarazzati aprendo i finestrini e guardando fuori!»

Scoppiammo a ridere.

«Per Antonella invece non ho notizie migliori dell'altro giorno, salvo che il nostro uomo sta chiedendo soldi a destra e a sinistra per aprire un locale fuori Mantova, un giro di scambisti, ci scommetterei, sai quando uno è marcio dentro ma fa il signore per salvare le apparenze?»

Lo sapevo, ma Antonella non si sarebbe fermata finché non ci avesse sbattuto la faccia.

Tornata a casa mi esaminai allo specchio.

La fronte era levigata, un effetto un po' artificiale, ma decisamente gradevole, e anche gli occhi sembravano più freschi e distesi, l'insieme della mia faccia però risultava meravigliato, come fossi costantemente sorpresa. Le sopracciglia erano molto più alte del solito e, per quanto ci provassi, non riuscivo ad aggrottare la fronte come prima.

Rimasi lì a fissarmi e concentrarmi come se dovessi spostare un oggetto con la forza del pensiero, quando erano solo le mie sopracciglia che volevo avvicinare, e dopo una decina di tentativi mi arresi.

"Benvenuta nel club delle MILF senza ritorno!" mi dissi.

Quando mia madre mi vide scosse la testa.

«Botulino? Complimenti!»

«Taci, mamma! Là fuori c'è una guerra di cui non sai niente!»

«E credi che la combatterai così la tua guerra? Fingendo di essere quello che non sei? È questo l'esempio che vuoi dare a tua figlia?»

«Che male c'è a voler sembrare leggermente meglio di quello che siamo? Tu lo chiami fingere, io lo chiamo progresso! Tu e le tue amiche a vent'anni ne dimostravate già cinquanta, con quei tailleur e quei capelli a cofana, noi ne abbiamo quasi cinquanta e ce ne sentiamo venti, il mondo è cambiato e non puoi farci niente. Guardati! Paradossalmente sembri molto più giovane adesso!»

«Ma io non ho mai ingannato nessuno, quello che vedi è quello che compri!»

«Vuoi dire che per tenerti Romano non ricorreresti a qualche minuscolo aiutino per niente invasivo?»

«Mai! Mi ritoccheranno solo gli addetti alle pompe funebri.»

«Non ti credo, Leontine.» Chiusi la questione andando in camera da Francesco che mi chiamava a gran voce per mostrarmi le nuove mosse di tai chi.

«Che hai fatto alla faccia mamma? Sei strana», mi chiese sospettoso, fissandomi.

«I capelli, tesoro, ho cambiato il colore», mentii sapendo che non se ne sarebbe ricordato.

«Guarda!» mi disse orgoglioso esibendosi in mosse aggraziate e sinuose di cui non capivo niente, ma che risultavano molto belle a vedersi.

Era già più magro, il viso si era incavato e la pancetta era calata. La fortuna del metabolismo meraviglioso dei preadolescenti a cui non siamo mai abbastanza grati.

«Sei contento del tuo corso allora?»

«Tantissimo, mamma, il maestro dice che sono bravo!»

Già, il maestro, che faceva quello che suo padre avrebbe dovuto fare: dargli un esempio, una guida, una protezione, un modello.

Niccolò mi mandò una sua foto mentre faceva una smorfia con scritto: *Distrutto, ma felice! Ho organizzato la partenza, ci siamo!*

Davvero? Quando arrivi?

Arrivo venerdì prossimo all'aeroporto di Villafranca alle diciotto.

Allora ti vengo a prendere vuoi?

Mi piacerebbe moltissimo, ma mio padre ha insistito per venire lui, e non ho potuto dirgli di no!

Okay, scrissi un po' delusa. *Family first!* aggiunsi, con una faccina.

Faticavo a rimanere paziente, anche se capivo che c'erano delle priorità e poi sarebbe stato veramente difficile riuscire a organizzarmi per andare a prenderlo, con tutto che era il mio fine-settimana con i ragazzi e avrei dovuto barattarlo con Fabrizio, e non avrei permesso a nessun loro last-minute a Marrakech, terme in Slovenia, o concerto dei Mötley Crüe di mettersi fra me e il mio week-end da sogno con Niccolò.

Quel sabato i ragazzi, aspettando il padre che li venisse a prendere, erano irrequieti.

«Io non ho voglia di andare, mamma», disse Vittoria controvoglia.

«Nemmeno io», fece eco Francesco.

«E perché?»

«Voglio stare qui a casa!» si lamentò lei.

La capivo. Li capivo, anche se non avevo vissuto il trauma della separazione.

Essere sballottati ogni settimana fra due mondi, uno dei quali sicuramente più solido dell'altro e fingere che entrambi fossero importanti allo stesso modo, adattandosi come in un albergo, cambiando abitudini e routine per compiacere noi genitori, quando tutto quello che vuoi fare è vedere le tue amiche e stare tranquillo nella tua stanza senza dover parlare con nessuno, tantomeno fare il carino con degli estranei.

«Ragazzi, il papà non vi vede da due settimane, dovete stare un po' anche con lui!»

«Che c'entriamo noi se vi siete separati, è un problema vostro!» reagì Vittoria.

Aveva ragione da vendere e questa frase fece leva sul mio senso di colpa spostandolo sul mio cuore.

«Capisco che non è piacevole fare avanti e indietro, ma lui è veramente felice di vedervi e so che anche a voi manca tanto.»

Francesco si mise lo zaino in spalla e uscì di casa, Vittoria si trascinò guardando per terra.

«Non mi dai un bacino?» le chiesi.

«Non da quando ti fai il botulino e sembri come tutte le mamme delle mie amiche.»

Mia madre si strinse nelle spalle: «Io non ho detto niente!».

La sera ero invitata da Antonella. Non amavo molto andare a casa sua quando aveva con sé il figlio, perché erano serate faticosissime incentrate su di lui, i suoi urli e i suoi capricci, cui lei non sapeva mai opporsi; e la mia voglia di assestargli due schiaffi, questa volta senza ripensamento alcuno, si faceva ogni volta irresistibile.

Mi accolse sorridente, ma con un velo di tristezza negli occhi.

«Tutto bene, tesoro?» le chiesi subito togliendomi l'impermeabile.

«Sì, è solo che è successa una cosa un po' strana...» rispose andando in cucina a prendere i bicchieri per l'aperitivo. «Amedeo mi ha richiesto l'anello indietro!»

«E come mai?»

«Dice che il negozio l'ha chiamato dicendogli che c'è stato un problema, uno scambio, insomma lo devono controllare.»

«Da Bulgari? A Montecarlo?» dissi senza riuscire a trattenere una risata.

«Strano, vero? Pare che ci sia stata una partita di diamanti rubata e devono verificare la provenienza, è solo una precauzione, ha detto.»

«E tu ci credi?»

«Non dovrei?»

«Non ho mai sentito una cosa simile, mi sembra davvero strana. E quando dovrebbe avvenire la consegna?»

«Voleva passare stasera, ma gli ho detto che c'eri tu, allora verrà domattina perché voleva risolvere subito questo disguido. Era veramente mortificato.»

Avrei pagato per vedere la faccia di Costanza.

Mi versai un generoso bicchiere di vino.

«Non mi convince questa cosa, Anto, devo essere sincera!»

«In effetti è strano, ma perché dovrebbe mentire?»

«Perché ha bisogno di soldi e vuole vendere l'anello?» ipotizzai.

Mi guardò come se le avessi confessato di essere un alieno e di volere un figlio da lei.

«Ma che dici?» s'indignò. «Ti pare che farebbe una cosa simile?»

La guardai come se lei fosse un alieno, e volesse un figlio da me.

«Ho fatto male a parlartene.»

«Mi dispiace, ti ho detto solo quello che penso, spero di sbagliarmi, solo che mi sembra una cosa assurda.»

Vedevo che il tarlo del dubbio si era insinuato in lei e questa cosa la infastidiva enormemente: se fino a pochi minuti prima era solo una richiesta un po' strana, adesso questa storia assumeva contorni più contorti e gravi e non c'è cosa peggiore che vedere l'immagine della persona a cui credevi ciecamente, di cui ti fidavi e che mai avresti pensato potesse farti male cominciare a incrinarsi.

Come tuo padre.

«Non parliamone più dai», cambiai argomento. «Sicuramente hai ragione tu», la confortai.

«Ma sì, vedrai che è solo un malinteso, è così carino con me, così presente, mi porta sempre con sé quando deve fare viaggi di lavoro, settimana prossima mi ha promesso il Portogallo.»

«Se tu sei felice, io sono felice lo sai!»

E rimanemmo in silenzio sorseggiando il vino fingendo che andasse tutto bene.

Giorgio entrò in cucina correndo con una scatoletta nera in mano.

«Guarda cosa ho trovato!» si mise a urlare girando intorno al tavolo.

«Amore, dammi quella scatola, non è un gioco!» rispose Antonella appena si rese conto che non era una qualunque scatoletta nera.

Il piccolo mostro le sfuggì di mano come un'anguilla e filò in salotto con lei che gli correva dietro.

«È l'anello della mamma, è una cosa molto costosa e non ci devi giocare!»

Ma la sfida lo eccitò ancora di più, e aprì la scatoletta tirando fuori il brillante e stringendolo nel pugno.

«Amore ti ho detto di darmelo subito!» ripeteva lei con la voce tremante, fra la rabbia e il panico.

«Giorgio, restituisci l'anello alla mamma che poi ci mettiamo a colorare io e te!» tentai.

Fece un fulmineo no con la testa e nei suoi occhi scorsi un lampo di perfidia, tipico dei bambini psicopatici delle serie televisive.

Antonella gli fu sopra con un balzo, ma lui si gettò a terra a pancia in sotto con le manine strette sotto il petto.

«Dai l'anello alla mamma tesoro!» Tirava con tutte le sue forze.

«No!» gridava l'isterico. «È mio, è mio!»

Antonella era rossa in volto e prossima a una crisi di nervi, quella peste insopportabile era l'Anticristo.

Decisi di entrare in azione.

«Tienilo fermo!» ordinai.

Ma mai idea si rivelò più funesta, perché il mostro, approfittando della distrazione della madre, si infilò l'anello in bocca e ci guardò trionfante.

«Giorgio, no…» balbettò Antonella come se il figlio avesse una bomba fra le mani.

Il piccolo demonio sorrideva fiero, mentre la madre si avvicinava con il palmo della mano verso di lui incitandolo a sputare.

«Dallo alla mamma su, che poi prendiamo il gelato!»

Rise ancora, poi si sporse verso la mano della mamma, fece una smorfia strana, strinse gli occhi, e deglutì.

«NOO!» gridammo in coro.

«Ma brutto stronzo!» esclamai. «Scusami, ma quando ci vuole ci vuole!»

Antonella era una maschera di terrore.

«Si è ingoiato un anello da centoventimila euro!» mi disse scioccata.

«Hai un lassativo?» le chiesi fissando sbalordita il figlio di Satana.

«Solo le prugne.»

«Ci metteremo una settimana allora.»

Antonella chiamò il pediatra, ma anche lui non aveva migliori suggerimenti che una paziente attesa sul vasino.

«Non ho tempo, Amedeo lo vuole per domattina.»

«Da Bulgari aspetteranno», dissi, chiedendomi se i Bulgari fossero quelli a cui lui doveva dei soldi.

«Lo sai che hai fatto una cosa molto cattiva e hai fatto piangere la mamma?» gli disse in un tono che non avrebbe fatto sentire in colpa nemmeno un panda.

Continuò a scuotere la testa facendo volare il caschetto di capelli biondi come un indemoniato, ridendo.

Ringraziai Dio che non fossimo soli io e lui in quella stanza, o l'anello da espellere sarebbe stato il minore dei suoi problemi.

Ovviamente si rifiutò di mangiare le prugne, i kiwi e le zucchine lesse che era tutto quello che avevamo in casa di lassativo. Allora, verso le dieci, disperata, chiamai mia madre.

«Sono con Romano, ti sembra il momento?»

«Mamma è un'emergenza!»

«Come farai quando non ci sarò più allora?»

«O mamma, tu mi sopravvivrai senza problemi, per questo ne approfitto adesso!»

La sentii confabulare poi riprese il telefono.

«Arrivo, ma sappi che mi prendo anche sabato prossimo!»

«Tutti i sabati che vuoi mamma!»

Una mezz'ora dopo arrivò mia madre.

Sembrava una crocerossina che prende in mano la situazione in trincea e taglia la gamba al ferito con una sega arrugginita, mettendogli una cintura in bocca e stordendolo col whisky.

«È lui il ladro?» chiese seria guardando il teppista con aria di sfida.

«Eh sì», fece Antonella arresa.

«Bene, io e lui andiamo in bagno, voi rimanete qui e non tentate di entrare, tanto chiudo a chiave.»

«Ma lui...» tentò Antonella.

«Vuoi l'anello o no?»

Antonella si fece minuscola e indietreggiò, mia madre prese Giorgio per un braccio e lo trascinò con sé in bagno incurante delle sue urla e dei suoi insulti.

«Gli farà del male?» mi chiese Antonella preoccupata.

«Non mi sento di escludere niente», ammisi.

Ci andammo a sedere in salotto.

Le urla dal bagno erano degne di un posseduto mentre il prete esorcista gli spruzza l'acqua santa in faccia e gli insulti non erano da meno. Dove avesse imparato una tale pletora di offese era davvero un mistero.

«Vai a farti fottere, vecchia bagascia», fu la frase più carina che gli uscì dalla bocca.

Dopo venti minuti di lotta sentimmo riaprire la porta del bagno.

Mia madre era stravolta e arruffata, con la maglia strappata e un paio di graffi sulla faccia, e Giorgetto non era in condizioni migliori, anche lui con la faccia graffiata e la maglia strappata, ma stava zitto, stremato dai nervi, e decisamente calmo.

Sembrava avesse domato un cavallo selvaggio con il lazo.

«Gli ho dato quattro cucchiai di olio di ricino, adesso non dovete far altro che aspettare!»

Lo riconsegnò alla madre, si ravviò i capelli, annodò il foulard intorno al collo e ci salutò.

«Grazie, Leontine!» disse Antonella.

Lei si voltò sulla porta e la fulminò: «Certo che, se posso permettermi, un anello di fidanzamento finito nella merda non è proprio di buon auspicio...». E uscì.

Più tardi a casa, davanti a una tisana, le chiesi come avesse fatto.

«Semplice! Gli ho insegnato il concetto di occhio per occhio, dente per dente, a ogni graffio un graffio, a ogni morso, un morso, a ogni parolaccia una parolaccia. Alla fine ha capito!»

«Ti devo un favore bello grosso!»

«Mi basta che tu mi dia l'indirizzo di quello che ti ha fatto il botulino!»

L'indomani mattina prestissimo ero già in macchina per andare da Mattia e sua madre, direzione Riva del Garda.

Ero distrutta dalla stanchezza, ma a quanto pareva il piccolo mostro aveva evacuato l'anello durante la notte (e non con poca fatica!).

Mi chiedevo se da Bulgari si sarebbero accorti che il diamante non era più della purezza originale.

Il mio cellulare squillò e risposi solo perché vidi il numero di Vittoria.

«Amore, che c'è?»

«Vienimi a prendere che non voglio stare a casa con questa stronza un minuto di più!» urlò in lacrime.

«Che stai dicendo? Che succede ancora?»

«Camilla è una merda, voglio andare a casa, vienimi a prendere subito!»

«Non posso, adesso, sto andando a casa di Mattia e sono già in ritardo, la strada è lunghissima!»

«Mi deve chiedere scusa! Mi deve chiedere scusa!» sentivo Camilla ripetere come un'ossessa. «Allora torno a piedi o con l'autostop che di domenica non c'è nemmeno l'autobus e qui in Culonia non arrivano i taxi!»

«Vittoria non fare la bambina e passami tuo padre!»

«Vuole te!» la sentii dire.

«Fabrizio, che succede?»

«Ha litigato con Camilla e non vuole scusarsi e io non la porto da nessuna parte adesso, non ho intenzione di dargliela vinta!»

«E allora cosa fai, la chiudi in garage?»

«Le passerà! Dai, Camilla ti prego…» lo sentii implorare.

Vittoria riprese il telefono.

«Cosa non va in voi? Ho detto che qui non ci voglio stare e ho chiesto a mia mamma di venirmi a prendere, devo chiamare i carabinieri?»

Una scena del genere era totalmente impensabile ai nostri tempi: i genitori decidevano dove dovevamo stare e con chi e questo era quanto. Costanza aveva così tanti fratellastri e sorellastre che alla fine aveva perso il conto, dato che i suoi si erano risposati tre volte per uno e senza certo chiedere il suo parere; l'avevano messa in collegio e se l'erano ripresa quando era maggiorenne. Adesso invece la minaccia di me e suo padre in questura a difenderci per abuso di minore mi sembrava un'eventualità abbastanza concreta.

«Ti vengo a prendere, ma adesso calmati!» riattaccai furente e chiamai la mamma di Mattia per dire che li avremmo raggiunti là.

«Culonia», come l'aveva definita Vittoria, era la casa di Camilla dove ora vivevano, vicino al parco del Mincio. Un posto molto bello per dei pensionati, degli allevatori di cavalli o di Akita Inu, ma non certo per un'adolescente.

Fortunatamente abbastanza di strada per andare a Riva del Garda, ma questo non glielo avrei detto.

Arrivata sotto casa ecco la mia piccola teenager scazzata col mondo uscire con tutta l'intenzione di farlo sapere ai posteri in caso ci fosse stata una telecamera in azione per Google Earth.

Corse in macchina e diede una sportellata così violenta che mi sorpresi non cadesse a pezzi.

Fabrizio mi raggiunse furibondo.

«Hanno litigato come matte, Vittoria le ha messo le mani addosso e non si è scusata!»

«Che hai fatto?» le chiesi sbalordita.

«Le ho dato solo una spintina, non l'ho certo presa a pugni!» si difese.

«Non è così che ti abbiamo educata!» ribadì Fabrizio.

«E Francesco?»

«Lui dorme, te lo riporto stasera!»

Lo guardai come per dirgli "mi aspettavo uno sforzo in più da te", ma lo vidi veramente logorato, come se avesse combattuto una lotta impari fra la figlia e la fidanzata e, vista l'ora, non mi persi in altre sterili discussioni.

Camilla uscì in vestaglia e lacrime come fosse stata investita da un TIR, e senza nemmeno pensarci un secondo misi in moto e partii.

«Mi spieghi che diavolo è successo?» le chiesi una volta in strada.

«Camilla è una merda totale!» esordì. «Ha da dire su tutto, su come mi vesto, come sto a tavola, come parlo, pretende che diventi una povera sfigata come lei!»

La mia posizione era scomodissima, strattonata com'ero fra l'animale in me, che voleva difendere la prole a tutti i costi, e il rimanere obiettiva e moderare i comportamenti estremi di un'adolescente in pieno sconvolgimento emotivo, appena delusa dal primo amore e con i genitori separati.

Era un sacco di roba da gestire.

«Va bene, lo sappiamo che Camilla è una tipa precisina e un po' rompicoglioni, ma mica puoi picchiarla! In fondo la vedi una volta ogni due settimane, non cade il mondo!»

«Ma perché devo starci me lo spieghi? Che me ne frega di andarci d'accordo!»

Ottima domanda. Perché?

L'unica ragione plausibile era che lei avesse un gruppo sanguigno compatibile con il suo per un eventuale trapianto di midollo o che fosse una vecchia zia milionaria in cerca di eredi.

Altre ragioni per frequentare la nuova compagna del padre non ne vedevo. Perché mai i figli dovrebbero adattarsi al nostro volere e ai nostri cambiamenti? Li mettiamo al mondo, promettiamo loro una stabilità emotiva ed economica, una famiglia solida, e poi un giorno – puf! – «ragazzi scusate, ma io e vostro padre ci separiamo, però tranquilli perché vi vorremo bene per sempre e ci saremo sempre per voi!»

E voilà, coscienza pulita e, a loro, il problema di farsi piacere altre mamme, babbi, fratelli e sorelle.

Era veramente di un egoismo senza precedenti, me ne rendevo conto ora più che mai. D'altro canto era forse meglio il sistema del secolo precedente? Stare insieme per il bene dei figli odiandosi e massacrandosi di botte per mantenere la facciata come i genitori di Antonella o di Woody?

Non avevo una risposta, tranne che, se fossi rinata, avrei fatto qualcosa di più per salvare la mia relazione e la mia famiglia.

«È davvero così una palla Camilla?» le chiesi accendendo la radio per stemperare la tensione.

«Una cretina totale, non ha senso dell'umorismo, non capisce i doppi sensi, è sempre a chiedere chi è questo e cos'è quell'altro, non sa niente di social, di musica, sta solo a guardare *Uomini e donne* e a leggere giornaletti, poi vuole fare la mammina con noi, ma non ha capito che di lei non ce ne frega niente!»

«In che senso vuole fare la mammina?»

«Ci vuole insegnare come stare al mondo, vuole sapere sempre tutto, cosa facciamo, dove andiamo, con chi, la scuola, ma chi la vuole?»

Che la nuova compagna di suo padre fosse una cretina totale mi faceva piacere, sempre meglio essere rimpianta che odiata, che però cercasse di fare da mamma ai mìei figli mi irritava non poco.

«E perché avete litigato stamattina?»

«Perché mi sono alzata che avevo sete e ha cominciato a rompere le palle: perché sei in piedi, mettiti le ciabatte, non bere l'acqua dalla bottiglia. Poi ho aperto il mobiletto per prendere i biscotti e mi ha detto che quelli erano di papà e si è messa in mezzo, a quel punto l'ho mandata affanculo e per spostarla l'ho spinta, ma piano, e lei ha fatto tutta una scena fintissima, ha cominciato a urlare e a farsi venire un attacco di panico. Papà è sceso e lei è scoppiata in lacrime abbracciandolo e dicendo che l'avevo picchiata, ma ti pare?»

"Hai fatto bene!" volevo gridarle con tutta me stessa, immaginando di sbattere ripetutamente lo sportello del mobiletto sul bel nasino di Camilla, ma non potevo. Non potevo perché avrei minato il loro già esilissimo rapporto, complicando la loro convivenza giocando sporco e in ultimo, ma non per ordine di importanza, messo a repentaglio i futuri fine-settimana che mi spettavano di diritto, dato che i ragazzi vivevano con me.

«Okay, è una scassapalle, ma la prossima volta tornatene a letto e lasciala perdere! Non la sfiorare nemmeno perché altrimenti dovrò portarti le arance al carcere minorile! E non sto scherzando!»

«Camilla è una merda!»

«Ho capito, Camilla è una merda, ma tu non fare il suo gioco!»

Sbuffò girando canale della radio.

«Amore mio, Achille Lauro alle sette e mezzo di domenica mattina non me lo merito!» risposi sintonizzandomi su un rassicurante Brian Ferry.

«E ora dove andiamo?» chiese.

«Ad accompagnare Mattia per la sua prima uscita in barca con una scuola che insegna a navigare alle persone con disabilità!»

«Che palle!»

«Vittoria!» gridai e spensi la radio. «Se vuoi dirmi quanto è una merda Camilla ci posso anche stare, ma non ti permettere di fare la principessa sul pisello quando si tratta di persone con problemi veri che affrontano battaglie vere tutti i giorni! Tu non sai quanto sei fortunata, non lo sai e hai anche il coraggio di lamentarti!»

Si accorse che non ero assolutamente disposta a tollerare il suo atteggiamento un minuto di più e poco dopo si scusò.

Passammo buona parte del viaggio in silenzio.

Mi interrogavo sugli sbagli che avevo fatto e se mai sarei riuscita a rimediare.

Avevamo dato troppo senza chiedere niente in cambio, e un giorno ci eravamo trovati a gestire degli individui immensamente viziati ed esigenti che in natura non sarebbero sopravvissuti dieci minuti senza il segnale wi-fi e che non avevano il benché minimo concetto di società e sacrificio.

Tutto li stancava, tutto li annoiava, e mai si domandavano se potevano essere utili in qualche modo, soprattutto non riuscivano a provare empatia o compassione, e questa cosa non la potevi insegnare. Ci nascevi.

Il viaggio fu lunghissimo, di tanto in tanto chiamavo la mamma di Mattia per tranquillizzarla che saremmo arrivate e che non doveva preoccuparsi, lei cercava di mantenere un tono tranquillo, ma sentivo che era agitatissima, mentre Mattia intanto cantava i Nirvana a squarciagola.

Arrivammo finalmente a Porto San Nicolò. Feci una foto al cartello e la mandai subito a Niccolò accompagnata da una frase melensa e patetica del tipo: *Sei anche qui.*

Era una giornata fredda, ma limpidissima.

Mattia mi aspettava sul pontile insieme alla mamma e agli istruttori che lo avrebbero accompagnato.

Era già munito di giubbotto di salvataggio e gli brillavano gli occhi.

«Betta! Sapevo che ce l'avresti fatta!» mi disse e mi abbracciò forte.

«Emozionato?»

«Da pazzi!» esclamò passandosi le mani fra i capelli arruffati.

«Questa è mia figlia Vittoria!» presentai.

«Ah, è per colpa tua che siamo in ritardo allora!» le sorrise, dandole la mano.

Vittoria non rispose, imbarazzata e punta sul vivo.

«Dai, adesso muoviamoci!» ci riportò all'ordine. «Ti lascio la mamma che è stressatissima e mi ha fatto due palle così, io invece mi vado a divertire! Vero ragazzi?» chiese ai suoi nuovi mentori che lo sollevarono dalla carrozzina e lo adagiarono delicatamente nella piccola barca a vela saltando dentro con lui.

La mamma di Mattia sospirò.

«Stai tranquilla Lucia», le dissi mettendole un braccio sulla spalla, «andrà benissimo, non hai idea del regalo che gli stai facendo!»

«Se lo dici tu!»

«Fidati!» e ci incamminammo a prendere un caffè a un piccolo bar del molo.

Vittoria non parlava, sicuramente avrebbe preferito stare in camera sua a chattare con le amiche e mettere like su Instagram, ma ero certa che le avrebbe fatto bene una giornata fra adulti, anche se, a giudicare dalla sua faccia, sembrava fosse stata condannata ai lavori forzati.

Ogni tanto buttavamo un'occhiata al lago, osservando la barchetta in lontananza, immaginandolo ridere.

«È un ragazzo splendido e speciale», le dissi.

«Lo so, ma era destinato a tutt'altro!» sospirò Lucia.

«Lo è ancora!» insistetti. «Può fare quello che vuole, guardalo: non ha limiti, e sai cosa credo? Che a volte il destino ci mette davanti a delle prove terribili proprio perché possiamo sopportarle e, in quel modo, possiamo essere d'aiuto agli altri!»

«Forse è come dici tu, ma se non fosse su una sedia a rotelle, avrebbe il mondo in tasca!»

«Ce lo avrà. E ti prego, smettila di farglielo pesare, prova a sintonizzarti sulla sua gioia di vivere, prova a essere contenta per lui, lo so che è difficile, ma glielo devi!» dissi in tono piuttosto sostenuto.

Sorrise amaramente.

«Mi prometti che ci provi?»

Annuì.

Nel mio lavoro vedevo spesso questa situazione. I miei pazienti erano più sereni quando non erano a contatto con i loro familiari, che li schiacciavano con il peso dei ricordi e dei sensi di colpa.

Tornammo al molo per accoglierlo e, come prevedibile, la luce dei suoi occhi era più brillante del faro del porto.

«Figata!» urlò da lontano alzando le braccia in segno di vittoria.

«È nato per pilotare una barca», ci disse uno degli istruttori orgoglioso. «Un talento!»

«Vittoria, perché non vieni a fare un giro anche tu?» le chiese.

«No, ma io… no grazie!» rispose arretrando con le mani in tasca.

«Possiamo andare con uno di voi vero?» chiese Mattia.

«Certamente!» rispose uno dei due scendendo e consegnando il suo giubbotto a Vittoria che mi guardò quasi nel panico.

«Dai fatti un giro, è bello!» la incoraggiai.

Messa alle strette si tolse la giacca, si infilò il giubbotto e rimase immobile, finché Mattia non la invitò a salire insistendo.

L'istruttore le diede la mano e l'aiutò a scendere nella barchetta.

Per la prima volta la mia spavalda teenager dimostrò tutta la sua insicurezza e perse ogni audacia. Senza telefonino, senza like, senza papà e mamma, sembrava avesse di nuovo otto anni e immaginai che si mettesse a piangere col dito in bocca.

Mi guardò un'ultima volta.

Le sorrisi di rimando e le gridai «divertiti!», poi la barca si allontanò e io e Lucia rimanemmo a guardare i nostri figli prendere il largo, uno con una vita limitatissima, ma pieno di voglia di vivere, e l'altra con infinite possibilità, ma che non ne sfruttava nemmeno una.

«Dai facciamoci un selfie», dissi a Lucia.

Rise. «Come farei senza di te», rispose.

Tre quarti d'ora dopo furono finalmente di ritorno; eravamo intirizzite, ma i loro sorrisi ci ricompensarono.

Vittoria aveva un'altra faccia, rideva contenta e si capiva che si erano scambiati battute che già erano diventate un codice fra loro.

Io e Lucia ci guardammo divertite.

L'istruttore fece scendere Vittoria dalla barca, poi, insieme al collega, issò Mattia e lo fecero sedere sulla sedia a rotelle. Quindi riprendemmo la strada verso le macchine.

Non stavano zitti un minuto, Mattia parlava a ruota libera e Vittoria rideva camminandogli accanto con una mano sulla maniglia della carrozzina, come fosse un tentativo di contatto.

«Dammi il tuo numero», le disse con scioltezza lui quando ci salutammo, tirando fuori l'iPhone.

Vittoria mi guardò come per chiedermi il permesso.

Le sorrisi incoraggiandola.

Poi lo aiutammo a salire in macchina e ci salutammo.

«Ci vediamo domani Giovanni Soldini», gli dissi dandogli un buffetto sulla guancia.

«Da domani cominciamo un allenamento specifico per le braccia», mi rispose, «quindi vieni in forma!»

«Okay capo!» gli dissi facendogli il saluto militare.

In macchina Vittoria era euforica, di una contentezza agitata e fuori controllo.

«Ti sei divertita?»

«Tantissimo!» e le veniva da ridere.

«Di che avete parlato?»

«Di un sacco di cose, della musica, di libri, mi ha dato tantissimi consigli, me li sono scritti aspetta... Pink Floyd, Ramones, Scorpions, e poi mi ha detto di leggere Kerouac, Chatwin, Borges, ah e anche delle poesie, Bukowski e Alda Merini.»

Mi stavo commuovendo.

Non avrei mai creduto di sentire tanti nomi tutti insieme nella stessa frase. Glieli avessi consigliati io, avrei dovuto legarla alla sedia e minacciarla di confiscarle il telefono per tre mesi.

Sapevo che l'influenza di Mattia sarebbe stata positiva nella vita di Vittoria.

Sorrisi mentre scriveva forse alle sue amiche, forse a lui.

E ora potevo ufficialmente cominciare a pensare al conto alla rovescia per l'arrivo di Niccolò.

144

10.

L'indomani mattina, mia figlia si svegliò sorridente e stranamente di buonumore, tanto che sciacquò anche la tazza della colazione, lasciando basite me e mia madre.

Quando poi mi recai da Mattia, mi fu chiara la ragione di cotanto ottimismo.

«Non mi avevi detto che Vittoria fosse stupenda!»

Gli sorrisi sorpresa. «Ti piace?»

«Ma tantissimo!»

«Be', devo ammettere che è proprio bella!» confermai orgogliosa, sollevandolo sul lettino per procedere al massaggio.

«È bella, ma è anche speciale, è intelligente, ha il senso dell'umorismo giusto, l'unico difetto è che non capisce niente di musica, ma a quello posso rimediare io!» disse, allungandosi di lato per afferrare un peso e cominciare ad allenare i bicipiti.

Quindi era vero, stava nascendo qualcosa fra loro, pensai con un misto di gioia e preoccupazione.

«Vittoria è veramente speciale, anch'io spesso mi chiedo da chi abbia preso, è così sicura e indipendente, ma è anche molto fragile», misi le mani avanti.

«Siamo tutti fragili Betta, chi non lo è, e io ne so qualcosa!»

Aveva, come sempre, ragione.

Possediamo tutti delle aree inesplorate di noi stessi che ci terrorizzano e che non vorremmo mai conoscere. Alcuni riescono a girarci intorno senza mai addentrarcisi per tutta la vita, scegliendo situazioni comode ed evitando i cambiamenti, illudendosi di vivere un'eterna giovinezza, mentre altri finiscono in mezzo alla tempesta loro malgrado e sono costretti ad attraversarla nuotando come disperati per sopravvivere, ma, una volta dall'altra parte, non hanno più paura di niente.

Mattia era una roccia, un uragano di vitalità, un vero sopravvissuto, ma le difficoltà che la sua vita implicava erano reali, e sarebbe stato troppo per la mia giovane e delicata bambina.

Più tardi, in studio, mi raggiunse Andrea, l'esempio lampante di chi riusciva a rimanere per sempre in perfetto equilibrio sul crinale dell'adolescenza, senza mai affrontare il livello successivo.

Andrea non prendeva mai un appuntamento. Arrivava e faceva gli occhi dolci alla segretaria che, senza dirmi niente, lo infilava fra un paziente e l'altro.

Poi io me la prendevo con lei, pur sapendo che la volta successiva avrebbe fatto la stessa cosa.

«Allora amore mio? Sei sempre più bella!» esordì entrando in una nuvola di Tom Ford e ottimismo, abbracciandomi.

Sorridente, abbronzato, la barba di tre giorni e gli occhiali da sole da seicento euro, sembrava uscito dritto da una pubblicità di Gucci.

Si sedette sul bordo del tavolo e mi contemplò.

«Ti vedo particolarmente luminosa, Betta, scopi?»

Scoppiai in una risata.

«No, è solo botulino», ammisi, ringraziando mentalmente il "mago" per il miracolo che era riuscito a compiere in una sola seduta.

«I soldi meglio spesi insieme ai massaggi», rispose, «mi sa che due punturine me le faccio anch'io!»

«Cosa posso fare per te?» gli chiesi.

«Mi sono strappato giocando a tennis, e mi fa un male pazzesco», disse ruotando con fatica il busto, «e ho bisogno che tu mi rimetta a posto che ho questa ragazzetta giovane per le mani che mi piace!»

Lo feci sdraiare a pancia in sotto, aveva un fisico da atleta, muscoloso, tatuato, gli avresti dato facilmente dieci anni di meno, il problema è che non li aveva più. Ma non potevo dirgli che, come Woody, ormai i cinquanta erano pericolosamente vicini e non poteva più far finta di niente, perché il corpo gli avrebbe chiesto il conto.

Cominciai a manipolarlo con cautela, ma a ogni pressione sussultava di dolore.

«Stavo vincendo 6-0, 6-0 quando ho tirato un rovescio troppo potente e ho sentito un dolore lancinante al fianco. Mi sono dovuto fermare e sedere. Non ti dico il giramento di palle!» raccontò veramente seccato.

«Tanto se ti dico di andarci piano non mi ascolti.»

«Gioco da quando ho sette anni Betta!» protestò tirandosi su di scatto e urlando per la fitta.

«Appunto, sono quasi quarantatré anni, le ossa, lo sai, non sono più le stesse.»

«Cazzate! Mio padre ha settantacinque anni, gioca tutte le settimane e sta da dio!»

«Ma tu oltre al tennis fai surf, kite, arrampicata, e non voglio parlare delle tue acrobazie sessuali. Prendi in considerazione che dovresti rallentare un po'.»

«Le tue fantastiche mani mi rimetteranno a posto, non ho bisogno che di te e di un paio di Aulin!»

Non avevo il coraggio di svelargli i miei sospetti.

«Allora ti dicevo, mi blocco e mi vado a sedere sulla panchina a bordocampo, il mio amico prima mi prende per il culo poi capisce che sto male davvero e chiama uno della reception perché porti del ghiaccio, e ti arriva questa ragazzetta, venticinque anni, minuscola, orientale, sembrava una fatina, o forse era il dolore che me l'ha fatta vedere così. Insomma te la faccio breve, è una settimana che ci esco e mi piace un casino!»

«E cosa c'è di diverso rispetto a quella della settimana scorsa?» lo punzecchiai.

«Che questa mi stimola, mi incuriosisce, mi fa ridere, è diversa dalle altre, mi fa venire voglia di fare cose diverse, tipo stare a letto il fine-settimana a guardare serie, invece di farmi il giro dei locali.»

«Mmh… sarai mica innamorato?»

«Naaa, però devo ammettere che mi fa stare bene! Cambiando argomento, ho saputo che c'è una rimpatriata in arrivo!»

Mi fermai, improvvisamente seccata, possibile che lo sapessero tutti?

Sì, era possibile. Ma che fastidio!

«Le voci corrono, vedo!»

«Volevi tenerlo segreto?»

«Segreto no, ma magari non con i manifesti per strada!»

«Uuh, guardati, sei diventata rossa, la mia romanticona!» Si girò di nuovo di scatto e ancora fece una smorfia di dolore.

Dovevo confessarglielo.

«Andrea, senti, ho paura sia un'ernia, il dolore è troppo intenso e non posso trattarti o rischio di fare peggio. Devi assolutamente fare una risonanza!»

«Ma va'! Un paio di giorni di riposo e sono come nuovo!»

«Credimi che non è così, non si scherza con i dischi vertebrali.»

«Gli unici dischi che conosco sono i miei vecchi 33 giri!» rise.

«Andrea, sii serio per una volta!» lo ammonii intenzionata a fargli paura. «Devi farti vedere e al più presto o rischi complicazioni serie» – vista la sua strafottenza, decisi di lasciar fare all'orgoglio – «e poi che figura farai con la tua fatina? "Scusa ma ho mal di schiena"? Dubito che muoia dalla voglia di spingere la sedia a rotelle di un signore di mezza età!»

«Dio, che palle che sei quando ti ci metti!» rispose contrariato, alzandosi a fatica. «Vabbè dai, proprio perché sei la mia migliore amica, in settimana vedo se la faccio.»

«No, in settimana la fai!» dissi piccata.

«Va bene in settimana la faccio», ripeté esasperato. «Non ti ricordavo così rompicoglioni.»

«Sei fortunato, rompo i coglioni solo a quelli a cui voglio bene.»

Mi diede un bacio sulla guancia.

«Anch'io ti voglio bene e lo sai che se non va in porto con de Martini puoi sempre contare su di me vero?»

«Certo, grazie del pensiero», lo rassicurai.

«E se sabato sera non sapete cosa fare, venite per l'aperitivo da me, così vi presento la piccola!»

«Grazie, ma spero di cuore che sabato sera avremo molto di meglio da fare!»

«Così mi piaci!»

Lo guardai uscire dolorante, ma appena incrociò lo sguardo della mia segretaria le sorrise fingendo disinvoltura.

Cercavamo tutti, in un modo o nell'altro, di ingannare il crudele avanzare del tempo, continuando a comportarci come se avessimo ancora tutta la vita davanti piuttosto che alle spalle. E lui ci lasciava fare, guardandoci con tenerezza giocare, come si fa coi bambini nei torridi pomeriggi d'estate, finché non esageravamo e allora veniva a punirci, lasciandoci nudi e atterriti davanti a tutta la nostra fragilità e impotenza.

Non avevo memoria degli stessi disperati tentativi da parte dei miei nonni o dei miei genitori di arrestare il tempo, li ricordavo affrontare i cambiamenti con naturalezza e autenticità, indossando rughe e acciacchi con il sorriso e l'accettazione.

Invecchiare era una parte inevitabile della vita che nessuno tentava di bloccare con elisir di giovinezza, o miracoli, ma era un lento e dignitoso passaggio che veniva vissuto in maniera corale. Si diventava più autorevoli e saggi, rallentando, e passando il testimone alle generazioni successive, donando loro e al mondo un'eredità di ricordi e conoscenza.

Noi invece saremmo diventati una generazione di centenari dementi, ossessionati dalla propria immagine riflessa nello specchio.

Uscii a farmi una passeggiata in pausa pranzo, era una giornata ventosa e fredda, ma nonostante le intemperie cercavo sempre di uscire un po' per ricaricare le energie dopo i trattamenti della mattina, per evitare di arrivare a sera troppo sovraccarica.

Per quanto cercassi di rimanere in uno stato neutrale, assorbivo gran parte delle energie delle persone che trattavo e se non stavo più che attenta facevo miei i loro disturbi.

Durante la seduta ascoltavo i pazienti raccontarmi, oltre ai propri dolori fisici, i traumi emotivi, le frustrazioni e le arrabbiature che i corpi somatizzavano contraendosi e generando potenti sciatalgie, cefalee e cervicali.

Il mio compito era quello di accompagnare il dolore verso un'uscita immaginaria, convincendolo che la sua presenza non era più utile, e gran parte del miglioramento dipendeva proprio dal fatto che si sbloccavano nodi importanti e improvvisamente il paziente stava meglio. Però spesso mi trovavo ad affrontare dei mal di schiena o dei mal di testa improvvisi e persistenti.

Mandai un messaggino a Niccolò che mi rispose con uno dei suoi *Mi manchi da impazzire* che mi scaldò il cuore nonostante il vento, ma mentre rispondevo il telefono squillò.

Risposi controvoglia.

Detestavo che mi chiamassero nell'unica ora che prendevo per me. Rimpiangevo la regola aurea del "non si telefona all'ora dei pasti", ma quello era un altro mondo, senza cellulari, con un unico telefono in casa, a cui rispondeva sempre il capofamiglia dicendo di richiamare più tardi.

Ma non era un paziente che spostava un appuntamento, come temevo.

Mi bastò sentire la preside di Francesco schiarirsi la voce prima di dire «pronto» per capire che c'erano guai in vista.

«Dovrebbe venire subito, Benedetta.»

«Cos'è successo?» chiesi per l'ennesima volta.

«Venga qui che glielo spiego a voce, è meglio.»

Chiamai la segretaria per annullare tutti gli appuntamenti del pomeriggio e corsi a prendere la macchina per recarmi a scuola dove trovai Francesco seduto sulla sedia nell'ufficio della preside a braccia incrociate, imbronciato, accanto a un altro bambino con un sacchetto di ghiaccio sul naso che piangeva.

Non mi ci vollero grandi spiegazioni per capire cosa fosse successo.

«Francesco!» esclamai. «Cos'hai fatto per l'amor di Dio?»

«Mi volevano infilare la testa nel water, erano in tre quei vigliacchi, io mi sono solo divincolato e con il gomito gli ho colpito il naso, ma non l'ho fatto apposta, e gli è uscito il sangue e ora fa tutte queste scene!»

Avevo due figli teppisti!

«Francesco, ma tu non devi picchiare nessuno! Sei impazzito?»

«Ma io non l'ho picchiato! Se avessi voluto picchiarlo ora sarebbe all'ospedale!»

«Che stai dicendo? Chiedi subito scusa!»

«Gli ho già chiesto scusa!»

«Non è vero!» urlò l'altro con voce isterica. «Non mi ha chiesto scusa e mi ha preso a pugni!»

«Bugiardo!» rispose Francesco. «Chiedilo ai tuoi amici, loro hanno visto tutto!»

Guardai la preside.

«Ragazzi! Ragazzi, adesso basta!» intervenne.

«Perché non vi stringete la mano e fate pace?» proposi.

I due si guardarono in cagnesco.

«Francesco, chiedi scusa un'altra volta, per favore!»

Sospirò pesantemente.

«Scusa!» disse porgendo la mano.

Il ragazzino si tolse il ghiaccio dal naso e strinse la mano a Francesco, poco convinto.

«Non voleva farlo apposta ne sono sicura…» continuai, inginocchiandomi davanti a loro e prendendogli le mani, «…ma non litigate, già gli adulti non fanno che discutere per qualsiasi cosa e farsi la guerra, non dico che dovete essere migliori amici, ma almeno ignoratevi!»

La preside mi prese da parte.

«Lei sa come la penso, Benedetta, e come preferirei tornare al tempo in cui queste ragazzate si risolvevano da sole in cortile, ma ormai ho davvero le mani legate e non posso permettere che un evento del genere diventi un precedente.»

«Un precedente? Si è solo difeso da tre stronzetti che volevano infilargli la testa nel water, se non è un precedente quello», bisbigliai minacciosa.

«Ha perfettamente ragione, ma la violenza non è mai giustificata e rischio il linciaggio da parte degli altri genitori, lei non ha idea di cosa può succedere!»

Un'idea molto chiara me la feci un secondo più tardi,

151

quando sentii ululare dal fondo del corridoio: «Cos'è successo a mio figliooo!».

E vidi apparire Lilli Ferrari Rizzi in tutta la sua arroganza, la stessa che sfoggiava a quindici anni, l'indubbia proprietaria del SUV parcheggiato fuori in doppia fila, che entrò come una furia nell'ufficio della preside e corse dritta dal suo pupillo che, vedendola, cominciò a frignare come telecomandato.

«Cosa gli avete fatto?» gridò fuori di sé.

La preside alzò le sopracciglia come a dire "vede cosa intendevo?"

«Guarda, Lilli, che non è successo niente di grave!» esordii.

Mi guardò infastidita dal fatto che una sconosciuta la chiamasse per nome.

«Sono Benedetta, quinta ginnasio al Virgilio, ti ricordi?»

Mi squadrò da capo a piedi, come volesse intendere "e quindi?"

«Lui è Francesco, mio figlio, e per difendersi dal tuo e altri due che volevano infilargli la testa nella tazza del cesso, l'ha inavvertitamente colpito col gomito. E ora sto cercando di convincerli a fare pace, che è solo una ragazzata.»

«Ragazzata?» tuonò intenzionata a farsi sentire da tutto l'istituto. «Mio figlio è stato colpito dal tuo e lui pagherà per questo!»

Mi venne da ridere.

«Dai, Lilli, calma con le dichiarazioni a effetto, non siamo in un film western! Sono solo dei ragazzini, e se proprio dobbiamo essere puntigliosi, è tuo figlio ad avere attaccato il mio!»

«Non è vero, mamma non è vero, ha cominciato lui!» frignò lo stronzetto che nel frattempo era regredito alla fase orale, ficcandosi il pollice in bocca e tuffando la faccia nel grembo della madre.

Ero inorridita.

«Mi ha picchiato!» disse indicando Francesco.

«Non è vero!» rispose lui. «Mi hanno preso in tre, mi sono solo difeso!»

«Tuo figlio è un violento, un teppista e va espulso!» cominciò a inveire.

«Adesso calmiamoci tutti…» provò a inserirsi la preside.

«Io sono presidente del consiglio di classe», tuonò Lilli di nuovo, «e indirò una riunione oggi stesso, i genitori saranno dalla mia parte e questo sfigato volerà fuori di qui!»

Alla parola «sfigato» la tigre dentro di me decise di reagire.

E fu il punto di non ritorno

«Come hai chiamato mio figlio?»

«Sfigato, come te evidentemente! Mi ricordo di come ti vestivi al liceo!» rispose squadrandomi ancora da capo a piedi, in quel modo snob che mi aveva mortificato per tutta l'adolescenza.

«Ripetilo, se hai il coraggio!»

«Sfigata!»

Non fu la me quarantaseienne a spingerla, lo giuro, ma la me sedicenne goffa e infagottata in un piumino Colmar rosa fucsia, con i brufoli sulla fronte, stanca di essere vessata e ignorata, che adesso veniva fuori in tutta la sua incazzatura e frustrazione.

Spalancò la bocca indignata puntandomi il dito contro.

«Tu, mi hai messo le mani addosso, ti denuncio!»

«Denunciami, non ho nessun problema! E nonostante la plastica al naso e la liposuzione sei rimasta un cesso come allora!»

«Non è vero sei una stronza!» strillò afferrandomi per i capelli.

«Lasciami i capelli!» urlai a mia volta afferrando una ciocca dei suoi che mi rimasero in mano.

«Le mie extension!» gridò sconvolta, prima di darmi un sonoro ceffone sulla faccia a cui risposi senza pensarci due volte.

Ci accapigliammo come iene, mentre la preside tentava di separarci e i ragazzi facevano un tifo da stadio.

«Signore basta, fermatevi!» gridava.

«Dagliele mamma!» mi incitò Francesco. «Una botta secca sul naso a mano aperta e la stendi!»

Che era il genere di informazione che avrei preferito non divulgasse.

L'altro invece era già impegnato a riprenderci col telefonino.

Accorse il bidello a separarci, scompigliate, spettinate e impresentabili.

«Brave, molto maturo!» ci rimproverò la preside esasperata. «Dovrei sospendere voi due! Ma che vi prende? Dovreste dare il buon esempio!»

«Ha cominciato lei!» disse l'altra.

«Non è vero!» risposi imbronciata. «Mi ha detto che sono sfigata!»

«Datevi la mano e fate pace!» ci intimò la preside, con l'aria serissima. «Non sto scherzando, avete fatto una figura orribile, sono immensamente delusa.»

Ci guardammo male.

Lilli Ferrari Rizzi rappresentava tutto quello che avevo sempre odiato in adolescenza, e più tardi nella mia vita, il genere di persona che riesce ad averla sempre vinta, vuoi per la protezione della famiglia facoltosa o per la sfrontata sicurezza in sé, data da un "culo considerevolmente parato" e, non ultimo, da un matrimonio con un uomo ricco e potente.

Quelli che si temono a prescindere e che credono davvero di essere superiori a tutto il genere umano.

L'avevo odiata e invidiata in egual misura, perché la stima, io, me l'ero dovuta costruire e sudare, e avrei pagato per sapere cosa si provava a incutere rispetto solo per il nome che si porta o l'auto che si guida.

«Okay chiudiamola qui!» decisi cercando una salvietta nella borsa e porgendogliene una. «Ma se tuo figlio si riavvicina al mio, la prossima volta te lo rompo il tuo nasino rifatto!»

«Aspetta notizie dal mio avvocato!»

«*Gne, gne, gne!* Sai che paura!» risposi con una linguaccia.

Presi Francesco per il braccio e me lo trascinai dietro.

«Gliele hai suonate mamma», mi disse pieno di ammirazione salendo in macchina.

«Ho fatto una cosa orribile», ammisi. «Se vuoi andare a vivere da tuo padre non mi opporrò.»

«Invece sei stata grande!»

«No tesoro, sono stata una deficiente, e mai, mai nella vita devi fare così! Ma quella stronza mi ha dato così sui nervi e non sopportavo che tu pagassi per qualcosa che non hai fatto!»

«Be' qualcosa ho fatto!» ammise con un sorrisetto.

«Vuoi dire che il colpo al naso non era un incidente?»

«Il tai chi, come ci dice sempre il maestro, è una tecnica di difesa, non di attacco, ma i colpi sono sempre colpi!»

«Io, tu e tua sorella siamo tre criminali, lo sai vero?»

«Ci arresteranno?»

«Probabile.»

«Fico!»

Misi in moto.

Decisamente ero una madre orribile.

Ma che soddisfazione!

11.

-3.

Non riuscivo a pensare ad altro.

Mi sentivo leggera, allegra, sciocchina, e tutto mi sembrava più colorato e più intenso.

Forse era un anticipo di primavera nell'aria, o molto più semplicemente ero io che proiettavo fuori di me tutti i colori che il mio cuore, con le sue capriole, disegnava come un caleidoscopio.

Mi presi un mezzo pomeriggio libero per una ceretta, il colore ai capelli e un completino nuovo di biancheria intima che fosse di buon auspicio.

Non ricordavo ci fossero così tanti modelli: balconcini, bralette, brassière, perizoma, culotte, brasiliana, pizzo, microfibra, cotone, taglio vivo... Rimpiangevo il semplice modello unico che resisteva ai lavaggi a sessanta gradi di mia madre, senza tante storie, e che usciva dalla lavatrice di un color grigio topo o rosa vino, ma che usavamo fino a che gli elastici non marcivano miseramente.

Provarmi il completino non fu un'operazione indolore. Mi guardavo riflessa nello specchio con occhi esterni a me, gli occhi di qualcuno a cui avrei voluto piacere moltissimo, ma che aveva un ricordo di me che nemmeno Pitanguy avrebbe potuto riesumare. Curiosamente non mi ponevo gli stessi interrogativi rispetto a lui, pensavo che il suo corpo mi sarebbe piaciuto ancora, che mi sarebbe piaciuto sempre. Forse perché per me i corpi erano qualcosa che esploravo continuamente, che non avevano segreti, tanto che li vedevo come involucri con cui interagire, che mi indicavano i loro disagi, mi imploravano aiuto, li "sentivo", li percepivo, li ascoltavo. Era una specie di fremito che avvertivo ogni volta attraverso le dita, come un rabdomante, mi dirigevo dove necessario guidata dai muscoli, dai nervi, dai tendini, percorrendo le strade che mi indicava il dolore.

Per questo non avevo pregiudizi o fastidi rispetto all'aspetto fisico, non mi interessava la forma, ma la sostanza, mi interessava che tutto funzionasse bene, che fosse in armonia, ma era una deformazione personale, e sapevo bene che per gli altri non era così. Con «altri» intendevo uomini sull'orlo della cinquantina, ancora molto affascinanti che, potenzialmente, potevano avere tutte le venticinquenni che desideravano – e Andrea ne era l'esempio lampante.

La sera, a casa, sembrava di essere in un reparto psichiatrico dopo che gli infermieri si erano dimenticati di distribuire la dose di litio.

Vittoria ascoltava i Metallica a tutto volume, Francesco saltava da una parte all'altra del salotto come Bruce Lee, gridando parole cinesi a caso, e mia madre era appena tornata dal "mago" con una fronte talmente spaziosa e liscia su cui si poteva proiettare *Avengers* senza perdersi un solo effetto speciale.

«Ma non hai esagerato un po'?»

Fece spallucce.

«Così mi dura di più!»

In cosa ci stavamo trasformando?

Io e Niccolò ci scrivevamo ogni dieci minuti e non esagero.

Non ricordavo più come vivevamo senza social. D'un tratto mi sembrava impossibile aver vissuto in un secolo in cui dovevamo aspettare più di una settimana per ricevere una lettera e di essere a casa per poter telefonare o, se eravamo fuori, trovare una cabina funzionante e dei gettoni. Avevamo vissuto nel medioevo, altroché!

Tutto quello che avevamo insegnato ai nostri figli improvvisamente mi sembrava una cazzata. Che c'era di eroico nell'attesa? Il tempo stringeva e andava afferrato, la tecnologia ci aveva solo aiutato a cogliere l'attimo in maniera letterale, tutto il resto erano inutili nostalgie.

Quei tre giorni mi sembravano interminabili, lunghissimi, una tortura.

E come nella migliore delle tradizioni, i casini si sovrapposero elegantemente in modo da non permettermi un attimo di relax, primo fra tutti il mio ex marito che mi chiamò, fuori di sé.

«Hai messo le mani addosso a Lilli Ferrari Rizzi? Ma sei diventata scema?»

«Ha detto che Francesco è uno sfigato! Che dovevo fare?»

«Ora capisco da chi ha preso, Vittoria.»

«È stata una casuale coincidenza! Dovevi sentire con che tono mi ha parlato e, se sei improvvisamente in vena di fare il padre esemplare, allora fallo! I tuoi figli non aspettano altro che le tue perle di saggezza!» Riattaccai furente, per poi scrivergli subito: *E ricordati che questo fine-settimana non ci sono, vedi di tenere a bada quella iena della tua fidanzata!*

Stavo sognando o cosa? Chi era lui per farmi la predica? E chi aveva divulgato il video se non quel cretinetto del figlio di Lilli?

Fortunatamente nel pomeriggio arrivò Woody a distrarmi con i suoi problemi esistenziali, ora che con Miriam le cose cominciavano a complicarsi.

Era forse una legge della fisica che quelli della nostra età fossero totalmente incapaci di portare avanti una relazione normale?

«Non la capisco», esordì arrampicandosi sul lettino come fosse appena stato investito da un tram. «Faccio tutto per lei, sono presente, attento, le faccio dei regali, sono il suo schiavo sessuale, eppure lei mi tratta con sufficienza!»

«È una scrittrice, e un po' strana è sempre stata, devi riconoscerlo!»

«Il problema non è quando è con me, ma quando non è con me! Sparisce, non mi cerca mai, visualizza e non risponde, o mi manda dei "pollicini", capisci? Potrei uccidere per molto meno.»

«Magari sta solo lavorando.»

«Ma se è on line fino alle tre del mattino.»

«Gli artisti, si sa, creano di notte.»

«Ma la finisci con questi luoghi comuni e ti sforzi di dire qualcosa che abbia un senso?»

«Sei sicuro?»

«Non più adesso!»

«Penso che ti consideri un trombamico.»

«Ecco, era esattamente quello che temevo dicessi!»

«C'è di peggio non credi?»

«Sicuro, la mia ex moglie che chiede l'annullamento alla Sacra Rota perché vuole che Dio in persona rimuova questa macchia dal suo curriculum.»

Risi di gusto.

«Non puoi semplicemente godertela così com'è? Poi magari da cosa nasce cosa!»

«Non ho mai avuto pazienza, lo sai, e poi secondo me le cose o funzionano o non funzionano, le vie di mezzo sono perdite di tempo.»

«Non puoi obbligarla a una storia se non ne ha voglia però», riflettei a voce alta, «non credi sia un po' sopravvalutata questa cosa della coppia a tutti i costi? Inutile che continuiamo a credere in qualcosa che noi per primi abbiamo sperimentato come fallimento! Siamo recidivi!»

«Ma a te non manca qualcuno con cui condividere, con cui stare bene, con cui progettare il futuro?»

«Il futuro? Oddio, al momento mi accontento del giorno per giorno. Certo, sì, mi piacerebbe una storia stabile, ma coi ragazzi e mia madre logisticamente sarebbe veramente complicato adesso!»

Presa dalla mia cotta e dallo svolazzare delle farfalle non mi ero ancora effettivamente fermata a pensare a quanto sarebbe stata complicata la relazione fra me e Niccolò, abitando in due paesi diversi, con i figli piccoli, i genitori, gli ex, il lavoro e tutti i problemi annessi.

E questo pensiero mi deluse moltissimo.

Come aprire un uovo di Pasqua e trovarci un portachiavi.

Temevo che una volta che le farfalle si fossero fermate, la realtà ci avrebbe travolti e annientati.

Il pensiero non mi lasciò nemmeno per un minuto, ma evitai di parlargliene tramite messaggio.

Ne avremmo discusso guardandoci negli occhi, magari a cena, magari dopo aver fatto l'amore, magari mano nella mano passeggiando per Piazza Virgiliana.

Vittoria, dopo cena, mi prese da parte.

«Senti, mamma, Mattia mi ha invitata sabato sera a casa sua, fa una festa con dei suoi amici.»

«Tesoro, sabato sera la mamma ha un impegno e voi siete con papà!»

«No, io non ci torno più da loro!»

«Amore, non puoi non andare da tuo padre!» aggiunsi con una certa ansia.

«Sì che posso, mamma, io quella non la voglio più vedere!»

«Vittoria, sai che ti tratto sempre come un'adulta responsabile, ma non dimentichiamo che hai ancora sedici anni!»

«Non potete obbligarmi a frequentare la donna di mio padre se non voglio, non c'è nessuna legge che mi costringe!»

Ero certa di no, ma avrei comunque chiesto ad Andrea.

«Vittoria, abbiamo detto che saresti stata paziente e rispettosa, cos'è questa ribellione adesso?»

«Voglio andare da Mattia e non da mio padre e Camilla, qual è il problema?»

«Il problema è che non decidi tu cosa fare!» le dissi seria.

«No, il problema è che tu non vuoi che io vada da Mattia!»

«Ma certo che sì, solo non questo sabato, ti ci accompagno settimana prossima!»

«Non voglio andarci settimana prossima, voglio andarci sabato!»

«Vittoria, questo tono non mi piace per niente!»

«Non mi interessa, e poi siete voi che vi siete lasciati, perché devo complicarmi la vita per colpa vostra?»

Dio, com'era difficile.

Capivo la sua rabbia, ma c'era un confine che non doveva comunque sorpassare, si sentiva matura ed emancipata ma non lo era e che le piacesse o no doveva comunque vedere suo padre.

Ricordavo di essere stata più volte nella sua situazione,

quando i miei mi obbligavano ad andare a cena con loro e dovevo rinunciare alle feste con gli amici e ogni volta mi sembrava lo smacco più orribile che mi si potesse fare, mi sentivo una reietta e credevo di aver perso l'occasione della mia vita.

Ma non avevo diritto di replica, eccetto tenere il muso per settimane, inutilmente. Però non ero morta, ed era quello che adesso doveva imparare Vittoria: resistere alla frustrazione, ai «no», al fatto che non tutto poteva andare come voleva lei. E io avrei dovuto tenere duro. Senza contare che si era presa una cotta per un ragazzo eccezionale, ma con cui il futuro si prospettava complicatissimo e dovevo cercare di fare in modo di rallentare questo processo.

Era un groviglio di sentimenti ed equilibri emotivi difficile da gestire, o almeno lo era per me.

Ne parlai con mia madre.

«Io non ci sono sabato, lo sai!»

«Sì, mamma, lo so, sei stata chiarissima, quello che ti chiedo è di aiutarmi a convincere Vittoria a essere più ragionevole e meno arrabbiata.»

«A-ha!» fece lei. «Ti ricordi com'eri ragionevole tu alla sua età? Quando ti mettesti in testa di vestirti come Madonna, andavi in giro con dei pantacollant rossi, la minigonna, tre cinture e una specie di straccio di pizzo in testa, e dovetti rincorrerti perché volevi andare in Galleria Ferri conciata così! E non mi parlasti per una settimana.»

«Ma tu volevi tarparmi le ali!»

«Volevo evitare che ti scambiassero per una prostituta e venirti a recuperare in questura!»

«Va bene, mamma, allora la lascio andare alla festa di Mattia e non la mando da suo padre! Anzi le do le chiavi della macchina così fa tutto da sola!»

«Ma suo padre che dice?»

«Il padre al momento pensa che io sia un pessimo esempio per loro, e vorrei evitare di ricevere una lettera dall'avvocato!»

«Mmh... Deve aver visto il video in cui picchi la Lilli Ferrari... be' se posso dirti hai fatto benissimo, non ho mai sopportato né lei, né la madre!»

«L'hai visto anche tu?» chiesi, arresa. «No, non dirmi niente, ovvio che l'hai visto.»

«Va bene ci parlo io!» decise risoluta e marciò dritta verso camera sua.

«Nonna, vai via!» la sentii urlare due minuti dopo.

«Tu vedrai tuo padre e niente storie», replicò mia madre con le sue maniere accomodanti, chiudendo la porta.

La discussione andò avanti per un po', finché vidi mia madre uscire soddisfatta.

«Domani va da suo padre e se lui vorrà l'accompagnerà da Mattia, altrimenti lo vedrà settimana prossima.»

«Così? In cambio di niente?»

«Ho usato argomenti convincenti!»

«Mamma, ma tu hai capito chi è Mattia?»

«Un suo compagno?»

«Un mio paziente.»

Mia madre tentò di aggrottare la fronte.

«Oh cazzo!» disse, credo per la seconda volta in tutta la sua vita. «Okay, le dico di no.»

«Lascia stare», dissi. «Mattia è pur sempre la persona migliore fra tutti noi, non è un male che si frequentino, veglierò che la cosa rimanga superficiale, anche se so con certezza che sono già abbondantemente impantanati!»

Venerdì sera chiamai Antonella e rimanemmo a chiacchierare per quasi due ore.

Amedeo non le aveva ancora restituito l'anello dicendole che le cose alla dogana andavano un po' per le lunghe, ma lei era ottimista, perché le aveva detto che quell'anello non era niente in confronto all'amore che provava per lei e che presto l'avrebbe sposata.

La sentii così felice che decisi di sorvolare e cominciammo a fantasticare sul mio incontro con Niccolò il giorno dopo: come sarebbe stato, dove saremmo andati, dove avremmo dormito, se mi avrebbe fatto un regalo. Ridevamo come sceme, come facevamo da ragazze, ci mancava soltanto il filo del telefono da arrotolare attorno al dito e mia madre che mi ordinava di riattaccare perché aveva bisogno della linea, tirando il cavo da sotto la mia porta.

Anche Niccolò era emozionato e mi mandò la foto del biglietto aereo.

Finalmente ce l'avevamo fatta, finalmente lo rivedevo.

Ci mandammo gli ultimi due selfie prima di dormire, ancora poche ore e l'attesa sarebbe finita.

Ma poco prima di assopirmi ricevetti un messaggio di Fabrizio: *Per domani c'è un problema, la madre di Camilla non sta bene, non credo di poter tenere i ragazzi.*

Non ci provare nemmeno! scrissi.

E spensi il telefono.

La mattina seguente, accompagnai Vittoria e Francesco da Fabrizio e Camilla alle dieci e mezzo in punto. Fabrizio mi guardò storto e poi si avvicinò al finestrino.

«Non sai in che casino ci hai messo! Camilla è in ospedale con sua madre da ieri, che ti costava tenerli?»

«Me l'hai detto ieri notte, anch'io ho una vita e credimi, al contrario di te, io non vado in una SPA o in montagna da anni ormai!» risposi acida.

Odiavo quel suo tono, mi dava sui nervi, non l'aveva mai tenuto prima, e odiavo che mi facesse passare come l'egoista di turno, soprattutto davanti ai ragazzi, per una volta che gli chiedevo un cambio che, se non avessi avuto l'incontro del secolo, non avrei mai chiesto.

Diedi un bacio a Francesco e a Vittoria, chiedendole di farmi sapere se sarebbe andata da Mattia. Il malumore delle truppe era palpabile.

Fabrizio non mi salutò.

Ripartii nervosa e inquieta, la spensieratezza si era volatilizzata, mi sentivo in colpa ed ero tentata di tornare indietro e annullare tutto, prendermi i ragazzi e lasciar perdere.

Non ero fatta per resistere alla frustrazione, era un dato di fatto, ero una debole.

Quando tornai a casa triste e avvilita mia madre se ne accorse subito.

«Cos'è quella faccia? Oggi è il grande giorno, dovresti essere contenta!»

163

«Non riesco a essere contenta se non lo sono i ragazzi; e Fabrizio mi ha fatto sentire una merda davanti a loro per non averli tenuti con me!»

«Che non rompa le scatole quello là! Adesso fa l'arrogante perché è spalleggiato da quella gatta morta, ma tu hai tutto il diritto di goderti un po' di tempo per te. Tu ci vivi con i ragazzi, lavori come una pazza e il massimo della trasgressione che ti concedi è vedere quelle tue amiche sciroccate una volta ogni tanto. Se la madre della sua fidanzata è malata è un problema suo, lui oggi stia coi suoi figli!» decretò la Cassazione.

Mi sentii un po' meglio. Non molto, ma quanto bastava per recuperare un po' dell'entusiasmo che mi aveva fatto sorridere fino a quel momento.

Niccolò sarebbe atterrato per le sei a Villafranca, e sarebbe arrivato a casa sua intorno alle sette e mezza, poi mi avrebbe chiamata e lo avrei raggiunto.

Nell'attesa, non riuscii a concludere niente di quello che avevo previsto di fare quel pomeriggio e che, di solito, facevo nel fine-settimana, come riordinare le schede dei pazienti, studiare e aggiornarmi. Avevo il cervello in pappa.

Continuavo a prendere il telefono in mano per controllare WhatsApp, così, inutilmente.

Quelle ore che ci separavano erano dense, pastose, inutili, impossibili da occupare.

E più si avvicinava quell'ora più mi sentivo agitata, confusa ed emozionata.

Era l'amore che mi faceva questo? O era la paura?

Arrivarono le sei, ma non mi chiamò.

Scrivevo e cancellavo un messaggio di benvenuto, strattonata fra la voglia di sentirlo e quella di farmi desiderare, ma era chiaro che c'era qualcosa che non andava.

«Avrà perso il bagaglio!» intuì mia madre, salutandomi sulla porta della cucina pronta per uscire con Romano.

«Sì, sarà andata senz'altro così!» risposi, abbozzando un sorriso.

Ma passate le sette e trenta, ritenni necessario farmi sentire, non prima di aver verificato che non ci fossero stati né ritardi né incidenti aerei.

Feci un enorme respiro e digitai un semplice: *Sei arrivato?* che mi parve debole e infantile, come un palloncino sgonfio, e attesi.

Ma non rispose.

Due spunte grigie, solitarie e deridenti come le mie parole che galleggiavano nell'etere in attesa di entrare da una porta virtuale.

Adesso l'ansia si era fatta davvero opprimente, mi sentivo arrabbiata, delusa e consapevole di non essere una sua priorità, mentre avevo sperato che sarebbe subito corso da me una volta atterrato. Ma davvero avevo creduto che sarebbe stato come in *Il tempo delle mele*? O in *Sposerò Simon Le Bon*? Che salisse in moto e mi venisse a prendere con un mazzo di rose rosse dichiarandomi il suo amore folle?

Com'erano fragili i sogni, e che vita breve avevano, esattamente come quella delle farfalle.

Non lo chiamai.

Ma solo per mantenere intatto un briciolo di dignità e per non sembrare patetica.

Mi alzai e cercai di mettere insieme le idee, sistemai la cucina, piegai le magliette lavate di Francesco e andai in bagno per ritoccarmi il trucco, ma la mia immagine allo specchio mi apparve come una strana versione di me, come il numero di un illusionista che funziona solo sul palco e per pochi minuti, ma mai alla luce del sole.

Appoggiai le mani al bordo del lavandino e cominciai a piangere come una stupida, come un'adolescente delusa dalla prima cotta, con la differenza che quella non era la prima, ma quasi certamente l'ultima. E mi sentii stupida, ma nonostante tutto non riuscii a smettere, finché il suono del messaggio non mi fece sobbalzare.

Mi asciugai le lacrime e andai in cucina con il cuore sorridente, pensando che non avrei dovuto allarmarmi così, aprii la chat e lessi: *Allora? È arrivato?*

La delusione mi colpì come un pugno in faccia.

Sì, arriva fra poco, risposi ad Antonella, per evitare di essere compatita.

Un attimo sei Cenerentola al ballo e un secondo dopo sei di nuovo lì, a strofinare il pavimento in ginocchio.

Che schifo la vita.

Avevo un bisogno estremo di mettermi un paio di cuffie e ascoltare *Nothing Compares 2U*, anzi di scrivere direttamente a Sinéad O'Connor per sapere com'era riuscita a superarla, quella rottura. O se era stata quella la causa che aveva scatenato il suo squilibrio psichico.

In alternativa aprii il frigo e mangiai cracker e parmigiano guardando nel vuoto con il cellulare accanto, un'immagine a dir poco grottesca che avrebbe riassunto il resto della mia esistenza.

Alle nove meno un quarto mi chiamò.

Presi il telefono in mano, mi dotai di sorriso finto e voce squillante e risposi con un: «Eccoti, finalmente!» cosparso di zucchero a velo per coprire tutta la rabbia e la frustrazione.

«Scusami tesoro, ma puoi immaginare, all'aeroporto c'erano tutti: i miei, mia sorella coi bambini, le zie, gli amici, poi a casa sono arrivati i parenti e i vicini, insomma un comitato d'accoglienza in piena regola! Non potevo proprio andarmene!»

«Immagino!» risposi aggiungendo anche molta glassa a camuffare il sapore amaro del "certo che un minuto per mandarmi un messaggio lo potevi anche trovare!" che mi bruciava in gola dalle sette.

«Sei pronta? Ti passo a prendere?»

«Troviamoci in piazzetta davanti a palazzo Te!» suggerii per niente disposta a incontrare Niccolò nei miei spazi abituali e con il desiderio fortissimo di un secondo capitolo della nostra storia che attingesse sì al passato, ma che sviluppasse scenari nuovi, qualcosa di nuovo e di credibile.

Augurandomi che il destino fosse un regista decente.

«Okay, ci vediamo là!» disse come mi diceva sempre, quando ancora non sapevo che una di quelle volte sarebbe stata l'ultima.

Le farfalle si mossero di nuovo, tutte insieme, quasi per trascinarmi via di peso.

Mi guardai un'ultima volta allo specchio dell'ingresso per assicurarmi di essere ancora io, o quantomeno la versione di me più vicina a quel passato, infilai la giacca e corsi giù.

Il tragitto in macchina fino alla piazza mi parve interminabile e i semafori rossi sembravano scattare apposta per ritardare ulteriormente il nostro incontro.

Giunta in piazza, parcheggiai e spensi il motore.

Il cuore mi sembrava quasi sospeso, non riuscivo più a udire i battiti tanto mi sentivo mancare il fiato.

Le nostre parole, i sogni, l'aspettativa, il desiderio, l'attesa si erano tutti condensati nella manciata di minuti che ci separavano.

Appoggiai la testa allo schienale cercando di riprendere il controllo del mio corpo, e calmare quelle dannate farfalle, ma il mio telefono squillò.

«Pronto!» risposi allegra senza guardare, scrutando fuori dal finestrino appannato per scorgerlo alla luce fioca dei lampioni.

«Mamma! Papà non mi vuole accompagnare da Mattia!» sentii la voce disperata di mia figlia gridarmi nell'orecchio.

Era un complotto, non c'era dubbio.

«Vittoria, calmati, i patti erano questi, se lui non era d'accordo non avresti fatto i capricci! Ci saranno altre feste, Mattia ne fa di continuo!»

«Sei la peggiore, ti odio, vi odio tantissimo!» gridò riattaccando e lasciandomi lì, amareggiata e inerme.

Feci per richiamarla, ma preferii scrivere a Fabrizio un semplicissimo *Perché?* a cui rispose un *Perché non mando mia figlia a una festa di gente che non conosco, anche se si tratta di un tuo paziente!*

Le parole mi morirono in bocca, sentivo dentro la rabbia di Vittoria, la sensazione di sopruso e ingiustizia, come se adesso mia madre mi avesse impedito di rivedere Niccolò. Ma sua madre ero io e dovevo dettare delle regole, e sapevo che Fabrizio non aveva torto a volerne mettere.

Scrissi a Vittoria in preda a un senso di colpa devastante: *Te-*

soro, credimi, è meglio così, dillo a Mattia e poi mettiti tranquilla a guardare una serie e vai a letto.

Nessuno era mai stato così ragionevole con me alla sua età, anzi la regola voleva che una certa dose di mortificazione fosse necessaria a rafforzarci.

Ma questa generazione non era pronta a resistere a un «no», non lo capivano, non lo accettavano, non lo ritenevano possibile. Noi non rappresentavamo il potere, o delle figure di riferimento da imitare, temere o quantomeno rispettare, eravamo soltanto scadente personale di servizio, domestici da spremere senza sosta che, al primo barlume di autorità, venivano ripagati con l'amara moneta della deprivazione affettiva, a cui non sapevano resistere.

Non mi rispose e, quando Niccolò bussò sul vetro, mi stavo asciugando una lacrima. Lo guardai come si guarda un fantasma e tentai stupidamente di abbassare il finestrino con una manovella immaginaria. Finalmente aprii lo sportello e mi buttai fra le sue braccia stringendolo forte.

«Ciao…» mi sussurrò come ci fossimo lasciati pochi minuti prima.

«Ciao…» risposi infilando il naso freddo nel suo maglione, e inspirando il suo profumo, sempre lo stesso Christian Dior di un secolo prima.

Era bellissimo, i capelli corti brizzolati, gli occhi nocciola, quelle rughette sexy, il tempo gli aveva fatto bene, lo aveva solo reso più interessante. Non tutti noi avevamo avuto la stessa fortuna.

Rimanemmo abbracciati in piedi, felici oltre ogni possibilità, guardandoci negli occhi e ridendo e baciandoci e ridendo ancora come ragazzini. Mi alzai sulle punte per stringerlo ancora di più e mi resi conto di quanto fosse più alto di me, una cosa che mi piacque e mi fece sentire protetta, una cosa che non avevo mai sperimentato con Fabrizio, che alto non era.

«Dio se sei bella», mi disse stringendomi di nuovo. «Non è passato un giorno!»

«Oh se ne sono passati», risi abbassando lo sguardo. «Tu invece non sei davvero cambiato per niente!»

«Quanta voglia avevo di vederti, quanto ti ho pensata e desiderata, la mia Betta.» Sorrideva guardandomi, scuotendo la testa pieno di meraviglia.

Ero emozionata, ero una ragazzina, non avevo ancora finito l'università, non conoscevo niente della vita, non vedevo che lui e il suo viso, la sua moto e la strada che avevamo davanti.

«Ho qualcosa per te!» gli dissi cercando nella borsa.

Gli porsi una nostra foto da giovani, scattata a un compleanno, seduti su un divano marrone a ridere per chissà cosa. Deliziosi.

«No! Ma è stupenda!» esclamò avvicinandosi al lampione per vederla meglio. «Guarda che belli che siamo! Questa la faccio incorniciare!»

«L'ho trovata in un vecchio diario, fortuna che mia madre non butta mai via nulla!»

«Anch'io ho un regalo per te!» mi disse frugandosi nelle tasche e porgendomi un pacchettino rettangolare.

Lo scartai ed estrassi una cassetta, la girai e lessi un elenco dei nostri pezzi preferiti: Culture Club, Talk Talk, The Cure, Frankie Goes to Hollywood, Duran Duran, Smiths, Cyndi Lauper, Spandau Ballet, Gazebo…

«Oddio è bellissima, ma come posso ascoltarla?»

Sorrise e mi porse un vecchio walkman con le cuffie di metallo regolabili coperte di gommapiuma. Un cimelio che i miei figli non avrebbero nemmeno capito.

«Ma dove l'hai trovato?»

«Ahimè su eBay, e l'ho anche pagato caro!»

Inserii la cassetta nel lettore e chiusi di scatto lo sportellino che produsse un rumore familiare che non sentivo da almeno trent'anni. Schiacciai PLAY e subito le note di *Do You Really Want To Hurt Me* ci avvolsero trasportandoci indietro nel tempo, in discoteca al Caravel dove andavamo ogni domenica pomeriggio da ragazzi.

«Balli?» mi disse porgendomi la mano e mi strinse a sé improvvisando un lento.

Non riuscivo a pronunciare parola, ero totalmente rapita, felice, impacciata, cotta.

Volevo solo che mi portasse via, lontano, io e lui soli.

Il pezzo terminò, aprimmo gli occhi e ci rivedemmo giovani e innamorati.

«Andiamo?» mi disse indovinando i miei pensieri.

«Andiamo», risposi incantata.

«Direi di stare una mezz'ora, salutare tutti e poi andarcene per i fatti nostri.»

Lo guardai interrogativa.

«Salutare tutti chi?»

«I ragazzi! Andrea mi ha chiamato tre volte per dirmi che non mi potevo perdere la rimpatriata che ha organizzato per me, sai, non li vedo da una vita, mi sembrava cafone rifiutare.»

Evitai di dirgli che Andrea faceva rimpatriate di quel genere tutte le settimane da quando era partito, ed evitai anche di sottolineare che a lui aveva trovato il tempo di rispondere, nonostante i parenti, mentre a me no, ma non avevo intenzione di rovinare quel momento magico e irripetibile, quindi mi appiccicai un sorriso di circostanza sul viso (ancora) e finsi entusiasmo (ancora).

Salimmo sulla mia macchina e partimmo alla volta della casa di Andrea. Niccolò non la smetteva un momento di parlare, chiedendomi che fine avessero fatto certi negozi e certe persone e se mi ricordavo di quando andavamo in piazzetta Sant'Andrea o a Curtatone.

Mi ricordavo tutto, per me il cambiamento non era stato repentino e scioccante come per lui, ma graduale e progressivo, quasi indolore. Sembrava un bambino allo zoo, curioso e felice, col naso appiccicato al finestrino.

Quando entrammo da Andrea fu accolto da un coro di «ma non ci posso credere», seguito da urletti, baci e pacche sulle spalle, e, quando feci anch'io il mio ingresso, l'applauso divenne scrosciante.

«Urrah per colei che ha picchiato quella stronza della Lilli Ferrari Rizzi!» gridò Linda alzando il suo spritz seguita da un'ovazione di «grande!».

«Cos'è che hai fatto?» mi chiese Niccolò incredulo.

«O niente, lascia stare!» minimizzai. «Un banale regolamento di conti.»

170

Andrea venne a salutare Niccolò abbracciandolo ancora con qualche difficoltà di movimento per via della schiena e nel farlo mi strizzò l'occhio, complice.

«Quella bambina mi stende, ti giuro mi stende!» bisbigliò, «ma non raccontarle i miei segreti ok?»

Sorrisi.

Non sarebbe mai cambiato.

Niccolò fu subito risucchiato da un vortice di saluti e chiacchiere come fosse una rockstar e noi ragazze intrattenemmo la nuova fidanzata ufficiale di Andrea, Mei, ben attente a non raccontarle aneddoti troppo espliciti.

Confesso che tenni d'occhio Costanza e Linda di cui mi fidavo relativamente poco, in special modo da ubriache, e poi mi andai a unire al gruppetto formato da Anita, Letizia e Woody, posizionato strategicamente per non perdere di vista Miriam che quella sera sembrava ignorarlo.

«Mi sta facendo diventare pazzo, peggio di mia moglie che ultimamente mi ha solo augurato di morire di morte lenta e dolorosa via WhatsApp un paio di volte!»

«Ma non state insieme?»

«Insieme? Mi tratta come un cavalier servente e il peggio è che io non riesco a farne a meno! Lo sai che sono addirittura arrivato a crearmi un fake account per contattarla su Facebook e vedere se cede alle avance di uno sconosciuto che ci prova con lei?»

«E lei?» chiesi addentando una tartina.

«E lei c'è stata subito!»

Scoppiai a ridere.

«Ma dai, avrà capito che eri tu!»

«Impossibile, mi sono spacciato per un ragazzetto di ventotto anni, con una foto carina e rassicurante e poi le ho chiesto da quale libro potevo partire per imparare a conoscerla, sono stato educato e rispettoso adulandola, ma senza esagerare e abbiamo chattato per ore, lei era gentile e disponibile e molto interessata!»

«E adesso?»

«Adesso sono fottuto perché chiaramente preferisce il fake a me! La storia della mia vita!» disse e alzò il bicchiere.

Più tardi andai a unirmi al gruppo di Niccolò, per ascoltare insieme agli altri le sue storie irresistibili. Era come il 1995 quando ci riunivamo attorno alla sua moto e lo ascoltavamo raccontare della scuola, le interrogazioni, gli scherzi, le settimane bianche.

Adesso i dettagli erano diversi, c'erano i viaggi in ogni parte del mondo, gli aneddoti sui paesi che visitava, Londra e i figli, il tutto infarcito dai «che fine ha fatto» e i «ti ricordi».

Era doloroso, inutile negarlo, per quanto ci piacesse crederlo, nessuno di noi era più l'uccellino implume pronto a spiccare il volo, sicuro di essere afferrato dalle braccia della vita.

Molti di noi si erano miseramente schiantati al suolo, e vedere Niccolò librarsi ancora alto nel cielo, volteggiando felice sopra di noi, ci faceva sentire perdenti, stanchi, falliti.

Finalmente arrivò l'ora di andare a letto e Niccolò venne verso di me come fosse una cosa del tutto naturale, prendendomi la mano, e salutando tutti.

In quel momento mi sentii l'eletta.

In quel momento ero Cenerentola che fugge dal castello per mano con il principe.

«Ho prenotato un albergo molto bello fuori Mantova», mi disse uscendo, «così possiamo stare tranquilli!»

«Pensavo andassimo da te!» risposi senza nascondere la delusione.

«Io sono ospite dai miei, in quella che era casa mia adesso ci abita mia sorella, ma vedrai che è un posto incantevole e fanno una colazione spettacolare!»

Non si poteva dire che non fosse un uomo pragmatico e, in effetti, l'idea di stare fuori Mantova, conoscendo i pettegolezzi di cui era capace la mia gente, era forse l'opzione migliore.

Anche se questo toglieva molta magia al mio sogno, come se il principe avesse detto a Cenerentola: "Invece del castello ti dispiace se andiamo in un bed & breakfast? Sai, vorrei evitare i pettegolezzi!".

Facemmo il check-in alla reception, dove mi indicò come sua moglie facendomi arrossire e gongolare.

«Perché non avrebbe dovuto essere così?» mi disse.

Me lo ero chiesto molte volte. Che senso aveva separarsi all'inizio del percorso per essere riuniti alla fine, quando ci eravamo persi ormai tutto il viaggio, quello intenso, quello avventuroso, quello emozionante, quello pauroso. Quando attraversi le paludi coperto di fango e dubbi, senza una mappa, e sei sicuro di non farcela e allora l'altro ti allunga una mano e ti dice «teniamo duro ancora un po'» e poi un attimo dopo sei in cima alla vetta e ti godi la più magnifica delle albe.

Entrammo in camera, le luci soffuse, il letto coperto da un piumone verde morbido e vaporoso, il cesto di benvenuto in un angolo.

Era tutto perfetto.

E io ero un'adolescente alla sua prima volta, nel corpo di una donna matura con il cuore di una bambina.

Niccolò mi prese il viso fra le mani e mi baciò.

«Sono agitatissima!» gli confessai.

«Anch'io!» rispose. «Ho parlato come una macchinetta alla festa, perché non sapevo come calmare la tensione e l'imbarazzo!»

«Sembravi molto a tuo agio invece!»

«È la forza dell'abitudine! Il lavoro mi ha insegnato a camuffare il nervosismo, ma volevo solo essere qui con te. Sono state settimane infernali, trattative infinite, orari impossibili, mai una pausa, mai un momento in cui potevo rallentare un attimo. Mio padre che mi sta addosso come un mastino, la mia ex moglie che mi tormenta, e tu eri l'unica cosa bella in tutto questo disastro!»

Gli accarezzai una guancia.

«Sono così contenta che tu sia qui!» gli dissi piano.

«Mai quanto me, Betta, mai quanto me!»

Ci sedemmo sul letto, e mi accarezzò i capelli e il viso.

Il mio cuore martellava a mille battiti al minuto. Non credevo sarei sopravvissuta al suo sguardo, al suo sorriso, alle sue dita sulla mia pelle.

Non pensavo che in me si sarebbe potuta scatenare una tale tempesta di emozioni, come un vento improvviso che spalanca le finestre e abbatte certezze, abitudini e verità.

173

Niccolò era l'uomo che avevo amato di più in vita mia, e il mio cuore me lo stava confermando.

Mi sfilai la maglia e rimasi in reggiseno davanti a lui, avevo freddo e mi sentivo strana e fuori posto, così, nuda davanti ai suoi occhi, ma Niccolò mi strinse subito fra le braccia e mi tenne così, cullando e rassicurando quella ragazzina impacciata e confusa.

Ci sdraiammo e rimanemmo abbracciati stretti, con la mia testa affondata nel suo collo.

Facemmo l'amore nel modo più dolce, intenso e profondo che avessi mai potuto immaginare.

Eravamo ancora noi, ma senza imbarazzo e pudore. Eravamo ancora noi, ma con il bisogno di trasmetterci tenerezza e piacere.

Ci guardavamo negli occhi sorridendoci e baciandoci, quasi increduli, cercando l'altro con un bisogno urgente e assoluto di colmare quel vuoto lasciato da troppo tempo, per tornare a essere una cosa sola. Per ricominciare a respirare insieme.

Le mani correvano sulla pelle, sicure del loro percorso, fra sospiri e sussurri, risate e complicità, e i nostri corpi si muovevano con un'armonia e un ritmo solo nostro, delicato e potente. Le mani intrecciate, le labbra calde, il respiro affannoso, muovendoci fino a ricadere uno sull'altra sfiniti, sconvolti, felici.

Mi accoccolai contro di lui lasciandomi avvolgere dal suo abbraccio, godendomi ogni istante, la sua pelle, il suo profumo, la sua presenza che già cominciava a mancarmi.

«Siamo sempre stati perfetti insieme, Betta», mi sussurrò, accarezzandomi la schiena, «non avremmo mai dovuto lasciarci.»

«Sei tu che sei partito», risposi tenendo gli occhi chiusi.

«Lo so, ma non avevo scelta, all'epoca non avrei mai potuto oppormi a mio padre.»

«E adesso?» chiesi volutamente provocatoria. «Adesso ci riesci?»

«Almeno ci provo!» ammise. «Ormai è troppo anziano per continuare a lavorare e la sua visione del commercio è obsoleta. Perde colpi, ma non si vuole arrendere e uno dei motivi per cui sono qui è anche quello di cercare di convincerlo ad affidarmi la guida dell'azienda.»

«Credevo di essere io l'unico motivo per cui sei venuto qui», mormorai ormai prossima al sonno, abbandonandomi contro di lui, le gambe attorcigliate alle sue.

«La tua pelle è la mia casa», mi sussurrò, «non mi sono mai mosso da qui.»

E ci addormentammo pesantemente, come fosse la cosa più naturale del mondo.

Mi svegliai all'alba, frastornata, sentendomi in colpa per dove mi trovavo e con chi.

I miei figli stavano bene? Mia madre era tornata a casa sana e salva? O meglio ci era tornato Romano? E se qualcuno mi aveva cercato? Sgattaiolai fuori dal letto per prendere il telefono nella borsa e accorgermi che il mondo stava serenamente girando senza di me.

Tornai a letto e mi misi a osservare Niccolò che dormiva come un bambino.

Nessun pensiero turbava il suo sonno, nessun cruccio o preoccupazione, o almeno non permetteva loro di disturbarlo mentre dormiva. Chissà come ci riusciva, se era un modo di essere o se era un atteggiamento tipicamente maschile innato o appreso. Da che erano nati i miei figli non avevo conosciuto altro che l'ansia. Cosa che prima non aveva minimamente fatto parte del mio bagaglio, anzi, tutti mi consideravano piuttosto concreta e con le idee chiare, ma da quel primo giorno, niente era mai più stato come prima. Non avevo mai più dormito una notte senza preoccuparmi per loro, dalla morte in culla al primo bacio, senza soluzione di continuità.

Dicono che le donne con figli perdono dieci anni di vita a causa dello stress, ma mi sembrava un numero molto lontano dalla realtà. Ero certa di averne persi almeno trenta.

Avevo voglia che Niccolò si svegliasse, avevo voglia di accarezzarlo e di fare di nuovo l'amore con lui, ma non erano ancora le sette e mi sembrava un sacrilegio turbare un sonno così beato. Allora chiusi gli occhi e cominciai a pensare forte

175

"toccami, toccami, toccami", sperando in una comunicazione subliminale, ma niente, non eravamo evidentemente ancora abbastanza connessi e non mi restò che cercare di dormire un'altra oretta.

Ma quando aprii gli occhi Niccolò era già vestito e pronto a uscire.

«Non mi hai svegliata?» gli dissi, intontita dal troppo sonno a cui non ero più abituata. «Non dormivo fino alle nove dal giorno dopo la maturità!»

«Dormivi così bene, che non ho voluto svegliarti!»

«Ma hai già fatto colazione?» gli chiesi sedendomi.

«Sì, sono sceso prima, morivo di fame, ma ti ho portato delle brioche!» disse indicando un piattino sul tavolo.

Feci la faccia un po' delusa e allora capì che non era quello che avevo sperato.

«Vieni qui tesoro!» Mi abbracciò e mi baciò sulle labbra. «Scusami, sono un coglione. Un uomo delle caverne! Dovevamo fare colazione insieme, ovviamente, e io tutto preso da mille pensieri e telefonate e il solito atteggiamento londinese di lavoro, lavoro, lavoro, non ho pensato a noi. Su, vestiti, che andiamo a provare tutte le torte finché non scoppiamo!»

Lo abbracciai di slancio, di nuovo felice e lo tirai verso di me sul letto.

Ci guardammo negli occhi un lungo istante.

«Muori di fame o abbiamo tempo per…» mi chiese furbetto.

«Fino a che ora servono la colazione?»

«Le dieci e mezzo!»

«Allora sbrighiamoci!» gli dissi cominciando a sbottonargli la camicia.

Facemmo l'amore ancora meglio della sera precedente, se era umanamente possibile.

O almeno questo è ciò che sembrò a me.

Avevamo già ritrovato quell'intesa intima tutta nostra che, di solito, si impiega una vita a trovare e che, a volte, non si trova mai. Si simula.

Non so se dipendesse dal fatto che ci eravamo già conosciuti tanti anni prima, ma erano la spontaneità e la naturalezza con cui i nostri corpi si cercavano a essere straordinarie.

E io di corpi me ne intendevo.

Funzionavamo bene, funzionavamo alla perfezione. Era tutto quello che c'era da sapere.

Dopo colazione però mi chiese di riaccompagnarlo in piazzetta Te a prendere la moto. Doveva pranzare dai suoi e cominciare la trattativa col padre che sarebbe stata estenuante e senza nessuna garanzia di riuscita.

Mi promise che ci saremmo visti la sera. A malincuore lo lasciai andare.

Lo guardai ripartire in moto con una punta di nostalgia e di delusione.

La nostra vita era un'altra cosa adesso, me ne dovevo fare una ragione.

Recuperai le farfalle col retino a una a una e le rimisi nella loro scatola che chiusi con il nastro isolante.

12.

«Allora com'è andata?» mi chiese Antonella al telefono trillando come un'allodola.

«Bene!» risposi cercando di sintonizzarmi con il suo entusiasmo. «Direi che è andata bene!»

«Sicura?»

«Sì dai», mi convinsi, «anche se speravo in un po' di tempo in più per noi due, ma è l'uomo più impegnato del mondo, e ha un sacco di casini con il padre. Te lo ricordi vero? Il dottor de Martini?»

«Se me lo ricordo? Era l'unico che faceva sembrare mio padre un agnellino. Uno stronzo col botto, un fascista vero, un maniaco del controllo.»

«Ecco, immaginatelo adesso che ha quasi ottant'anni e non vuole mollare le redini dell'azienda al figlio, uno che considera internet una moda destinata a fallire e la posta elettronica l'opera del demonio.»

Scoppiò a ridere: «Non lo invidio».

«Quindi vive al telefono e… diciamo che non è stato esattamente il fine-settimana che mi aspettavo, ma tutto sommato è andata bene.»

«Ma il sesso com'è stato?»

«Speciale!»

«Allora è quello che conta di più. Devi solo avere pazienza, è un uomo pieno di responsabilità, e più ti rendi disponibile a capirlo e più sei paziente e diversa dalla ex moglie, e più facile sarà per lui lasciarsi andare il passato alle spalle e ricominciare con te!»

«Parli di me o di te?»

«Diciamo che sto condividendo con te i miei segreti!»

«Hai riavuto l'anello?»

«Non ancora, ma mi ha promesso che me ne prenderà uno ancora più bello, dopo che avrà vinto la causa contro Bulgari.»

«La causa contro Bulgari?»

«Sì, dice che li vuole citare per danni morali.»

Eravamo sistemate tutte davvero bene. Antonella che moriva dietro a un bugiardo patologico. Costanza che ogni tanto si concedeva un toy boy. Letizia che non riusciva a farsi sposare nonostante i quattro figli. Anita fidanzata coi suoi gatti. Miriam che giocava alla dominatrice col povero Woody e Linda che continuava a sentirsi la *star fucker* dei tempi che furono, ma che al posto dei cantanti conosciuti a MTV adesso riusciva a strappare al massimo un appuntamento con qualche attempato giornalista della Rai.

Qualcosa era andato decisamente storto nella distribuzione delle affinità elettive.

O semplicemente era storto quello che ci avevano insegnato i nostri genitori: la famiglia prima di tutto e a qualunque costo, anche se non sei felice, anche se non ne puoi più, e se l'altra parte non è mai stata la tua metà della mela.

Una volta varcata la soglia di casa, mi sentii ripetere la stessa frase da mia madre.

«Allora com'è andata?»

Solo che con lei non avevo mai abbondato in dettagli, insomma era pur sempre mia madre.

Ma non feci in tempo a formulare una qualunque risposta che subito ci pensò lei a riempire gli spazi vuoti: «Non ti è piaciuto eh?».

«Mamma, non ho detto ancora niente.»

«Quella faccia parla da sola! Dovevi entrare camminando a un metro da terra.»

«Ma sto camminando a un metro da terra.»

«Al massimo a tre centimetri», insisté, «cos'è successo?»

«Ma niente, ti assicuro, è stato tutto perfetto.»

«Ma?»

Esasperante, Dio se quella donna era esasperante.

«Ma è dovuto andare subito a casa per parlare con suo padre e avrei preferito passare la domenica con lui invece che con te a guardare la d'Urso.»

«Io non guardo la d'Urso!»

«No, mamma, non la guarda nessuno la d'Urso», risposi andando in camera mia a chiarirmi le idee.

Cosa provavo esattamente? Cos'era quel fastidio alla bocca dello stomaco, quella sensazione di insoddisfazione che non riuscivo a cancellare, come una macchia ostinata.

Il suo ritardo della sera prima senza chiamarmi, il vederlo già pronto per uscire la mattina? Le mille telefonate di lavoro, quel suo essere in transito, mai fermo, mai totalmente con me.

Eppure quando avevamo fatto l'amore il tempo si era fermato, eravamo tornati a essere due ragazzi, con la stessa sintonia, la stessa voglia di scoprirci e l'impazienza di un tempo, ma con l'intensità e la passione di due adulti consapevoli.

Però mancava qualcosa, e questo mi rendeva insicura e ansiosa.

Ci pensò Fabrizio a farmi tornare coi piedi per terra.

Passo a portarti i ragazzi fra quaranta minuti perché devo andare urgentemente in ospedale. Camilla ha bisogno di me!!

Mai frase pronunciata in un momento peggiore poteva scatenare in me una rabbia tale, o forse furono quei due punti esclamativi in fondo alla frase a innervosirmi di più.

Che voleva dire «*Camilla ha bisogno di me!!*»? E i suoi figli allora? Quando mio padre era stato male avevo passato nottate in ospedale da sola, mentre lui stava coi bambini, ma chiaro, i figli non erano di Camilla e certamente glielo aveva fatto notare e lui improvvisamente se ne era accorto e quindi voleva dimostrarle quanto fossero una cosa di poca importanza, qualcosa di cui sbarazzarsi in quattro e quattr'otto.

Ma quanto era diventato idiota il mio ex marito?

Sentivo che non era il momento di imbarcarsi in una conversazione senza via d'uscita, e senza il tempo necessario per scuoiarlo e lasciare la sua pelle stesa a seccare al sole. Che Camilla ne facesse un copridivano per quello che mi importava.

Risposi con un *Ok* carico di uno sdegno che solo io percepivo.

Trentotto minuti dopo i ragazzi suonarono e lui ripartì senza che nemmeno fossero entrati nel portone.

Inutile dire che Vittoria non mi degnò di uno sguardo, dato che ero stata incoronata di fresco "la peggiore delle madri" e Francesco la seguiva con un muso che strascicava per terra.

«Che avete adesso?» chiesi esasperata.

Vittoria andò in camera e Francesco buttò lo zaino per terra ed esclamò: «Devo fare tutti i compiti».

«Ma come? Papà non te li ha fatti fare?»

«No, è sempre stato al telefono con Camilla.»

Ero furibonda, e non potevo fare o dire niente, perché non mi avrebbe nemmeno risposto, già lanciato com'era verso l'ospedale per consolare la sua fidanzata.

«Stai tranquillo tesoro adesso io e te ci mettiamo a farli», lo tranquillizzai, cercando di sedare la mia rabbia.

Aveva una quantità infinita di analisi logica e grammaticale da studiare, poi matematica e storia e persino un tema. Quando Niccolò mi scrisse per chiedermi se potevamo vederci eravamo ancora in alto mare.

Odiai Fabrizio con tutta me stessa augurandogli una cilecca dietro l'altra per almeno un mese.

«Non posso davvero lasciare i ragazzi, hanno avuto un sabato turbolento e non me la sento di uscire!» gli dissi a malincuore.

«Nemmeno un'oretta dopo che sono andati tutti a letto, come facevi da ragazza?»

Già, come facevo da ragazza, solo che a quell'epoca il sentimento più forte era la trasgressione e la paura di essere beccata e punita, ora soltanto il senso di colpa di non essere dove avrei dovuto.

«Un'oretta al massimo però, che domani ho una giornata infernale», risposi, «facciamo alle undici sotto casa mia.»

Riuscii a terminare poco più della metà dei compiti di Francesco prima che crollasse con la faccia sul quaderno, distrutto, e tentare di parlare con una Vittoria più ermetica di Ungaretti a novembre.

E alla terza serie di spallucce, anch'io, sfinita, le risposi di farmi sapere quando avrebbe voluto degnarsi di rivolgermi la parola e che speravo lo facesse prima della maturità.

Mi preparai per uscire infilando la giacca sopra la tuta da ginnastica, senza nemmeno guardarmi allo specchio dell'ingresso. Che senso aveva fingere? La realtà della mia vita era quella: stanchezza, nervosismo e, come new entry, rabbia e frustrazione. Se mi voleva come diceva, doveva accettare il pacchetto completo.

Niccolò mi aspettava in fondo alla strada al telefono.

Riuscii a captare solo un veloce «*Bye babe!*» prima che riattaccasse.

«I bambini... la grande non dorme se non mi sente.»

Gli sorrisi con tenerezza.

«Lo so, anche i miei sono così. Fanno un po' gli spavaldi, ma alla fine sono solo dei pulcini!»

«Vieni qui!» mi disse tirandomi a sé.

Ed eccomi ancora fra quelle braccia che, anche per me, significavano casa.

Una casa solida, stabile e sicura, in cui sapevo sarei stata bene, anche se non sapevo quando o dove.

«Com'è andata la trattativa con tuo padre? È stato un po' ragionevole?»

«No, per niente!» Scosse la testa contrariato. «Non mi ha fatto nemmeno cominciare che già mi diceva che vaneggiavo e che non sapevo di cosa stavo parlando. Mia madre ha cercato di intervenire chiedendogli di lasciarmi finire, ma niente, si è alzato e se ne è andato in camera sua. Ci riprovo domani in ufficio, ma temo che affrontarlo nel suo territorio sia ancora peggio.»

«Ma non hai un alleato? Un membro del consiglio, qualcuno di fiducia che possa spalleggiarti?»

«Fa tutto da solo da sempre, vecchio stampo lo sai! Ma sono tutti incavolati neri con lui, minacciano scioperi e abbiamo perso due ordini grossissimi perché si è impuntato a non voler abbassare i prezzi, di questo passo falliremo, ma non lo vuole capire!»

«Quanto pensi di trattenerti qui?»

«Ancora non lo so, domattina vado in azienda a parlare col capo del personale e prendere il polso della situazione.»

Lo lasciai parlare.

«È il momento più incasinato della mia vita, e mi piacerebbe fosse già tutto a posto, ma sono obbligato a chiederti un altro po' di pazienza. Mi ero immaginato un fine-settimana per noi, a stare a letto e fare l'amore, dormire e mangiare, invece da quando sono arrivato è una lite continua, quell'uomo è impossibile e ora mi ricordo perché me ne sono andato. Non ti permette di esprimere un'opinione, le tue idee sono tutte cazzate, lui è l'unico che sa come gira il mondo e gli altri sono tutti degli imbecilli!»

Non lo avevo mai visto così in collera, tendeva sempre a nascondere i propri sentimenti, come se le cose gli andassero sempre bene, o come se alcune situazioni proprio non potessero toccarlo, che riguardassero solo noi comuni mortali. Invece anche Niccolò de Martini era umano, e conosceva fallimenti, delusioni e incomprensioni. O forse Niccolò era sempre stato così, ma io lo avevo idealizzato tanto da renderlo un intoccabile.

«C'è qualcosa che posso fare per te?»

«Stai con me stanotte?»

«E dove, nel lettino della tua cameretta?» sorrisi.

«Torniamo al bed & breakfast, la camera è prenotata per tre giorni, ti prego sei l'unica cosa che mi dà un po' di gioia qui.»

«Nicco, come faccio? Domani lavoro, lo sai!»

«Ci alziamo all'alba e torniamo qui. Nessuno se ne accorgerà!»

Non mi sembrava un granché come soluzione, ma allo stesso tempo potevo perdere quell'unica occasione di stare con lui?

Salii ad avvertire mia madre che mi guardò con lo stesso sguardo accusatorio con cui trent'anni prima mi impedì di rimanere a dormire da un'amica dopo la sua festa «perché altrimenti ti diverti troppo!».

Solo che in mancanza dell'autorità si limitò a un laconico: «Spero che tu sappia quello che stai facendo...» guardandomi uscire.

183

«No, mamma, non lo so, esattamente come il resto del mondo», le risposi uscendo.

Scesi giù con uno zainetto in cui avevo buttato spazzolino, pigiama e una manciata di dubbi, mentre due voci si alternavano nella mia testa fra "stai facendo una cazzata" e "si vive una volta sola".

Salimmo sulla mia macchina e mi strinse forte la mano dicendomi: «Non sai quello che significa per me», guardandomi con gratitudine.

Per la prima volta mi sembrava perduto, frastornato, umano.

Tornammo al bed & breakfast e rimanemmo abbracciati sopra la trapunta per almeno un'ora.

Mi stringeva come faceva Francesco quando aveva paura dei tuoni e io gli accarezzavo la testa ripetendogli che sarebbe andato tutto bene.

Sembrava gli crollasse il mondo addosso e non sapesse come fare a recuperarne i pezzi.

Finalmente lo convinsi a metterci sotto le coperte, eravamo ormai gelati e si erano fatte le due passate.

«Prova a cambiare strategia», gli dissi come ultimo consiglio, «prova qualcosa che non hai mai fatto, perché forse è proprio quello che funzionerà. Spiazzalo, proponigli un'alternativa e fingi che sia un'idea sua, magari la prenderà in considerazione.»

Mi abbracciò nel buio e mi diede un bacio sulla guancia.

«Sei speciale, Betta. L'ho sempre saputo.»

«Qualunque cosa significhi», risposi girandomi sul fianco.

«Con te tutto mi sembra facile, affrontabile, possibile, mi fai sentire più forte.»

«Cerco solo di vedere le cose da un'altra angolazione, perché se le guardi troppo da vicino non riesci a metterle più a fuoco. Nel mio lavoro se mi attenessi semplicemente alle linee guida i miei pazienti farebbero solo minimi progressi, ci annoieremmo tutti e basta, mentre se mi sforzo di scoprire l'unicità di ognuno di loro, cosa li appassiona e li anima, trovo nuove strade di comunicazione e motivazione e li vedo rifiorire e migliorare moltissimo.»

«Sei veramente una bella persona tu», mi sussurrò.

«Non credo di essere una bella persona, cerco solo di essere una persona decente e civile e insegnarlo ai miei figli tutto qui.»

«Io credo di essermi distratto per troppo tempo, di aver pensato troppo alla carriera, di non essermi concentrato sulle cose davvero importanti, di aver trascurato gli affetti. Anche con mia moglie è andata a rotoli senza nemmeno che me ne accorgessi. Un momento eravamo in carriera tutti e due, felici e fortunati, e un attimo dopo stavamo firmando le carte per il divorzio. Dovessi dirti perché non sarei nemmeno in grado.»

«Forse siete cambiati e avete smesso di riconoscervi», risposi più a me stessa, «una relazione è una cosa che richiede impegno e fatica, ma all'inizio non ce ne rendiamo conto, siamo presi dietro troppe cose, lavoro, figli, famiglia, incazzature varie e perdiamo di vista proprio la persona con cui abbiamo cominciato il viaggio. E quando ci giriamo a guardarla non è più lei, e neppure noi siamo più noi.»

«Sì, forse hai ragione. Finché non commetti proprio tutti gli errori disponibili non capisci cosa potevi fare diversamente. Come quando giocavamo a Donkey Kong in sala giochi, ti ricordi? Ti fai un mazzo incredibile per andare avanti, cercare le chiavi e passare di livello, poi arrivi al massimo punteggio e ti accorgi che ti è rimasta una sola vita, ma non puoi più tornare indietro a goderti il viaggio!»

«Bisogna affrontare gli schemi in un altro modo mi sa», dissi riflettendo sulla mia tesi, «e dopo il game over, prendere un respiro e ricominciare dall'inizio con calma, lasciando perdere il punteggio e i livelli. Lo dico sempre che una vita non basta», sospirai.

«È vero, ma la seconda parte vorrei passarla con te», mi confessò, «vorrei godermi gli schemi con te, guardare fuori dal finestrino, e non perderti di vista nemmeno un momento.»

«Non sarà facile», gli dissi pensierosa, «non so come possiamo fare.»

«Vieni a Londra con me», disse.

«E come faccio? Coi ragazzi e il lavoro.»

«Il lavoro lo trovi subito, sei una professionista affermata e il tuo è un settore che non conosce crisi. I ragazzi possono studiare là.»

«E con quali soldi? E Fabrizio? Non credo che sarebbe d'accordo! È troppo complicato! Perché non torni tu a Mantova?»

«Se riesco a convincere mio padre ad abdicare in mio favore dovrei necessariamente tornare, e allora sarebbe più facile per noi!»

«Dici davvero?»

«Ci ho pensato adesso per la prima volta e credo proprio che si possa fare!»

Dormii bene, come non credevo possibile dato l'inizio di quella notte.

Finalmente intravedevo una possibilità di futuro per noi, fattibile e realizzabile.

Niccolò che tornava a Mantova per dirigere l'azienda di famiglia, e noi che avremmo potuto vivere insieme il nostro secondo tempo e, magari, avere un lieto fine.

La mattina ci svegliammo prima dell'alba e facemmo l'amore e poi la doccia insieme e ci lavammo i denti in piedi davanti allo specchio ridendo come scemi, come l'avessimo sempre fatto, che era una cosa forse ancora più intima del sesso.

Non mi piaceva cambiare la mia routine e ammetto che non mi sentivo del tutto a mio agio alle sei di un lunedì mattina in un bed & breakfast fuori Mantova, ma era un piccolo mattoncino che stavamo posizionando. Quel sentirci a nostro agio insieme, quel guardarci e riconoscerci, quell'essere perfettamente in sintonia l'uno con l'altra, era la base solida da cui ripartire per costruire gli altri piani.

Entrai in casa, silenziosa come un ladro, prima che suonasse la sveglia, ma mia madre era già in cucina in vestaglia a sorseggiare il suo caffè, visibilmente innervosita.

«Niente telefono e uscite per un mese?» cercai di scherzare.

«Dio sa come vorrei poterlo fare!»

«Se continui a ignorarmi come sai fare tu, credimi che è molto peggio», la rassicurai.

«Esci dopo cena, passi fuori la notte e rientri la mattina come quando andavi in discoteca di nascosto, ma ora non hai più l'età per farlo.»

«Curioso come prima mi dicessi che non avevo *ancora* l'età per farlo! Mamma, per favore, la paternale no ti prego», tagliai corto versandomi il caffè, «dici sempre che non me la godo, se per una volta passo una notte con un uomo che mi piace tanto, dopo tutto questo tempo, prova almeno a non dire niente, anche se so che per te è difficilissimo non criticarmi.»

«Io mi preoccupo solo per te e se ti vedo prima rientrare col muso lungo e poi uscire di soppiatto come a vent'anni, ho tutto il diritto di dirti come la penso!»

«Mi dici sempre come la pensi, anche quando non torno tardi!»

«Ma qui è un'altra faccenda! Pensi di ricominciare una storia con un uomo superincasinato che ti ha già lasciata una volta, credi davvero possa essere cambiato?»

«Aah!» supplicai. «La polemica a colazione non me la merito, per quella mi basta chiamare il mio ex marito! Vado a svegliare i ragazzi!», dissi alzandomi.

Certe cose non cambiavano veramente mai. Anch'io a settant'anni mi sarei arrogata il diritto di dire a Vittoria che stava sbagliando tutto? Anche se fosse stato vero?

«Mi chiedo solo cosa farai quando non ci sarò più.»

«Oddio, con questa tiritera, ti hanno diagnosticato un male incurabile? Non mi sembra proprio.»

«No, intendo quando andrò a vivere da Romano.»

«Come scusa?» chiesi sbigottita.

«Me lo ha chiesto e ho accettato», disse candidamente.

«Ma come? Cosa? Chi? No! No è fuori discussione!» mi opposi sbattendo la tazza sul tavolo.

«Non puoi opporti, non sono una bambina.»

«E io sì? Cioè mi fai storie se esco un paio di volte con Niccolò de Martini e tu vai a vivere con uno sconosciuto? Ma io sto sognando! Comunque scordatelo!» decretai e andai a chiamare Vittoria e Francesco come fosse scoppiato un incendio in corridoio.

I ragazzi si alzarono intontiti con me che urlavo «forza dai è tardi!» battendo le mani come un sergente maggiore.

«Che succede mamma?» chiese Vittoria grattandosi la testa.

«Chiedilo a tua nonna che ha deciso di abbandonarvi!» risposi acidissima.

Francesco, ancora confuso dal sonno, si mise subito a piangere, che era esattamente la reazione che desideravo.

Se pensava che fosse l'unica a saper inscenare la parte della strega cattiva si sbagliava di grosso. Ogni donna, se messa alle strette, era capace di manipolare il prossimo a suo vantaggio, il fatto di non aver mai usato una app inclusa nel proprio software non significava non averla scaricata.

Mia madre fu colta di sorpresa e corse subito a consolare il povero Francesco che l'abbracciò singhiozzando un disperato «non andartene nonna!» al che la guardai stringendomi nelle spalle mimando un "ops! Mi è scappato!" con le labbra e lei mi lanciò un'occhiata che mi incenerì.

Durante la colazione non feci altro che lanciarle frecciatine del tipo «finalmente smetteremo di comprare gli Oro Saiwa», e «adesso potrò trasferire lo studio in camera della nonna e smettere di pagare l'affitto», a cui lei non poteva rispondere se non voleva spezzare il cuore ai suoi adorati nipoti. Quando li portai a scuola in macchina erano sconvolti.

«Ma davvero la nonna se ne va?» chiese Vittoria vicina alle lacrime.

«Ci ha provato, ma non glielo permetterò!»

Rimasero in silenzio, poi Francesco singhiozzò.

«Perché ci lasciano tutti mamma?»

E qui mi sciolsi letteralmente.

Vedere i miei figli in lacrime, addolorati e feriti dalla vita per colpa dell'egoismo degli adulti che prima dicono «per sempre» e poi se ne dimenticano, mi faceva diventare una belva. In quel momento avrei preso a sberle mia madre e una volta finito sarei andata da Fabrizio e avrei preso a sberle anche lui, e non era escluso che lo avrei fatto e senza dare loro nessuna spiegazione.

188

«No, tesoro, la nonna non se ne va. Romano le ha proposto di vivere insieme, ma lei non ci andrà te lo prometto! E non è vero che ci lasciano tutti, siamo sempre tutti qui e ci saremo sempre, solo che ci distribuiamo in maniera diversa», che era un discorso che non aveva un senso compiuto, ma stavo facendo una promessa che non avevo idea come avrei potuto mantenere se non rompendo i malleoli a mia madre, soluzione che non mi sembrava ortodossa.

«Quindi non se ne va?» fece eco Vittoria.

«No, non se ne va!» le assicurai senza nessuna garanzia.

Scesero dalla macchina e improvvisamente mi sembrarono molto più piccoli e indifesi di quanto non fossero, che era la diretta conseguenza del turbamento emotivo che avevano appena subìto.

Il secondo.

L'intera spensieratezza dell'infanzia si basa sull'effimera convinzione che tutti gli affetti intorno a te non ti lasceranno mai e che tu sarai sempre quel pianetino brillante e amatissimo al centro di un meraviglioso universo fatto di genitori, nonni, zii e amici che gireranno sempre intorno a te. Ma quando i pianeti cominciano a collassare e sparire e ti rendi conto che sei solo in mezzo alla galassia, allora capisci che era tutto uno scenario di cartapesta, una favola per tenerti buono e da quel giorno sei un adulto.

Non ero riuscita a impedire l'esplosione della famiglia, ma avrei fatto qualunque cosa per impedire che perdessero anche la nonna.

Arrivata da Mattia, lo trovai intento a eseguire delle trazioni con le braccia a una sbarra montata di fresco in camera sua, sudato fradicio e concentratissimo.

«E questa novità?» esclamai lanciando la borsa sul letto e buttandomici pesantemente a mia volta.

«L'ho fatta montare, così mi alleno le braccia per la gara!» disse ansimando.

Si fermò per tergersi il sudore con un asciugamano e abbassare Iggy Pop per poi guardarmi e sorridermi.

«Mmh, cos'è quella faccia birichina? Che succede?» gli chiesi.

«Mi piace tua figlia», disse senza mezzi termini.

«Lo avevo capito», risposi.

«Ma tanto tanto», ripeté mordendosi un labbro.

«E cosa vuoi da me?» sorrisi.

«Io le piaccio?»

«Chiediglielo.»

«Lo voglio sapere da te», chiese sornione.

«Io non so niente, non mi parla più perché odia me e suo padre, anche se a onor del vero io ce l'avrei mandata alla tua festa sabato!»

«Ho sperato fino alla fine che venisse, ma il padre e la fidanzata sono stati irremovibili, lei soprattutto, mi pare di aver capito!»

«Camilla si è opposta?»

«Pare di sì, che abbia fatto una scenata!»

«Non lo sapevo, o meglio, non fosse stata così impegnata a conficcare spilloni nella mia bambolina Voodoo, lo avrei saputo», dissi irritata.

Che Fabrizio prendesse decisioni per la figlia era normale e lecito, che fossimo in disaccordo era altrettanto lecito, ma che si facesse soggiogare dalla fidanzata non potevo sopportarlo.

Perché le permetteva tanta libertà? Perché la lasciava giocare a fare la mamma coi miei figli, per farla stare tranquilla?

Questo era il genere di cose che mi toglieva il sonno e l'autocontrollo. I miei figli erano roba mia e nessuno aveva il diritto di interferire eccetto l'uomo con cui li avevo messi al mondo e ovviamente mia madre, che era considerata la Cassazione, e questo mi scatenava una rabbia terribile, assolutamente controproducente per il mio lavoro.

Se non ero tranquilla ed equilibrata io, non avrei potuto mai aiutare i miei pazienti.

Mattia se ne accorse.

«Ti sta sul cazzo la Cami vero?»

«Si vede tanto?» risposi preparando il lettino nervosamente.

«Abbastanza! Quando te l'ho nominata ti è ballato l'occhio.»

«Scusami, è vero sono nervosa e non mi piace sentirmi così. Ma non era qualcosa che avevo previsto divorziando.»

A dire la verità, non avevo previsto molte altre cose divorziando.

«Parlane con Fabrizio», mi esortò puntando le mani sul lettino e tirandosi su da solo per mia somma sorpresa.

«Wow!» esclamai in totale ammirazione.

«Visto che bicipiti?» mi disse sedendosi e mostrandomi il muscolo contratto.

Tastai il muscolo contratto.

«Vincerai per forza!» dissi.

«Lo so!» rispose sdraiandosi.

Cominciai a effettuare le manovre alle gambe, fingendo di non notare il suo buonumore.

L'innamoramento ci rendeva tutti ugualmente scemi, rimbambiti, ubriachi e incoscienti, non importava l'età.

Io, Vittoria, Mattia, mia madre, Woody, eravamo tutti nella stessa dannatissima barca.

Peccato che quella barca fosse il Titanic.

«Metterai una buona parola per me con Vittoria?» mi chiese a mani giunte prima di andare.

«Non ne hai bisogno, sei un tale schianto!» risposi facendogli l'occhiolino.

Sua mamma mi accompagnò all'ingresso.

«Non lo vedevo così felice da anni», mi sussurrò eccitata.

«Ah l'amore…!» risposi sorridendo.

Sarebbe stato davvero difficile per loro, ma non avrei mai tentato di contrastare quella loro cotta, perché se c'era una relazione che avrei cominciato a boicottare con tutte le mie forze, era quella del mio ex marito con Camilla.

Sapere che Niccolò era in città era esaltante, mi dava una sensazione di normalità e di benessere. Potevamo incontrarci in un bar per un caffè al volo o mangiare un panino su una panchina ai Giardini Valentini, potevamo passare del tempo insieme, potevamo tenerci per mano e scherzare, ridere, abbracciarci e scattarci selfie come degli innamorati qualunque.

Cercavamo di ritagliarci dei momenti per noi, piccole bolle di ossigeno per resistere alle lunghe apnee della separazione.

Ma era difficile starci lontani ora che ci eravamo così abituati alla nostra pelle, al nostro profumo, ai nostri gesti, ai nostri occhi, a noi.

Era difficile tornare a una dose inferiore di quella droga. Perché non ci bastava più.

E a proposito di tossicodipendenti, quando Woody arrivò allo studio mi preoccupai davvero.

Lo vidi emaciato, smunto, sbattuto, con le occhiaie, e il mal di schiena era più forte che mai.

«Ma cosa hai fatto?» gli chiesi allarmata andandogli incontro per aiutarlo a camminare.

«Non me lo chiedere», rispose, «sto conducendo una doppia vita che mi porterà a morte certa!»

«Cioè?» chiesi in apprensione, senza riuscire a stare seria.

«Sono completamente ossessionato da quella donna», disse sedendosi sul lettino, «mi sembra di essere posseduto! Non riesco a fare a meno di lei, la cerco, la chiamo, le scrivo, faccio tutto quello che vuole, a qualunque ora del giorno o della notte, lei schiocca le dita e io arrivo. Non mi basta mai, quando non la vedo non faccio che pensare a lei, e sono diventato un cazzo di stalker, perché sono certo che lei veda un altro.»

«Ma non la stavi già molestando con un fake?»

«Certo che sì, dopo che sono andato a casa e aver fatto sesso davvero, vesto i panni del fake e facciamo sesso virtuale fino alle due di notte, tanto poi quella dorme la mattina, mica va in ufficio come me.»

«Ma perché non le dici chi sei e la fai finita!» esclamai.

«Sei matta? Mi mollerebbe subito!»

«E avrebbe anche ragione…» commentai a bassa voce, cercando di sbloccargli il diaframma ormai di legno.

«Non faccio altro che pedinarla e seguirla, le lascio messaggi nella cassetta e rose sullo zerbino, ho preso talmente tante ore di permesso che temo mi licenzieranno. Lei è carina con me, mi tratta bene ed è gentile quando non sono il suo oggetto sessuale, ma è stata chiara su questo punto: non stiamo insieme!»

«Detesto dire che te l'avevo detto, ma…»

«Un trombamico lo so», mi anticipò, «ma io voglio lei, voglio vivere con lei, voglio trovarla quando torno a casa dal lavoro, voglio cucinare per lei, guardarla lavorare, portarle l'aspirina quando è malata, anche comprarle gli assorbenti se ne ha bisogno. È forse chiedere troppo? Non è quello che tutte voi donne scrivete in quei cazzo di meme su Instagram tutti a tema "cerco un uomo che mi protegga e si occupi di me"? Bene eccomi qui, mi hai chiamato, voglio occuparmi di te!»

Era isterico.

Ma non aveva torto.

Dalla seconda media in poi noi ragazze cominciavamo a imbrattare i diari segreti con foto di cantanti e attori e a disegnare cuori con le iniziali del ragazzo che ci piaceva che era notoriamente irraggiungibile vuoi per l'età, o semplicemente perché non ci considerava di striscio.

E da quel momento in poi era tutto uno stilare liste interminabili di qualità e requisiti che nemmeno i responsabili delle risorse umane intente ad assumere il nuovo amministratore delegato di Apple avrebbero trovato in un uomo solo.

Doveva essere ovviamente bello, ma anche simpatico, ricco, perdutamente innamorato, devoto, fedele, dolce, famoso, ben inserito, generoso, e questi erano solo i dettagli essenziali, poi si scendeva nel particolare: doveva saper suonare uno strumento, surfare, guidare la moto, ricordarsi i compleanni e stare simpatico ai genitori.

Con queste premesse era chiaro che la ricerca dell'anima gemella, che già partiva con un background familiare granitico che non prevedeva separazione o divorzio, ed era corredata da tutta una serie di favole e cartoni animati che ci avevano convinte che il principe azzurro esisteva eccome, era tutta in salita.

Se i fratelli Grimm avessero vissuto ai giorni nostri si sarebbero dati una gran calmata.

«Però, Jacopo, anche se non ti piace sentirtelo dire, queste cose devono scattare in entrambi i sensi, non la puoi obbligare a qualcosa che non è nelle sue corde. Dalle tempo, dalle tregua e soprattutto smettila di spiarla, santo cielo!»

«È escluso! Ormai sono invasato, non ho più nemmeno un briciolo di dignità, e sai qual è il bello? Che non mi importa un fico secco! Lei mi chiama e io arrivo!»

«E sei felice così?»

«La felicità è un concetto che non mi appartiene, così come le camicie colorate e la musica indie, però mi sento vivo. Sono fuori di testa, ma mi sento vivo. Amo quella pazzoide, è la donna della mia vita. Punto!»

Non avevo altro da dire.

Era amore anche quello. Forse.

Verso l'ora di pranzo Niccolò mi chiamò dicendomi di affacciarmi alla finestra dello studio.

Mi affacciai, lo vidi che mi aspettava davanti alla moto con in mano un casco per me, e il sorriso mi esplose sul viso.

«Scendi?» mi disse.

Non me lo feci ripetere due volte.

Corsi verso di lui, gli sorrisi, lui mi avvolse le braccia intorno alla vita, forte, solido.

«Sei sempre la mia ragazza», mi disse, «esattamente la stessa», e io mi alzai sulle punte per dargli un bacio da ragazzina, fiduciosa e felice.

Salii in moto e andammo al bed & breakfast, che ormai era diventato la nostra seconda casa, per strappare qualche momento insieme.

Poco più di un'ora di paradiso.

Ci mettemmo a cantare *Alive and Kicking* a squarciagola, mentre lui batteva il tempo sul mio ginocchio e io sulla sua spalla.

Mi sentivo felice, la sua presenza riusciva a farmi dimenticare tutti i casini e le incomprensioni che affrontavo quotidianamente.

Niccolò era il mio bottone PAUSA, come facevamo quando volevamo registrare un pezzo alla radio senza l'intervento del-

194

lo speaker, che mi permetteva di escludere tutto il rumore estraneo alla melodia.

Forse anche noi avevamo messo il nostro cuore in pausa per tutti quegli anni e ora, finalmente, ci permettevamo di continuare ad ascoltare il nostro pezzo preferito.

A vederci da fuori non solo sembravamo innamorati pazzi, ma anche totalmente affiatati, simbiotici, perfettamente accordati.

Mi teneva forte per la mano e mi portava con sé e mi sentivo bene, al mio posto, ricongiunta alla mia metà, da cui ero stata allontanata mio malgrado.

Restammo abbracciati e nudi nel letto, guardando fuori dalla finestra le nuvole rincorrersi, morbidamente intrecciati, ridendo, accarezzandoci, facendo progetti.

Era cautamente ottimista dopo gli ultimi sviluppi col padre. A colazione quella mattina era apparso quasi ragionevole.

«Non so se fosse perché non era del tutto sveglio, ma mi ha ascoltato mentre girava il cucchiaino nel caffè e poi mi ha chiesto di mostrargli i bilanci e il progetto che ho in mente e dopo non ha detto nient'altro, cosa che per lui equivale a un "quello che dici non è una totale idiozia!". A volte mi chiedo come mia madre faccia a stare con lui da quasi cinquantacinque anni.»

«Anche i miei sarebbero ancora insieme se mio padre non fosse morto, ma non credo che esisteranno più coppie così longeve e male assortite nel prossimo millennio. Era un compromesso che reggeva quando le donne non avevano altra scelta che un uomo, ma auguro a mia figlia l'indipendenza economica prima di tutto!»

«Io auguro loro la libertà di scelta che non ho avuto. Ho deciso di dare loro la possibilità di studiare in ottime scuole così che abbiano l'opportunità di fare quello che desiderano ovunque vogliano. Io a quel punto sarò in pensione da qualche parte o nella casa di riposo che avranno scelto per me quelle due iene!» rise.

«Troviamone una dove stare insieme, magari sul mare!»

«Che ne dici delle Canarie?»

«Sì, un posto caldo, anche perché comincerebbe a essere

complicato con tutti gli acciacchi, i dolori, la demenza senile…» scherzai.

«Non ti voglio perdere più Betta, non ora che ti ho ritrovata!» mi disse serio.

«Neanch'io ti voglio perdere più», risposi, «neanch'io.»

13.

Tornai a casa e finsi di ignorare mia madre che, invece, non era affatto intenzionata a ignorare me.

«Benedetta dobbiamo parlare», esordì facendomi intimorire come quando tornava dal colloquio coi professori e avevo un'insufficienza in latino.

«Ditemi madre», ironizzai.

«Non scherzavo ieri quando ti ho detto che andrò a vivere con Romano!»

«Ma io non pensavo scherzassi, pensavo vaneggiassi!»

«Non vaneggiavo affatto, credo sia arrivato il momento che anch'io mi faccia una vita!»

«Con Romano?» chiesi perplessa.

«Con Romano, sì, perché non approvi?»

«Da quando ti interessa la mia approvazione?» domandai con gli occhi al cielo, polemica.

Ebbe un moto di stizza che considerai un 15-0, ma eravamo solo all'inizio di un match che sarebbe stato lungo ed estenuante.

«È giunto il momento... come ti dicevo...» riprese, forzandosi alla calma, come avesse provato per tutto il pomeriggio allo specchio, «...che me ne vada da casa tua e inizi una nuova fase della mia vita, ed è giusto che anche tu cominci la tua senza di me.»

«Casa mia? Da quando ti senti un'ospite qui?» partii subito in quarta decisa a darle del filo da torcere, analizzando ogni sillaba avesse intenzione di pronunciare.

«Oh Benedetta! Cribbio!» sbottò facendomi segnare un 30-0 sul tabellone immaginario dello scontro generazionale.

«Non distorcere tutto quello che dico, Romano mi ha proposto di andare a vivere con lui a Verona e ho deciso di accettare, non farmi sentire in colpa adesso!»

«Tu in colpa? Non credo sia possibile, non penso ti possa accadere così senza un segnale, non sei proprio programmata per quello! E poi a Verona? Hai sempre odiato Verona!»

«Sei impossibile!» sbraitò incastrata all'angolo, tanto che le vennero delle macchie rosse sul petto dalla rabbia. Cosa che mi fece segnare un 40-0 che festeggiai tirando fuori le tovagliette e i piatti, cominciando ad apparecchiare serenamente.

«Guarda che non sto scherzando, ho davvero intenzione di farlo!»

«Neanch'io scherzo, Leontine», risposi a muso duro sbattendo i piatti sul tavolo, «trovo ridicolo che tu voglia lasciare questa casa e i tuoi nipoti per andare a vivere con uno sconosciuto di cui ti stancherai in tre settimane *a Verona*» – sottolineai con disprezzo – «quindi no, non sono d'accordo e non accetto questa tua decisione», dissi come se mi stesse presentando la lettera di dimissioni.

«Ma io non te lo *chiedendo*, io ti sto informando!»

Avvertii una fitta al cuore.

Mi dovetti sedere e fu lì che si accorse che aveva colpito duro.

Si ruppe qualcosa, mi si ruppe qualcosa dentro.

Provai un dolore sinistro, sordo che non avevo provato nemmeno quando Fabrizio se n'era andato.

Era il cordone ombelicale che si staccava, definitivamente.

«Benedetta...»

Mi si riempirono gli occhi di lacrime e mi sentii stupida, una stupida bambina di quarantasei anni che non voleva lasciare la mamma.

Mi mise una mano sulla spalla.

Negli anni di matrimonio non l'avevo mai vista abbracciare nemmeno mio padre, quello per lei era il massimo dell'empatia.

«Dillo tu ai ragazzi adesso», le dissi asciugandomi le lacrime, appena vidi Francesco entrare in cucina.

«Perché piangi mamma?» chiese spaventato.

«Te lo dice la nonna», risposi e mi alzai per andare in bagno a farmi un vero pianto.

Piansi di pancia, piansi di abbandono, per qualcosa di antico che non avevo mai superato, che tornava fuori adesso sotto forma di pretesto.

E allora perché faceva così male?

Quando uscii dal bagno la cucina era un lago di lacrime.

Francesco e Vittoria erano disperati e stavano attaccati alla nonna come se dovessero deportarla.

La vidi in seria difficoltà, come se si rendesse conto di aver sottovalutato l'amore che si lasciava dietro e mi guardò chiedendomi aiuto con gli occhi.

Scossi la testa.

«Hai detto che ci volevi solo informare no? Bene, adesso lo hai fatto! Non lamentarti ora!»

Nessuno cenò quella sera, e dormii coi ragazzi nel mio letto, tenendoli abbracciati finché non si addormentarono.

Erano tornati piccoli, piccolissimi, appena nati.

«Visto? Se ne vanno tutti mamma», disse Francesco prima di chiudere gli occhi.

«Perché questa è la vita tesoro, le persone che amiamo stanno con noi a volte a lungo, a volte per poco tempo e poi succede che a causa di certe scelte vadano via, ma anche se non le vediamo tutti i giorni, non significa che ci amino di meno. Le teniamo chiuse dentro al nostro cuore per sempre, e lì restano al sicuro.»

«Anche tu te ne andrai?»

«No, amore mio, io non me ne andrò mai.» Ed era un giuramento.

La mattina mia madre era visibilmente provata, aveva pianto ed era agitata.

La ignorai deliberatamente e preparai la colazione come se lei non ci fosse già più.

Accompagnai i ragazzi a scuola, ma quando fu il turno di far scendere Vittoria dalla macchina lei mi guardò pallida e sconsolata: «Mamma, mi sento una cosa qui», disse appoggiandosi una mano sul petto.

«Cosa ti senti?»

«Non lo so, è come un peso, come avere paura, come se mi mancasse il fiato.»

«È ansia», le risposi dandole il benvenuto in un club che non avrei mai voluto accettasse membri così giovani, «è un insieme di emozioni annodate tutte insieme che è difficile capire da dove vengano che scatta quando siamo preoccupati, quando abbiamo paura e quando ci sentiamo vulnerabili, ma non riusciamo a capirne il vero motivo, perché i motivi sono molti e tutti di origine emotiva e profonda.»

Mi guardava con il faccino triste senza capire una parola.

«Ti sono successe tante cose ultimamente che ti hanno confusa. Tu che cresci e ogni giorno sei più grande e diversa, le tue amiche che credevi essere per sempre che invece cambiano e ti deludono, i tuoi genitori che si comportano male e non ti fidi più di loro, la nonna che vuole andarsene e poi c'è Mattia che ti piace, non è mica poco per un cuoricino solo», le dissi accarezzandole i capelli.

Lei si guardò le mani per qualche istante, poi le lacrime cominciarono a scivolarle giù lungo le guance.

«Topolino, non fare così!» le dissi tirandola a me.

Piangeva forte, tutte le sue lacrime di tristezza e di abbandono, e paura di rimanere sola sulla faccia della terra. Era troppo per lei, e detestavo che tutto questo carico le fosse crollato addosso a causa nostra.

Quando metti al mondo dei figli vorresti tenerli per sempre impacchettati nel pluriball per non danneggiarli, ti illudi che i tuoi saranno immuni dai mali del mondo, e vorresti farti carico di tutte le loro delusioni e proteggerli dal dolore dell'amore e del tradimento, ma poi ti accorgi che quello che gli causa maggior dolore sei proprio tu, con il tuo egoismo, la tua superficialità e l'incoerenza.

«Perché vi siete lasciati?» singhiozzò. «Mi manca la mia famiglia, non voglio vedere papà soltanto il fine-settimana insieme a quella stronza, e non voglio che la nonna se ne vada. Voglio che tutto torni a essere com'era!»

«Stellina mia», dissi cercando un fazzoletto di carta nella borsa, «purtroppo le cose come prima non possono tornare, e questo è il mio dolore più grande, ma ti prometto che cercherò di far sì che tu soffra il meno possibile a causa delle nostre scelte. Abbiamo sbagliato a sottovalutare il tuo dolore e quello di Francesco, ho pensato stupidamente che per voi non sarebbe stato così difficile abituarvi a un'altra situazione, quando invece vi abbiamo stravolto e rovinato la vita!»

Cominciai a piangere anch'io. Non facevo che piangere e sbagliare.

Ero un totale fallimento.

Mi soffiai il naso.

«Cosa posso fare, a parte i miracoli, per vederti sorridere ancora?»

«Fammi vedere Mattia, almeno tu!»

«Ma certo tesoro!» le sorrisi. «Lo sai però che Mattia non è in una situazione facile vero?»

«Lo so, mamma, ma è il ragazzo più meraviglioso che io abbia mai incontrato, è intelligente, è buffo, è dolcissimo, è superottimista, e poi, quanto è bello?»

«Hai ragione, Mattia è speciale, è un ragazzo fantastico e gli voglio un bene dell'anima, però lui non camminerà mai più, e non potrà mai avere una vita normale, e questo devi capirlo perché le difficoltà saranno tantissime.»

«Lo so mamma, ma a me non importa!»

La mia bella figlia sensibile, generosa e intelligente.

Sapevo che non aveva preso da me. Ma nemmeno da Fabrizio. Gli alieni probabilmente.

«Va bene», le dissi appoggiandole la mano sulla sua, «andremo alla gara, te lo prometto.»

Mi sorrise felice, le nuvole già volate via dall'orizzonte. «Allora non andremo da papà e dalla stronza?»

«No, non ci andremo, ma non chiamarla stronza.»

«Ma lo è!»

«Sì, ma tu non chiamarla così.»

«Okay mami», disse di nuovo tranquillizzata, dandomi un bacio con lo schiocco, e uscì dalla macchina di nuovo contenta, di nuovo protetta, o forse solo trascinata da quella splendida e pericolosissima nuvola su cui mi trovavo anch'io.

Arrivai in studio e chiamai Fabrizio.

Mi rispose dopo un numero infinito di squilli, durante i quali lo immaginavo fissare lo schermo del telefono aspettando che riattaccassi.

«Dimmi», rispose finalmente.

«Mia madre se ne vuole andare di casa!»

«Tua madre? E dove va?»

«A Verona, con un tizio!»

«Ma è impazzita?»

«Non lo so, ma ora le cose saranno più complicate perché non avrò lei che va a prendere i ragazzi a scuola il pomeriggio.»

«E cosa pretendi che io faccia?»

«Vediamo… Venirmi incontro per esempio?»

«Ma io lavoro», si difese.

«Io invece sto tutto il giorno a guardare la televisione e leggere giornali di gossip, ma che vuoi fare, sono fatta così», dissi con la bile che mi travasava.

«Eh, ma è un problema, Benedetta, io non posso, lo sai.»

«Ottimo!» risposi stringendo il telefono immaginando fosse il suo collo, incredula alle sue parole.

Stavamo prendendo una china mortalmente scivolosa che non portava da nessuna parte, ma cominciavo a percepire il gusto del litigio fine a sé stesso, quello sterile, inutile e crudele, quello che voleva annullare tutto ciò che c'era stato di bello prima e che sanciva la fine di qualunque tipo di accordo e l'inizio dell'apertura delle ostilità, nonostante due creature il cui bagaglio genetico era un mix del nostro.

Come ci eravamo arrivati fino là?

«Chiedi a Camilla, allora, magari le viene in mente un'idea, o magari ci paga un autista!»

Riattaccai. E mi pentii immediatamente di avergli parlato così, perché se speravo di convincerlo a venirmi incontro, avevo scelto davvero il modo peggiore, ma io *volevo* litigare con Fabrizio, lo volevo con tutto il cuore, per il puro gusto di dimostrargli che era un egoista e che non teneva ai suoi figli.

Che poi non era neanche vero, lo sapevo, ma Cristo, era

diventato odioso. E non potevo sopportare che fosse felice con quella cretina, quando i nostri figli non lo erano.

Se soffrivamo noi doveva soffrire anche lui, era una regola semplice, dopotutto eravamo una famiglia!

Quella che si era preannunciata come una giornata di merda si confermò tale fino all'ora di pranzo, quando Antonella mi raggiunse disperata al bar all'angolo per raccontarmi che la moglie di Amedeo era entrata in negozio e gliel'aveva devastato, insultandola.

«Ma non era moribonda?»

«Mai vista una donna più in forma in vita mia, abbronzata, elegante.»

«E come sapeva chi eri?»

«Il telefonino! Ha trovato la sua password, ha visto la chat, le mie foto, tutto quanto, ma la cosa peggiore è che aveva al dito l'anello di Bulgari!»

«Ah be'… almeno non era di una partita rubata», dissi sperando di sdrammatizzare.

«Già! E mi ha intimato di non avvicinarmi più al marito!»

Tacqui un attimo.

«Anto, non credi che sia il caso di metterci una pietra sopra a questa storia? E non mi riferisco a Bulgari!»

«Credevo che mi amasse», disse affranta.

«Amedeo è un bugiardo patologico, un giocatore incallito, è sposato, pieno di debiti ed è pure vecchio, non pensi di meritare di più?»

«Ma cosa vuol dire "meritare di più"? Anche tu meritavi di più di Fabrizio e anche di Niccolò, non credi che ci accontentiamo tutti perché è così che dev'essere? Non è che a quest'età puoi permetterti tanto di scegliere, prendi quello che ti passa il convento!»

«Ma sei scema?» mi uscì dal cuore. «Mi vuoi dire che svegliarsi la mattina accanto a Niccolò o accanto ad Amedeo sia la stessa cosa? Ma ti prego!»

«Dico che tanto alla fine è sempre la stessa cosa, ci si stanca, ci si tradisce, ci si odia e poi la storia finisce, e questa volta pensavo che partendo con qualcuno così in là con gli anni non avrei dovuto affrontare le solite seccature!»

«Dimmi una cosa Anto, ma tu sei innamorata?»

«E cosa importa? Io avevo bisogno di lui, di essere protetta e desiderata, che io lo amassi o no non contava!»

«Sì che conta!» mi irritai. «Abbiamo fatto tanto per emanciparci e tu mi torni a desiderare i matrimoni combinati?»

«Magari i miei mi avessero combinato il matrimonio! Adesso non starei così!»

Avevo voglia di prenderla a schiaffi, ma in fondo, molto in fondo, capivo cosa voleva dire.

Al netto dell'amore, quello che restava, nella migliore delle ipotesi, era una rassegnata sopportazione, camuffata da ponderata scelta, che siglava un tacito accordo di mutuo soccorso per gli anni a venire, com'era stato per i miei genitori e per tutti noi.

Ed era quello che sarebbe successo a me e Fabrizio se non ci fossimo lasciati.

Ma ora mi chiedevo se non fosse il destino scritto anche per me e Niccolò.

L'inaspettato cinismo di Antonella mi aveva contagiata e avevo un improvviso bisogno di Niccolò, della sua pelle, dei suoi baci e della sua rassicurazione.

Al ritorno sulla strada per lo studio lo chiamai.

«Ho bisogno di vederti amore», gli dissi con uno strascico leggermente ansioso nella voce.

«Non credo di farcela tesoro, ho un paio di call che non so a che ora finiranno e una riunione con il capo del personale in ditta insieme a mio padre. Farò tardissimo!»

«Okay non fa niente», mentii allungando il passo.

Si trovava a otto chilometri da me e non riuscivamo a vederci. Mi sembrava una follia.

Quella giornata non sarebbe finita mai.

Rientrai in studio, misi su un po' di musica da meditazione, pioggia e campanelli, e provai a rilassarmi. Senza successo.

Doveva esserci una congiunzione astrale ostile perché tutta quella negatività confluisse contro di noi, una tempesta elettromagnetica che aveva preso di mira solo i sentimenti.

Sembrava ci stessimo impantanando tutti con le nostre

mani, scegliendo relazioni complicate o impossibili quasi con uno spirito masochista.

Comunque la si guardasse mancava sempre un pezzo, o non era il momento giusto, o non era la persona giusta, o non era giusto e basta.

La segretaria bussò alla mia porta per dirmi che c'era Andrea.

«Da quando in qua chiedi permesso?» gli chiesi appena lo vidi sulla porta con l'aria sfinita.

«Ragazzi però non potete scopare come ricci alla vostra età e sperare che io vi rimetta a posto la schiena, io non faccio miracoli...» risi.

Non rispose e mi guardò con gli occhi tristi e smarriti.

«Sto morendo Betta», mi disse senza mezzi termini.

«Come scusa?»

Annuì.

«Ho fatto quella risonanza che mi avevi consigliato, sono venute fuori delle macchie, hanno fatto degli accertamenti, poi altri ancora. Sono metastasi», disse lapidario.

Mi appoggiai contro la parete senza capire niente di quello che mi stava dicendo, mi girava tutto.

«Non ne ho per molto, Betta, è la verità, e non ho intenzione di bombardarmi di chemio per campare tre mesi di più. Conoscendomi non sopporterei di guardarmi allo specchio e vedermi come un morto che cammina e io sotto i ferri non ci vado», disse con gli occhi lucidi, «sono uno stronzo egocentrico e non ce la farei.»

«Oddio, Andrea», gli dissi con la voce rotta andando ad abbracciarlo.

«Che sfiga cazzo, Betta, che sfiga...» mormorò sulla mia spalla.

«Ma non si può fare niente?»

«No, è troppo avanzato, non c'è niente da fare, sono giovane e il decorso sarà molto veloce, così mi hanno detto.»

Gli presi le mani.

«Posso provare ad alleviarti un po' il dolore alle articolazioni, conosco delle terapie specifiche, facciamo qualche trattamento se vuoi.»

«No, ti ringrazio, sono venuto solo a dirti che sei l'unica a cui lo dirò, oltre a Mei, la mia ragazza. Con te ho sempre avuto un rapporto speciale, sei la mia migliore amica e sei la prima a cui ho pensato di dirlo, ma con lei non so come fare, tanto che ho pensato anche di lasciarla senza dirle niente.»

«No, non farlo ti prego, ha diritto di sapere, concedile almeno la scelta di starti vicino.»

«Ci devo pensare, è tutto troppo assurdo. Non mi sembra possibile, ho così tante cose da fare ancora, e il testamento era veramente l'ultima a cui pensavo», rise nervosamente.

Rimasi a guardarlo imbambolata, senza parole.

«No, Betta, quella faccia non me la fare per favore, è esattamente il motivo per cui non lo dirò a nessuno, quell'espressione mista a "perché proprio a te" e "così giovane" non la sopporto, ed è la stessa che avevano tutti i medici.»

Mi sforzai di cambiare espressione, ma non ci riuscii, era una botta troppo forte.

«Scusa, Andrea, scusami ma non ci riesco!» Le lacrime salirono ad accecarmi di prepotenza, e caddero giù grosse e pesanti e notai quanto poco spazio di contenimento ci fosse prima che straripassero in modo inarrestabile, impossibili da nascondere.

«Non sto piangendo te lo giuro», dissi immobile, tirando su col naso e spalancando gli occhi per sperare che le lacrime tornassero indietro da dove erano venute, «non piango, Andrea, te lo giuro, non piango, mi deve venire il ciclo è per quello!»

Rise per un attimo, intenerito dal mio goffo tentativo di riparare, poi mi abbracciò e si mise a piangere con me.

«Cazzo, non avevo mai pianto finora, speravo di riuscirci!»

«No, ma ora smettiamo, e non piangiamo mai più», dissi singhiozzando disperata, «te lo giuro non piangeremo mai più», continuai senza riuscire a fermarmi.

«Sei pessima, Betta! Pessima!» disse asciugandosi gli occhi.

«Lo so, scusa!»

«Non ti scusare, vengo qui ti sparo un colpo in faccia e pretendo che non ti faccia male!»

«Cosa posso fare io per te?»

«Voglio un figlio prima di morire!»

14

Tornai a casa devastata.

Non avevo alcuna voglia di vedere Niccolò né di litigare con Fabrizio o di ascoltare le paranoie di qualcuno del gruppo.

Era una secchiata di acqua gelata che mi era arrivata in pieno viso, svegliandomi dal torpore.

Andrea era di gran lunga il più fortunato di noi, quello che aveva avuto soldi e una famiglia tranquilla, che aveva sempre curato il proprio fisico in maniera maniacale, che non mangiava carboidrati e andava a correre, quello che non aveva pensieri a parte dove andare in vacanza e con chi, quello la cui unica priorità era sé stesso.

E ora lui se ne sarebbe andato di una morte rapida, ingiusta e improvvisa, e a me era stato dato il privilegio-condanna di condividere questo segreto.

D'un tratto tutto mi sembrò stupido, insensato e ridicolo e mi toccai la fronte pensando alla mia vanità, all'illusione di voler sembrare ancora una ventenne e mi sarei strappata quella merda di botulino dalla faccia se avessi potuto.

Piangevo e piangevo, senza riuscire a riprendere fiato.

Che aspettavamo tutti a darci una calmata? A decidere di crescere o semplicemente di fare una qualunque cazzo di scelta?

Perché continuavamo ancora a vivere nella leopardiana attesa del sabato del villaggio? Quando sapevamo per esperienza che non succedeva mai niente?

Perché non ci buttavamo e basta?

Entrai in casa e mia madre mi guardò con una faccia sconsolata.

«Non ci vado più», mi disse, «ho parlato con Romano e gliel'ho detto! E poi neanche mi piace Verona!»

«No, mamma, devi andare», risposi di getto, «hai ragione tu, hai tutto il diritto di fare la tua vita, non sei la nostra baby-sitter, noi ce la caveremo vedrai!» le dissi con tutta la dolcezza e la sincerità possibili.

La vidi disorientata dal mio cambio di opinione.

«No, sono un'egoista, hai ragione non posso lasciare te e i ragazzi, non ce la potete fare senza di me!»

«Come sarebbe non ce la facciamo senza di te?» risposi ridendo. «Ce la faremo eccome! Per chi ci hai preso? Mamma, è la tua vita, goditela!»

Era spiazzata.

«Ma...»

«Eddai abbracciami, Leontine!» la esortai spalancando le braccia.

Lei si lasciò abbracciare, lasciando cadere tutte le difese e poi, goffamente, mi strinse forte a sua volta.

Chiamai i ragazzi in cucina, per ripetere loro una storia che avevano già ascoltato una volta, la storia che narrava che chi se ne andava continuava a esserci come prima, e che loro sapevano benissimo essere una balla, ma stavolta ero intenzionata a far loro capire che l'amore è più forte della distanza, che l'amore si coltiva e non si dà per scontato, e che quando hai bisogno di qualcuno glielo devi dire e, se lui ti ama, corre da te.

Parlai a ruota libera, col cuore in mano e le lacrime agli occhi, con in testa chiaro quel poco tempo che abbiamo a disposizione e che i moralismi e i "devo" e "non devo" sono tutte idiozie.

Perché non si devono avere rimpianti nella vita. E nemmeno rimorsi.

Smisero di piangere, cominciarono a capire.

E crescere.

Poi chiamai Niccolò e gli chiesi di vederci.

Ci trovammo in piazzetta poco dopo.

Ero lucida, ottimista e decisa, ma avevo bisogno del suo appoggio, di sapere che non sarei stata sola in quel viaggio.

Lo abbracciai forte.

Avrei voluto condividere il mio segreto con lui, ma sapevo che non sarebbe stato giusto nei confronti di Andrea.

«Che giornata ho avuto», esordì, «una rottura di palle dall'inizio alla fine. Con mio padre non c'è verso di spuntarla, sono incazzatissimo! Sembra che mi voglia boicottare, pensa che ho scoperto che mi fa concorrenza sul mercato con una società parallela!»

«Stai con me, Niccolò, ti prego», lo supplicai, «mettiamoci insieme davvero, alla luce del sole. Non c'è tempo, non abbiamo tempo, abbiamo già perso così tanti anni, proviamoci adesso e proviamoci sul serio!»

Mi baciò e poi mi fissò per quella che mi parve un'ora.

Sembrava avesse mille cose da dirmi, e che non riuscisse a esprimerle, cose profonde, e intime, ma scosse la testa e disse soltanto: «Amore mio devo ripartire!».

Un altro shock, l'ennesimo.

«Ripartire? Adesso?» mormorai.

«Sì, stella mia, non ha senso che io resti qui se non riesco a far ragionare quel vecchio pazzo. Devo rientrare a Londra e parlare coi miei collaboratori e tentare altre strade di negoziazione!»

«Capisco», dissi senza capire niente. «E noi?» chiesi ingenuamente.

«Noi ci siamo sempre stati e ci saremo sempre. Ti chiedo pazienza, sarà una cosa lunga ed estenuante, ma ti chiedo di starmi vicino, ho bisogno di te ora più che mai.»

«Ma anch'io ho bisogno di te», insistetti, «ho una quantità di casini che non immagini, se riparti adesso chissà quando ci rivedremo e sarà sempre più difficile.»

Mi passai le mani fra i capelli.

«Chiudiamola adesso, Niccolò, almeno soffriamo di meno, non farmi illudere ti prego!»

Pronunciai quella frase prima di pensare a quello che avevo appena detto.

Terrorizzata da un suo eventuale "sì è meglio".

«Vuoi chiuderla?» chiese in un tono che non seppi interpretare.

«Sì», dissi con una convinzione che non avevo, sostenuta solo dalla delusione di vederlo andar via e dalla voglia di farlo soffrire come stavo soffrendo io, fingendo non mi importasse.

Mi prese la testa fra le mani e appoggiò la fronte contro la mia: «Lo capisci per quanto tempo ti ho cercata e inseguita? Credi che non significhi niente per me? Pensi che tu non sia il mio primo pensiero del mattino? E l'unica persona con cui io voglia svegliarmi per il resto della vita? Ci pensi a quanto sia difficile per me gestire queste due vite senza poter avere il controllo di nessuna? Io adesso non posso quantificare niente, non posso darti una scadenza, né garantirti che sarà fra tre mesi o un anno, ma ti garantisco una cosa sola, che ti amo, che ci sono e che sto provando ad aggiustare tutto. Ti prego fidati di me e non lasciarmi!».

Non avevo mai avuto una dichiarazione d'amore più bella e più onesta.

Non mi stava promettendo mari e monti, stava ammettendo di essere nella merda e che per il momento era il meglio che potesse offrirmi, ma di non lasciarlo solo su quella barca alla deriva.

«Quando riparti?»

«Dopodomani, volevo stare con te un'altra notte.»

Gli accarezzai il viso.

«Sembra non ci sia mai pace per noi!»

«Tutte le storie importanti sono difficili, ma la nostra è speciale, Betta. Fidati di me ti prego.»

Era angosciato. Glielo leggevo negli occhi.

Sopraffatto, tormentato, addolorato.

«Domani sera al nostro bed & breakfast. La nostra ultima notte», gli promisi baciandolo sulle labbra e rimanendo lì un secondo, un minuto, cent'anni.

Ci salutammo guardandoci andare via.

Ogni volta con la paura che fosse l'ultima. L'ultima davvero.

E il pensiero di Andrea mi colpì forte togliendomi il respiro.

Com'era possibile che quegli stessi minuti che passavo a

pianificare le mie giornate, rappresentassero il futuro per me
e il conto alla rovescia per lui?

Continuavo a ritenerlo impossibile.

Magari si erano sbagliati, a vederlo era ancora in splendida
forma, potevano aver scambiato la diagnosi, ma sapevo che
lui aveva accesso alle migliori cure nelle cliniche private di
tutt'Europa, le stesse che si occupavano di politici, calciatori
e grandi imprenditori. Non c'era margine di errore.

Lo sapevo.

Tornai a casa dai miei bambini e insistetti che dormissero
con me anche quella notte, nonostante i capricci di Vittoria
che voleva chattare con Mattia senza di me fra i piedi.

Volevo provare ancora quella percezione di infinito che si
era spenta il giorno della maturità, quando dal nulla tutti smisero di preoccuparsi se avevi studiato o se avevi i soldi per
uscire, perché eri ufficialmente un adulto e adesso erano affari tuoi, perché i tuoi genitori il loro dovere lo avevano fatto
e ora toccava a te.

Mi sentivo come se stessi partorendo un'altra volta.

Come se fossi obbligata a lasciare andare qualcosa a cui tenevo più della mia stessa vita.

Stavo lasciando andare mia figlia, mia madre, il mio compagno e uno dei miei più cari amici in posti di cui non avevo
idea, dove non avrei potuto proteggerli, e dove non avrei potuto accompagnarli.

E il cuore mi zampillava di dolore.

Un senso di abbandono così grande non lo avevo mai provato prima.

Un dolore sproporzionato per la mia anima da sola che
non sapevo arginare e collocare.

Ma sentivo che dovevo essere forte, perché non c'era più
nessuno a soffiarmi sulle ginocchia sbucciate ormai.

Ero io il mio adulto di riferimento, me ne stavo rendendo
conto per la prima volta e questo mi faceva paura.

Mi svegliai con un tremendo bisogno di soluzioni a breve
termine e non solo per me, ma anche per le persone a cui volevo bene e per prima cosa chiamai Woody per dirgli che la

smettesse con quei giochini da idiota e che se voleva Miriam glielo dicesse e basta, invece di usare un fake. Alla peggio lei avrebbe detto di no.

Mi rispose che era scoppiato un macello perché lei lo aveva scoperto per via di un paio di errori di grammatica tipici suoi e facendo un controllo incrociato aveva trovato che avevano amici in comune che solo lui poteva avere con lei.

«Sei un cretino!» urlai dritta nel microfono dell'auricolare. «Non sei buono nemmeno a crearti un fake! Ci sono delle regole basilari, non lo sapevi?»

«Ma infatti con le altre sono diventato più cauto!»

«Quali altre?»

«Mi sono fatto prendere un po' la mano e ho cominciato a seguire le altre sui social! Tu non lo sai, ma diventa una droga quando "te la danno" on line!»

«Cioè vuoi dirmi che hai fatto sesso virtuale con le ragazze del gruppo?»

«Sì», confessò.

«Voglio i nomi!»

«Costanza è la più aguerrita, ma c'era da immaginarselo; Anita non male; Antonella parla solo d'amore e Paola che non è soddisfatta nemmeno dal migliore amico del marito è la più zoccola in assoluto!»

«Che fai, dai i voti adesso? Ma non ti vergogni?»

«Sinceramente no», ammise candidamente, «mai avuta una botta di autostima tale!»

«E ora con Miriam?»

«Non la cerco più, che si arrangi! Sono un dio del sesso, potrei mollare il lavoro e mettermi in proprio!»

«Dimmi che stai scherzando, Jacopo!» lo pregai.

«Sul mollare il lavoro sì, sul mollare Miriam no!»

«Ma sei tranquillo?»

«Alla grandissima, baby!»

Riattaccai meravigliata all'idea di quanto fossero contorte a volte le strade che ci conducevano a una risoluzione.

Poi scrissi ad Andrea.

Sto andando adesso.

Sei un'amica. Ti voglio bene.

Anch'io.

Avevo un appuntamento con Mei.

Andrea voleva che le parlassi, che le dicessi cosa sarebbe successo a breve. Ma era un compito terribile, non era giusto caricarla di tanto dolore e tanta responsabilità a soli ventiquattro anni, ma era anche giusto che lei sapesse, che scegliesse.

Mi aspettava alla biblioteca Teresiana, la stessa dove avevo preparato tanti esami, un'eternità prima di lei e solo in quel momento mi venne in mente che lei poteva tranquillamente essere figlia mia, e certamente anche di Andrea.

La vidi uscire col faccino sorridente e sereno, assolutamente normale con la sua felpa, i capelli al vento e i leggings.

Una bambina spensierata a cui avrei dovuto comunicare una notizia ferale, che l'avrebbe segnata per la vita.

E lo facevo io perché Andrea non voleva vedere *quella* faccia. La stessa che avevo fatto io e altri prima e dopo di me. La faccia della pietà.

Mi salutò con un bacio allegro e le proposi di andare in un bar lì vicino che ricordavo piuttosto defilato e tranquillo.

Ordinò un muffin ai mirtilli e un cappuccino con tanta schiuma.

La guardavo versare la seconda bustina di zucchero dentro senza preoccuparsi, ricordandomi di quando neanch'io pensavo alle calorie.

Avevo voglia di dirle che ero passata di là solo per salutarla, che dovevo correre in studio, che ci saremmo riviste presto a una festa da Andrea, invece le presi le mani e la guardai finché il suo sorriso non passò impercettibilmente da luminoso ad angosciato, come quando resti in posa troppo tempo per una fotografia.

Fu in quel momento che dovetti trafiggerle il cuore con un colpo secco e guardarla sanguinare impotente, cercando poi di tamponare quella ferita letale con degli stupidi fazzoletti di carta.

Non mi voleva credere, non capiva, protestava, voleva parlare con lui.

«Stasera parlerete, solo non voleva essere lui a darti questa notizia, ha pensato che sarebbe stato più indolore se te lo avesse detto qualcuno che non conosci se non di vista, qualcuno di neutro. Lui ti ama così tanto che farebbe qualunque cosa per proteggerti, il problema è che non ha tempo. Non ne ha più!»

«Cosa faccio adesso?»

«Puoi scegliere tesoro, lui non vuole obbligarti a farti carico del suo calvario, fai solo quello che ti dice il cuore. Pensaci, se non te la sentirai lui rispetterà qualunque scelta tu faccia. È stato tutto così improvviso e così all'inizio della vostra storia che si è reso conto che non può pretendere da te che tu ci sia.»

Mi guardò con la fronte aggrottata. Piena di risentimento nei miei confronti.

«Io voglio esserci», disse, «che discorsi sono? Io voglio esserci fino alla fine e ci sarò, gli terrò la mano ogni minuto, esaudirò qualunque suo desiderio, io lo amo, Andrea, anche se ho la metà dei suoi anni!» Lo disse in maniera diretta, lucida e così matura che per un attimo ebbi la sensazione di avere un'adulta davanti.

Era chiaro che le nuove generazioni ci stessero dando una lezione coi fiocchi.

Le promisi che ci sarei stata per ogni cosa e che non esitasse a chiamarmi a qualunque ora del giorno e della notte.

Mi promise che lo avrebbe fatto.

Ci salutammo.

Due sconosciute che avevano siglato un patto di sangue.

Quella sera tornai a casa e vidi mia madre intenta a stilare la lista del trasloco.

«Senti, mamma, posso dormire da un'amica stasera?» le chiesi come faceva Vittoria con me.

«Che amica?» mi chiese lei alzando la testa.

«Antonella…» risposi facendo la faccia furbetta.

«Mica vedrai quel ragazzaccio vero?» ammiccò stando al gioco. «Sai che non mi piace!»

«No, no, mamma, te lo giuro! Studiamo e basta!»

«Però non fate tardi che domattina c'è scuola.»

«Te lo prometto mamma! Tornerò prima che tu abbia fatto il caffè!»

Poi le misi le mani sulle spalle.

«Come farò senza di te?» le chiesi schioccandole un bacio sulla guancia.

«Me lo chiedo anch'io», sospirò scuotendo la testa, «e portati lo spazzolino da denti!» mi gridò dietro.

Preparai la borsa e salutai i ragazzi dicendo loro che andavo da Antonella e che sarei tornata tardi e di non aspettarmi svegli.

Piccola bugia. L'ultima per chissà quanto tempo.

Vittoria mi salutò appena e Francesco era troppo impegnato con un video di tai chi per occuparsi di me.

Questo mi fece sentire più leggera.

Andavo a trascorrere l'ultima notte con l'uomo che amavo e sarebbe stata indimenticabile.

Niccolò mi aspettava nella hall, appena mi vide si alzò e mi venne incontro per abbracciarmi.

Il concierge ci consegnò le chiavi senza chiederci niente e salimmo in camera mano nella mano fingendo fosse casa nostra.

Poi pensai ad Andrea e a Mei che in quelle ore stavano parlando e piangendo e cercando un modo per manomettere il cronometro azionato dalla mano del fato, come il conto alla rovescia di una bomba che nessuno può disinnescare.

L'urgenza di stringere i tempi aveva contagiato anche me che mordevo il freno per non voler aspettare ancora.

In fondo si trattava di prendere una decisione e saltare insieme.

Ci spogliammo lentamente, con gesti sempre più intimi e nostri, senza dirci niente, ma ascoltandoci, cercando di percepire i pensieri attraverso i respiri, le carezze, i baci.

Dovevamo renderlo speciale e unico, non un addio, ma un indimenticabile arrivederci.

Un arrivederci che lo motivasse a tornare al più presto da me.

Da noi.

«Ti faccio un massaggio», mi disse mentre stavo raggomitolata contro di lui godendomi il suo abbraccio.

Mi abbandonai alle sue mani grandi, rilassata e fiduciosa.

«Lascia che mi occupi di te, Betta», disse accarezzandomi la schiena, «lascia che sia ancora io a farlo come non ho potuto fare prima.»

Annuii a occhi chiusi godendomi ogni secondo di lui.

Era quella la quotidianità che volevo, tornare a casa dal lavoro stanca morta e trovare lui ad aspettarmi che mi diceva «adesso ci penso io a te».

Ma avevo fretta.

Avevamo aspettato abbastanza e Andrea era la dimostrazione che non c'era più tempo da perdere.

Mi girai e presi il suo viso fra le mani guardandolo dritto negli occhi.

«Io ti amo Niccolò e voglio stare con te. Ma non fra trent'anni, voglio starci adesso, voglio vivermi questa storia davanti agli amici, i parenti e Mantova. Capisco tu sia pieno di casini, ma nessuno di questi conflige veramente con noi due!»

«È vero, tesoro mio, ma finché non sistemo tutto non posso tornare... ho dei problemi inverosimili con l'azienda, per non parlare di mio padre, poi ci sono i miei figli, e la separazione è complicata e...»

«L'ho capito perfettamente! Non fai che ripetermelo! Ma l'azienda e tuo padre sono una cosa, noi siamo un'altra, se non mi rassicuri almeno su questo! Se non mi dai una data di... scadenza», e quella parola mi fece pensare di nuovo ad Andrea e mi scesero le lacrime.

Niccolò ne fu sorpreso e allarmato.

«Non piangere bambina, ti prego non piangere, giuro che sistemiamo tutto! Non avevo capito avessi così tanta fretta!»

«Non c'è tempo, nemmeno un po'. Siamo già in ritardo assoluto. Mia madre sta andando a convivere a settantatré anni, la metà dei nostri amici ha una relazione con uno psicopatico, siamo gli unici due che si sono sempre voluti bene veramente, perché allora non ci diamo un tempo? Ho bisogno di una cornice, di una rassicurazione, non ne posso più che tu mi dica vado via e non so quando torno!»

Mi sentivo patetica e triste, tutto quello che non avrei mai voluto vedese, ma ero anche me nella mia versione più sincera e vera, botulino a parte, e se non lo avesse capito ero pronta a fare marcia indietro.

«Qualche mese, Betta, ti chiedo solo qualche mese e poi saremo noi, e ricominceremo da capo, anzi *cominceremo* da capo, e poi formeremo una famiglia allargata e staremo bene!»

«Me lo prometti?» dissi tirando su col naso.

«Meglio! Te lo giuro!» mi disse abbracciandomi stretta.

Mi sentivo finalmente in pace, al sicuro, e il mio cuore si placò all'improvviso, come fosse stato avvolto da un manto d'amore, come fosse stato accarezzato.

Ci addormentammo raccontandoci il nostro futuro come fosse un giardino pieno di fiori e alberi maestosi in cui camminavamo mano nella mano, felici.

Poi mi voltai dandogli la schiena e chiusi gli occhi rannicchiandomi contro di lui e tentai di nuovo il mio esperimento di telepatia pensando intensamente "toccami, toccami, toccami".

E in quel preciso istante lui allungò la mano e mi accarezzò con i polpastrelli la schiena. Sorrisi.

Adesso eravamo davvero connessi.

15.

Accompagnai Niccolò all'aeroporto.

Non volevamo fosse un arrivederci di quelli strazianti e lacrimevoli, ma solo il «ci vediamo prestissimo» di due adulti che decidono, organizzano e pianificano, non più quei due ragazzini alle prime armi, imbranati e teneri, quelli dei bigliettini e le cassette registrate, le lettere, la gelosia, le telefonate infinite, le notti a piangere e a scrivere sul diario.

Adesso avevamo un piano da seguire, che avrebbe impiegato un po' di tempo a realizzarsi, ma che si sarebbe concretizzato presto.

Lo vidi passare dai controlli, voltarsi e strizzarmi l'occhio, complice, lo salutai con la mano e me ne andai senza tristezza, senza dubbio alcuno, sicura di me, di lui, dei nostri sentimenti, come fosse un normale viaggio di lavoro con me che lo aspettavo a casa.

Questo pensiero mi fece sorridere e mi diede fiducia in noi, ma mentre uscivo dall'aeroporto mi chiamò Andrea.

E la realtà mi franò di nuovo addosso.

«Allora, amore mio?» esordì come faceva sempre.

Per un attimo pensai che fosse tutto uno scherzo e mi aspettai che mi dicesse: "Ci hai creduto, eh? Ma quanto sei ingenua tesoro! Senti, ma scopi?".

Invece il suo tono si tramutò subito in qualcosa di più intimo, confidenziale, quasi remissivo.

«Andrea dimmi tutto», lo esortai.

«Mei ha accettato.»

«Veramente?» esclamai. «È una cosa stupenda!»

«Lo è», rispose sorridendo, «lei è stupenda, una donna speciale e io sono un uomo fortunato. È stata una serata che non so nemmeno spiegarti. Assurda per certi versi. Non pensavo accettasse, cioè io di donne non ne ho mai capito un cazzo a dirtela tutta, ma da quando ho conosciuto lei, ho avuto solo voglia di stare con lei, e non mi era mai successo. Ma sono sincero che non pensavo mi avrebbe mai detto di sì. L'avrei capita, avrei capito se mi avesse detto "crepa vecchio!"», rise amaramente, «invece si è comportata con una dolcezza e una tenerezza che ha fatto rimanere male anche me, e questo mi fa incazzare ancora di più perché avrei voluto stare con lei per altri cinquant'anni. Invece devo sloggiare, sembra!» Lo sentii commuoversi.

«Andrea dove sei ora? Ti raggiungo se vuoi!»

«No, Betta, era questo che ti volevo dire», inghiottì le lacrime e si schiarì la voce, «avevo pensato di fare una megafesta delle mie e salutare tutti, sai un'uscita di scena un po' burina? Champagne, musica e coca, ma poi ho pensato che è meglio se ne faccio una di quelle soft, così che vi ricordiate di me nel mio massimo splendore e non come una larva morente.»

«Okay, però io vorrei salutarti, permettimi almeno questo!»

«No, amore, non ce la faccio proprio, è cambiato tutto, la mia testa è cambiata, non sono più qui, non so nemmeno dove cazzo sono, è come fossi fatto. È tutto diverso ora.»

Sembrava parlasse da un altro luogo, un luogo che non poteva condividere con me.

«Cos'hai deciso di fare?» chiesi allora.

«Ce ne andiamo, io e Mei, e passiamo questi ultimi mesi insieme. Dirò che mi faccio un giro del mondo, ho passato tutta la vita in vacanza, nessuno si stupirà. È tutto quello che desidero!»

«Ma Andrea… almeno un saluto!»

«Betta, non mi rendere le cose più difficili per favore… non sai che fatica sto facendo.» Sentii la sua voce incrinarsi.

«Okay, perdonami, hai ragione tu», risposi cercando un tono gioviale perché non crollasse, «è la tua scelta e la rispetto, sappi solo che in qualunque momento io sarò qui.»

«Sì, lo so.»

Rimanemmo in silenzio.

Ci stavamo dicendo addio. Un addio consapevole, adulto. Atroce.

«Ciao, Betta. Ti voglio bene.»

«Anch'io tanto.»

«Allora ciao.»

«Ciao.»

Riattaccò.

Pensai che molte erano le voci che avevo sentito un'ultima volta senza sapere che lo fosse, quella di mio padre, dei miei nonni, di molti amici con cui ci eravamo perduti, ma quella era la prima volta che ne avevo la consapevolezza.

Non avrei mai più sentito Andrea.

Mi voltai a guardare la porta d'imbarco e immaginai di vederlo passare i controlli sfilandosi la cintura e gli anelli, e facendo il cretino con la poliziotta e poi prendere Mei per mano, accarezzarle il pancione e poi girarsi e salutarmi.

L'avrei ricordato così, felice, sorridente.

Chiamai subito Fabrizio per dirgli che non gli avrei portato i ragazzi quel fine-settimana per via della gara di Mattia, sicura che mi avrebbe detto che era perfetto per loro, così Camilla avrebbe potuto dedicarsi a sua madre, ma principalmente perché avevo il sentore che parlare con Fabrizio mi avrebbe permesso di litigare e sfogare in parte il dolore estremo che in quel momento provavo.

L'intuito mi diede ragione, perché stranamente il fatto di non avere i ragazzi quella settimana si dimostrò essere un problema.

«Come sarebbe non vengono?» chiese innervosito.

«Te l'ho detto, li porto alla gara di Mattia, l'amico di Vittoria da cui non l'hai voluta mandare sabato scorso», precisai.

«E ci mancherebbe anche che la mandavo alla festa di uno sconosciuto», si difese.

«Guarda che non è uno sconosciuto, è un mio paziente ed

221

è un ragazzo d'oro, molto migliore di tanti tizi che vanno a scuola con lei.»

«Sì ma questo non cammina», disse di colpo.

«Ah, ecco dove volevi andare a parare.»

«Ah, mi vuoi dire che per te non è un problema?»

«Non dico che non lo sia, ma so anche che Vittoria è una ragazza in gamba e mai le impedirei di frequentare un ragazzo perché non cammina, ma in che mondo vivi adesso? Non ti riconosco più!»

Sentivo in sottofondo la voce di Camilla, ma non riuscivo a capire le parole.

«E poi Camilla voleva portarli al parco per un pic-nic tutti insieme!»

«Avrete molte altre occasioni per andarci, approfittatene per stare insieme voi due!» lo incoraggiai come fossi la sua migliore amica, fingendo di non ricordare che era stato mio marito per dieci anni e adesso gli facevo da consulente matrimoniale.

Il mondo girava al contrario.

Li sentii confabulare ancora, questa volta però il tono di Camilla era alterato e non mi sfuggì un «tanto fai sempre quello che dice lei!».

"Magari", pensai.

Tornò al telefono e tentò di insistere, ma decisi di batterla con l'astuzia: se lei piagnucolava, io lo avrei lusingato.

Gesù se era stancante.

«Settimana prossima non possiamo», si impuntò.

«Non preoccuparti Fabrizio, non c'è nessun problema li terrò io con piacere, so quanto vuoi bene ai ragazzi e loro capiranno certamente!»

Mi guardai nello specchietto, mentre recitavo il ruolo della perfetta ex da film, quella che poi si vendica portandogli via tutto, anche la dignità.

Con l'unica differenza che tutto ciò che volevo era che non mi creassero problemi.

Accettò, anche se malvolentieri, non avendo argomenti da sostenere e, per un attimo, mi dispiacqui per lui sapendolo preda di quell'arpia che gli avrebbe fatto il lavaggio del cervello per tutta la giornata.

Ma non era più un problema mio.

Quella sera ci trovammo da Costanza con le ragazze.

Non ero in vena, non avevo voglia di chiacchiere inutili, di un ennesimo incontro fine a sé stesso, dove ci raccontavamo i reciproci fallimenti sentimentali camuffati da conquiste, quando tutto ciò che volevamo era smettere di cercare una volta per tutte.

C'era un'atmosfera strana nell'aria, erano tutte come su di giri, tutte eccetto Antonella visibilmente giù di morale e Miriam che era sempre di difficile lettura e poteva essere felice o sull'orlo del suicidio senza che nessuno se ne accorgesse.

Linda arrivò in salotto con una brocca piena di spritz e una scodella di patatine, e cominciò a versarlo generosamente nei bicchieri, un paio dei quali doveva essersi già scolata preparandolo.

«Un brindisi a noi!» esordì. «Noi donne forti, resilienti e indipendenti!»

«E sole!» fece eco Anita, rollandosi una sigaretta.

«Parla per te!» la zittì Linda. «Non siamo sole, scegliamo di esserlo!»

«Io non lo scelgo di certo, lo scelgono gli altri per me», ribadì Anita con una smorfia.

Antonella si mosse a disagio sulla poltrona.

«Voglio dire che noi donne ci siamo conquistate la libertà di non avere una relazione, ed essere felici lo stesso, mentre fino a quando? Cinquant'anni fa una donna che non si sposava era spacciata! La società la respingeva e la umiliava!»

«Mia madre continua a umiliarmi», riprese Anita, «dice che ormai sono una donna finita e inutile.»

«Tutte le mamme ci avrebbero volute felicemente sposate, proprio perché a loro non è andata così bene», dissi, «mia madre non avrebbe mai lasciato mio padre, ma so per certo che aveva smesso di amarlo da moltissimo tempo.»

«Per questo è nostro dovere divertirci finché siamo in tempo, è un dovere anche nei riguardi delle nostre madri che non hanno fatto altro che accudirci rinunciando alla carriera», continuò Linda col suo comizio.

«Vuoi dire che la tua vita ti piace tanto?» ribatté Anita. «Passare da una festa all'altra, e da un letto all'altro?»

«Io amo la mia vita», rispose come in una pubblicità, «pazzamente!» e buttò giù un grosso sorso di spritz.

«Non si direbbe», insistette.

«E perché no? Esco con uno diverso al mese, conosco star della musica e dello spettacolo, vado alle feste, non potrei stare meglio!»

«Ma davvero non vorresti una famiglia e dei figli?» chiese Letizia con la sua ingenuità di mamma pura e trasparente.

«Senza offesa, ma no, i figli non hanno mai fatto per me!»

«Ma nemmeno qualcuno che ti aspetta a casa, che ti prepara la cena e ti chiede com'è andata?»

«O almeno un cane che scodinzola?» si aggregò Anita.

«No, ragazze, sto da dio», e alzò il calice in aria.

«Be' ci sono i social no?» si intromise Costanza. «Puoi scegliere come sul menù, questo sì, questo no, e poi c'è anche il brivido dell'imprevisto, quello che ti contatta dal nulla e ti fa cantare l'Aida!»

«Cioè?» chiese Letizia.

«Tappati le orecchie, non è roba per te!» le disse Linda.

«Per esempio...» proseguì Costanza giocherellando con la cannuccia «...c'è questo tizio, con cui sto chattando su Instagram che è pazzo di me, e ci sa veramente fare con le parole.»

«Curioso...» disse Anita, «anch'io sto chattando con un tipo.»

«Sì, anch'io», fece Antonella, «troppo spinto per i miei gusti però, l'ho bloccato!»

«Ma anch'io sto facendo delle scopate virtuali pazzesche con uno», si aggiunse Linda.

«Un certo Giuseppe Cremino con una foto carina, uno di venticinque anni?» chiese infine Miriam che aveva taciuto per tutto il tempo.

Si girarono tutte verso di lei.

«Sì, come fai a saperlo?» dissero quasi in coro.

Miriam cambiò espressione, nessuno l'aveva mai vista arrabbiata o anche solo irritata, ma in quel momento era furibonda.

«È quel cretino di Woody!» sparò. «Ha chattato con me per settimane prima che lo beccassi, e mi giurava di essere la donna della sua vita, l'unica, quella dei sogni, quella con cui voleva vivere per sempre! Era arrivato a dirmi che se anche mi fossi messa con qualcuno avrebbe accettato qualunque compromesso e sarebbe sempre stato lì per me ad aspettarmi per sempre, perché senza non poteva vivere!»

«Bevi!» le disse Linda andandole incontro col bicchiere pieno, notando l'agitazione.

Miriam era fuori di sé.

«Ma quindi ci ha preso tutte per il culo?» disse Anita.

«A me no! Non ho neanche Instagram», disse Letizia sconsolata.

«Però, bravo», insistette Costanza, «fossi in te non me lo farei scappare, se fa tutto quello che promette...»

«Non è questo il punto!» sbottò Miriam. «È una questione di fiducia! È un malato, uno stronzo, un pervertito!»

«Be'... non esagerare e comunque è Woody», tentai, «è sempre stato un po' strano!»

«Non capite, voi non capite, per voi è tutto un gioco, un aperitivo, una cazzata!»

«Disse quella che campava di romanzi fantasy», fece eco Anita tirando una boccata alla sigaretta.

«Ma non vi sentite offese da quello che ha fatto?» insistette.

«Be', un po' incazzata sì, ma offesa, insomma era comunque uno sconosciuto su un social», provò di nuovo Costanza per placare le acque.

«Uno che usa le cose che sa di te per sedurti? È diabolico!» continuò Miriam.

«Be' in effetti visto così è veramente una merda!» ammise Linda.

«È della nostra dignità che stiamo parlando», aggiunse, «la stessa dignità che intendevi quando parlavi di libertà di relazione! Questo è un furto, una truffa, un raggiro per otte-

225

nere lo stesso risultato, portarti a letto anche se virtualmente, senza nemmeno sprecarsi a offrirti una cena, e questo mia cara è un fallimento di noi come donne!»

«Cazzo è vero!» disse Anita, improvvisamente convinta. «Facciamogliela pagare a quel verme!»

«Diamogli un appuntamento e facciamoci trovare lì tutte!»

«Però lasciatemelo!» disse Miriam. «Voglio finirlo con le mie mani!» Le tremava la mascella dalla rabbia.

«Se vuoi ti presto i miei cani per finire il lavoro, rimarrà ben poco dopo il passaggio di un pitbull e un rottweiler!»

«Come fate a essere così vendicative?» chiese Antonella dal suo angolo. «In fondo era un modo per entrare in contatto con noi, per dimostrarci che gli piacevamo e che magari ci ha desiderato da sempre, ma non ha mai avuto il coraggio di farsi avanti perché non si considerava alla nostra altezza!»

«Troppo filosofico per me!» esclamò Linda. «Preferisco considerarlo il solito stronzo e metterlo nella lista!»

«È questo il problema», riprese Antonella, «voi avete degli standard irraggiungibili, non vi va mai bene nessuno, sono tutti stronzi, invece dovreste considerarli per quello che sono, degli uomini che si sono interessati a voi!»

«Eh no Antonellina», disse Costanza spazientita, mollando la sigaretta elettronica e accendendosene una vera, «hai rotto i coglioni con questa storia dell'amore a tutti i costi. Stavi con un delinquente che si sarebbe giocato i tuoi soldi senza un rimpianto! E gliel'avevo detto a Betta che non avrebbe mai lasciato la moglie, figurati poi una ricca sfondata che sta sempre in Kenya nelle sue piantagioni di caffè, aveva già vinto la lotteria!»

Antonella sgranò gli occhi e guardò prima Costanza e poi me.

«Voi sapevate?»

Costanza capì di averla fatta grossa e tentò di rimediare.

«No, mi sono sbagliata, Betta non ne sapeva niente, devo aver parlato con qualcun altro! A chi l'avevo detto?» Si voltò disperata alla ricerca di alleate, ma incontrando solo sguardi interrogativi.

«A me!» ammisi. «L'avevi detto a me, ma non avevo idea di come dirtelo, tanto non mi avresti ascoltata, perché finché non ti sfracelli non ti fermi», le dissi con amarezza.

Antonella mi fissò a metà fra l'addolorato e l'arrabbiato.

«Sapevi che la moglie stava bene e non me l'hai detto?»

«Avrebbe fatto differenza?» le chiesi nel silenzio degli sguardi imbarazzati.

«Avrebbe fatto di te un'amica!» disse dura.

«Non ho avuto il coraggio, è vero», ammisi mortificata, «Costanza mi diceva di avvertirti, ma tu eri su una nuvola, eri irraggiungibile e niente te lo faceva vedere sotto un'altra luce, nemmeno quando si è ripreso l'anello!»

«Io amavo Amedeo perché c'era, il resto erano dettagli.»

«E allora vedi che non avrebbe funzionato nemmeno se ti avessi detto che lo avrebbero arrestato?»

«Lo arresteranno a giorni!» si intromise Costanza grattandosi i capelli. «Ho un amico che lavora in polizia!»

«E siete contente adesso vero? Vi immagino a sparlare di me, la povera scema, quella che crede nell'amore, quella che si dispera dietro chiunque! Bene, continuate pure, non ho bisogno di amiche così!»

Si alzò, prese le sue cose e uscì di casa.

Le corsi dietro.

«No, Betta, non ho voglia di parlare con te adesso, forse un altro giorno sì, ma adesso lasciami da sola, torna dentro e continuate la festa!»

La lasciai andare con un peso sul cuore indescrivibile.

Si era rotto qualcosa di grosso fra noi tutte, la fragilità di un rapporto che non aveva mai tenuto conto della nostra crescita individuale, ma solo dello sbiadito ricordo di quello che eravamo da giovani.

Ci relazionavamo fra di noi come con la nostra versione cresciuta di sedicenni, continuando a considerarci le stesse ingenue, insicure, sciocchine che erano in grado di comportarsi solo in un modo. Non avevamo mai avuto fiducia l'una nell'altra.

227

Appena rientrai in salotto si zittirono, dandomi la conferma che non saremmo mai state delle vere amiche, ma che stavamo solo tentando di mantenere vivo un ricordo, forse nella speranza di essere immortali.

«Potevi evitare, Costanza», le dissi.

«Mi è sfuggito, non l'ho fatto apposta!»

«Sì, ma sai quanto è fragile, non puoi entrare così a gamba tesa e sperare che non si faccia male!»

«Si darà una svegliata», disse Linda finendo la brocca di spritz, «sarebbe anche ora!»

Letizia si alzò imbarazzata: «Vado a casa anch'io si è fatto tardi!».

«Vengo con te!» dissi prendendo la borsa.

Miriam ci seguì.

«Dai, che alla prossima festa da Andrea sputtaniamo Woody davanti a tutti!» le disse Linda.

Il nome di Andrea mi riportò alla realtà.

Non ci sarebbe stata più nessuna festa.

Salita in macchina chiamai Antonella, ma il suo telefono era staccato.

Le mandai un messaggio e poi tornai a casa dove vidi mia madre che ancora impacchettava oggetti.

«Si direbbe che tu abbia fretta di andartene!»

«Non pensavo di avere così tanta roba da portar via!»

«Ce la facciamo una tisana? Ho bisogno del cinico punto di vista di mia madre!»

«Quello ce lo avrai sempre! Non sono una tua amica e mai lo sarò, e questa è stata la tua più grande fortuna!» rispose alzandosi e precedendomi in cucina.

Le raccontai tutto di me e Niccolò, di Fabrizio, e della serata con le ragazze, di come mi sembrava che la mia pelle si stesse staccando per una muta tardiva, ma che non avessi idea di cosa ci fosse sotto.

«Era ora figlia mia!» disse girando il cucchiaino. «Cominci a renderti conto che l'adolescenza è finita, credevo non avrei vissuto abbastanza per vederti diventare una donna.»

«Sei melodrammatica adesso!»

«Siete stati fortunati ragazzi, tanto fortunati, e la colpa è nostra che vi abbiamo protetto troppo e troppo a lungo invece di lasciarvi andare per la vostra strada da soli. Ma no, scuole private, vacanze studio, la macchina, la casa, tutto per evitare che affrontaste le difficoltà che avevamo provato noi alla vostra età. I vestiti smessi dei fratelli maggiori, mai uno svago, una Cinquecento comprata con le cambiali e niente scuole superiori perché bisognava andare a lavorare per aiutare la famiglia. E io e tuo padre ci eravamo ripromessi che tu e tuo fratello mai avreste guardato una vetrina di giocattoli desiderando una bambola o una bici che non avreste potuto avere! Poi però siete venuti su mosci, senza il morso della fame, senza la necessità, l'urgenza o la voglia di rivalsa, bravi ragazzi per carità, ma con pochi ideali, che fanno le cose perché bisogna!»

«Se ti riferisci al mio matrimonio mamma, non è che mi sono sposata per fare un piacere a te», mi difesi.

«Dico solo che potevi scegliere, invece hai fatto la scelta più comoda! L'ultimo rimasto libero della compagnia! Quando mi hai detto che sposavi Fabrizio stavo per andare a parlare coi suoi per annullare tutto, fu tuo padre a convincermi di non farlo.»

«Non avrebbe dovuto impedirtelo», dissi sarcastica.

«Ho sempre ragione, mi dispiace per te», rispose senza falsa modestia, «e adesso vi trovate a essere vecchi, perché biologicamente lo siete, ma non siete cresciuti, e continuate a rifiutarvi di mettere la testa a posto.»

«Mamma, non siamo un gruppo di drogati in riabilitazione o membri di una setta allo sbando.»

«In un certo senso sì!» si accalorò. «Mi sembra che non ne vogliate sapere di crescere! Delle tue amiche sai già come la penso, ma i maschi santo cielo, anche peggio: Woody uno psicopatico, Fabrizio un senza palle e Andrea un perdigiorno!»

«Andrea sta male mamma, non dovrei dirtelo, ma tanto so che questa informazione morirà con te. Ha un brutto male e ha deciso di passare questi ultimi mesi con la sua ragazza e se riescono faranno un bambino!»

Mia madre si irrigidì.

«Questo mi dispiace moltissimo», disse, «i suoi genitori devono essere distrutti.»

«Immagino di sì, ma mi ha fatto malissimo saperlo, lo ha detto solo a me del gruppo ed è un segreto troppo grosso da portare da sola.»

«Mi dispiace, bambina, questi sono i dolori veri, quelli che ti fanno crescere tutto insieme, e ti fanno vedere la vita sotto un altro aspetto, quello concreto ed essenziale e tutto il resto è un'inutile perdita di tempo.»

«Sì, esatto, è questo che mi fa star male adesso, vorrei che tutti si rendessero conto che non ha senso accontentarsi e aspettare che qualcosa cada dal cielo, e se stai male dove ti trovi, devi inventarti qualcosa e cambiare e farlo al più presto.»

«Sono contenta che tu sia giunta a questa conclusione, era l'ora che tu aprissi gli occhi: prima Fabrizio che non è più quello che credevi che fosse, anche se io lo sapevo benissimo, poi le tue amiche che si rivelano essere quello che sono sempre state, delle streghe, e anche quello lo sapevo. Niccolò che è ripartito e non si capisce che voglia fare e ora Andrea che sta male. Sono tanti lutti tutti insieme per una persona sola.» Mi prese la mano, come io l'avevo presa a Vittoria dicendole le stesse parole.

«Senti Benedetta, apri bene le orecchie perché non te lo ripeterò una seconda volta, che non voglio tu ti monti la testa, ma sappi che sono molto fiera di te, sei una donna in gamba, sei una persona seria, affidabile, un'ottima madre e un'ottima amica, questo è solo il mio modesto parere, nonché l'unico di cui devi tenere conto! Chiaro?»

La guardai come se fosse ubriaca.

«Leontine, ti senti bene?»

«Mai stata meglio!»

«È Romano che ha un effetto magico su di te», dichiarai.

«Mmh… non lo so, mi sa che mi sono rammollita.» Si appoggiò allo schienale della sedia, drammatica.

«È bello vederti rammollita!»

«Vai a letto, su, che domani devi alzarti presto», mi congedò con un gesto.

«Sì, mamma, ti aspetto per rimboccarmi le coperte.»

«Ma se non l'ho mai fatto.»

«Lo so, ma speravo nell'influenza di Romano.»

Andai in bagno a struccarmi, e davanti allo specchio constatai, con piacere, che l'effetto del botulino stava cominciando a diminuire e la mia fronte si rimpossessava della sua mobilità e delle sue rughe.

Mi infilai sotto le coperte e diedi la buonanotte a Niccolò.

Che serata tesoro, un disastro in piena regola, Woody ha fatto sesso virtuale con tutte le ragazze del gruppo con un fake, e pare che andasse forte, e Miriam non l'ha presa bene, e alla fine ho litigato con Antonella, spero di recuperare. Ma mia madre è quella che mi ha stupito di più, mi ha detto che è fiera di me, ancora non ci credo.

Tua madre mi ha sempre terrorizzato, così imponente, statuaria, algida, ogni volta che venivo a casa tua speravo non ci fosse, mi trapassava con lo sguardo che sembrava dicesse: tu non sei abbastanza per mia figlia.

Ha sempre fatto lo stesso effetto a tutti, anche al postino!

Comunque ha ragione, non sono abbastanza per te.

Smetti, Nicco! Sei l'unico di cui sia mai stata pazzamente innamorata.

Quanto mi manchi adesso non lo sai, c'è un vuoto siderale in questa casa.

Se ti sbrighi a sistemare tutto potrò riempire quel vuoto.

Hai ragione, abbiamo un patto io e te!

Ti amo.

Anch'io.

«Finiscila con quella chat, hai un'età, se devi dirgli qualcosa telefonagli!» irruppe mia madre in camera mia, spalancando la porta.

«Mamma ma non si bussa?»

«E quando mai ho bussato? Sono tua madre non ne ho bisogno.»

Appoggiai il telefono sul comodino e le sorrisi.

Si sedette sul letto e mi sistemò le coperte.

«Mi ero dimenticata di dirti una cosa, prima. Oltre a essere un'ottima madre e un'ottima amica, sei sempre stata un'ottima figlia.»

Mi emozionai.

«Mamma ma che dici?»

«È la verità, ora dormi.» Mi diede un bacio sulla fronte, spense la luce dell'abat-jour e uscì.

Mi rannicchiai felice, non avrei mai smesso di essere figlia.

16.

Nessuna delle ragazze si era più fatta viva, probabilmente per l'imbarazzo di quella sera, per evitare di doverne parlare e dover ammettere i nostri fallimenti, continuando a trincerarci dietro le false illusioni.

Era la prima volta che ci eravamo esposte dicendoci cose che non volevamo sentire, mostrandoci per quello che eravamo: umane e, pertanto, non delle amiche così buone come credevamo di essere.

Ma nessuno aveva veramente intenzione di fare il primo passo, nessuno tranne Woody che continuava imperterrito a chattare con tutte quante ignaro del fatto di essere stato smascherato.

Quando venne in studio mi guardai bene dal dirglielo, che se la vedesse da solo, lo stallone.

«Sono inarrestabile, Betta, ci cadono tutte, e sai come funziona?» mi disse con entusiasmo. «Prima metti qualche like alle storie, uno ogni tanto, poi ti palesi con dei complimenti delicati e rispettosi, da uomo d'altri tempi, per esempio a Costanza ho fatto le congratulazioni per la professionalità con cui svolge il suo lavoro di giornalista – "cosa rara di questi tempi nel settore" –, a Linda ho detto che sembrava una ragazzina e con Antonella devo aver esagerato perché mi ha bloccato. Una volta conquistata la loro fiducia comincio a vendermi come un ragazzo giovane che ama le donne più grandi perché le trova irresistibili e sveglie e niente a che vedere con le ragazzette della mia età e mi propongo come toy boy, senza impegno alcuno, una storia leggera, senza pensieri, da lì a convincerle a fare sesso virtuale è un attimo!»

«Perché devi darmi tutti questi dettagli?» lo implorai facendogli scrocchiare ogni vertebra.

«Perché sei mia amica!» gridò di dolore. «Almeno credo!»

«No, sono la tua fisioterapista», protestai, «questa roba raccontala al tuo barman di fiducia!»

«Non ti ho raccontato ancora la parte saliente!» proseguì ignorandomi. «Miriam è pazza di me! È diventata terribilmente gelosa, non mi molla più, mi cerca di continuo, vuol sapere dove sono e con chi, e ti posso dire la verità? Non me ne può fregare di meno!»

«Sei diventato crudele!»

«Mi sto prendendo la mia rivincita dopo una vita di porte in faccia! Ora è il mio turno! Voglio proprio vedere alla prossima festa di Andrea chi sarà lo sfigato!»

Non risposi e mi limitai a continuare a fare il mio lavoro, pensierosa.

«Fa' come credi, ma non dire che non ti avevo avvertito.»

Più tardi Antonella mi pregò di andare a casa sua. Era agitata e non voleva dirmi perché al telefono.

«Lo hanno arrestato», mi disse appena aprì la porta.

«Allora Costanza aveva ragione.»

«Sì, per truffa, riciclaggio, estorsione, e non so quali altre cose.»

«Ti ha chiamato?»

«Sì, mi ha detto di andare a trovarlo, che ha bisogno di me.»

«E tu?»

«E io ho chiamato te, perché non so cosa fare.»

«Anto, io a questo punto credo di essere la persona meno adatta a darti un consiglio, non dopo l'altra sera.»

«Invece sì, ci ho pensato sai? Hai ragione tu: quando si tratta di uomini non capisco più niente, mi lascio travolgere, mi faccio calpestare, non penso nemmeno più con la mia testa, allora ho pensato che l'idea di andare da lui forse è una cazzata vero?»

«Lo è, te lo confermo, ma sei tu che devi decidere.»

Si sedette sul divano, la testa fra le mani.

234

«Quello che provo è contorto, da una parte non voglio avere bisogno di lui, da un altro vorrei correre in suo soccorso.»

Le andai vicino, cercando le parole giuste, una strada nuova. «Quando eri con lui sentivi una sensazione di pace, serenità e grandissima attrazione fisica e mentale?»

Mi guardò smarrita.

«Sinceramente», la incoraggiai.

«Ma no!» rispose come se scherzassi.

«E avevi voglia di vedertelo costantemente intorno, di passeggiare con lui, viaggiare, presentarlo ai tuoi amici, fargli vedere i tuoi film preferiti, ascoltare la musica, cucinare insieme?»

Scosse la testa.

«E fare l'albero di Natale, passare le giornate di pioggia a letto, guardare serie, leggere libri, discutere di politica?»

«No, mai!»

«Allora io credo non sia l'uomo per te. Anzi senza "credo".»

Avevo fatto quell'elenco pensando a me e Niccolò, alla nostra routine, a quello che amavamo fare, ed ero felice di poter rispondere sì a ogni affermazione.

Un sì grande e sicuro.

«Ma perché allora mi sento così male?»

«Perché sei una persona buona e generosa e ti senti in colpa a non ricambiare qualcuno che ti dimostra attenzioni, come se non avessi mai il diritto di dire di no. E poi c'è una cosa ancora più importante che ti voglio dire: Amedeo ha quasi l'età di tuo padre, non puoi continuare a cercare lui negli uomini che frequenti nella speranza di farti amare, non è sano tesoro.»

«Non ci avevo mai pensato», mi disse con una faccia perplessa, «gli somiglia anche! I capelli bianchi, la pancia, fuma il sigaro, si veste male…»

Mi strinsi nelle spalle.

«Porca miseria, Betta, che flash!» esclamò con la mano sulla bocca e gli occhi sgranati. «Se rileggo tutta la mia vita sotto questa lente, sono sempre stata insieme a delle fotocopie di mio padre!»

Il piccolo Giorgio ne approfittò per venire a urlare che aveva fame e voleva un toast subito.

«Hai rotto il cazzo!» lo freddò Antonella sul posto. «Mangerai all'ora di cena come tutti, adesso fila in camera e se ti sento fiatare ti gonfio!»

Giorgio corse in camera e non lo sentimmo più.

Io non riuscii a trattenere un applauso.

Scoppiammo a ridere.

«Che ci vada sua moglie a portargli le arance a quel disgraziato, io per un po' chiudo bottega!» mi disse accompagnandomi alla porta.

Ci abbracciammo.

Ora eravamo davvero amiche.

Giunse la fatidica domenica della gara di Mattia.

Francesco rimase a casa ad aiutare la nonna a preparare gli scatoloni e lei, del tutto disinteressatamente, gli chiese di invitare anche il suo amico Emanuele, perché c'era bisogno di «giovane forza lavoro».

Caricai in macchina Vittoria tutta elettrizzata e partimmo per Riva del Garda, e questa volta le tre ore di strada non furono un problema.

Ormai si sentivano tutti i giorni, sebbene non si vedessero mai, ma Vittoria grazie a lui aveva cominciato a leggere bei libri e ascoltare buona musica ed era già molto più di quello che potevo desiderare.

Quando arrivammo, Lucia, sua madre, ci consegnò delle magliette fatte per l'occasione con scritto FORZA MATTIA e delle trombette per fare il tifo.

«Ho provato a convincerla a non farlo, ma non c'è stato verso!» disse lui ridendo.

Vittoria era emozionata e impacciata e lui non la perdeva di vista e continuava a fare battute sceme, nervosissimo.

Era una bella mattinata di sole ventosa, l'ideale per una regata al lago. Gli iscritti erano almeno una quindicina e tutte le famiglie dei partecipanti scherzavano e ridevano in una bella atmosfera di festa, mentre una troupe televisiva di una rete locale intervistava i partecipanti.

Mattia era raggiante e si capiva che ci teneva a fare bella figura.

Quando fu calato nella barca a vela si voltò a guardarci e alzò il pollice.

Lucia urlò: «Forza Mattia!» e soffiò nella trombetta a pieni polmoni.

Mattia si coprì la faccia e mi gridò: «Ti prego falla smettere!», poi lanciò un bacio a Vittoria che gli sorrise di rimando e partì.

Tutti si riunirono sul pontile a fare il tifo battendo le mani e incitando i ragazzi, erano i nostri figli, ed eravamo orgogliosi e felici per loro.

Lucia non la smetteva più di parlare, lo vedeva sereno e pieno di entusiasmo, e capivo che stava cominciando a smettere di stare male per lui perché capiva che non soffriva.

«Molto è merito di Vittoria sai? Si scrivono sempre e si fanno le videochiamate, io non dovrei saperlo, ma ogni tanto lo sento ridere e che devo dirti, mi vola il cuore!»

Vittoria intanto si era allontanata da noi per fare un video della regata, la lasciai tranquilla portando Lucia con me a condividere la sua frenesia con altri genitori ipereccitati.

Mattia se la stava cavando benissimo, era un talento naturale, la sua barca scivolava sull'acqua con sicurezza dando un notevole distacco agli altri, girando attorno alle boe con precisione.

Sembrava un professionista, cosa che notarono anche le persone intorno a noi e che ci inorgoglì immensamente.

Quando fu chiaro che Mattia avrebbe dato uno stacco notevole a tutti, il tifo per lui si fece decisamente sfacciato e il pontile si tramutò in una curva da stadio, Lucia ormai non aveva più un briciolo di fiato e continuava a gridare «quello è mio figlio!».

Mattia terminò il percorso in un tempo da record, e giunse al traguardo alzando i pugni felice all'inverosimile.

A vederlo così non avresti mai detto che non potesse usare le gambe.

Lucia era in lacrime e Vittoria non smetteva di filmarlo, fiera e orgogliosa.

Fu sollevato dalla barca e portato in trionfo e al momento della consegna della coppa l'intervistatrice gli chiese come si sentiva dopo aver vinto.

«Mi sento vivo dopo tanto tempo», dichiarò sudato e soddisfatto, «ho finalmente recuperato la forza e l'ottimismo e sento davvero che non c'è niente che non possa fare. Sì, di certo la nostra vita è un po' più complicata rispetto alla vostra, ma in fin dei conti la differenza è che noi siamo seduti e voi siete in piedi, tutto lì.» Risero tutti.

«C'è un messaggio particolare che vuoi dare a chi ti ascolta?» gli chiese l'intervistatrice.

«Assolutamente!» disse con convinzione. «Essere disabile è più un problema vostro che nostro, a noi servono solo marciapiedi asfaltati e meno barriere architettoniche, per il resto siamo in grado di fare qualsiasi cosa! E voglio motivare chi si trova nella mia situazione a non mollare perché i miracoli esistono!»

«Pensi di partecipare ad altre regate?»

«Ho intenzione di fare una regata in solitaria in mare, scusa mamma, non te l'avevo detto!» le disse con una faccia da gattino che fece ridere di nuovo tutti.

Infine gli chiese a chi dedicava quella vittoria.

Mattia si rivolse verso la telecamera come un consumato professionista e rispose: «Alle tre persone più importanti della mia vita che sono qui oggi, ma specialmente alla *mia* Vittoria!».

L'intervistatrice colse la palla al balzo e fu subito da lei che balbettò qualcosa arrossendo, tenera.

E Mattia fece qualcosa che nessuno si sarebbe aspettato, le prese il viso fra le mani e la baciò davanti a tutti.

La folla impazzì, tutti cominciarono ad applaudire e fischiare, Mattia era diventato un idolo.

Il ritorno in macchina non fu facile per l'incontenibile eccitazione di Vittoria che non avrebbe mai voluto essere lì con me, ma a raccontarlo alle sue amiche, ma purtroppo ero la sua migliore opzione.

Aveva il sorriso stampato in faccia e una ridarella incontenibile.

«Non tutti hanno la fortuna di farsi dare il primo bacio in TV, nemmeno la Ferragni!» tentai per cercare di attaccare bottone.

«Mamma, dai, mi vergogno a parlarne con te!»

«Con me ti vergogni e davanti al mondo no?» risi.

«Ma che c'entra! Gli altri non li conosco, tu sei mia mamma!»

«Va bene», ridacchiai, «non parliamone allora!»

Rimanemmo in silenzio per un paio di minuti e accesi la radio per stemperare l'imbarazzo.

«*Video killed the radio star...*» cominciai a canticchiare. «Questa canzone è bellissima la conosci?» dissi. «La adoravo! *Oh... oh-oh-oh-oh...*»

«Oddio, mamma lo amo!» esplose.

«Cos'hai detto? Lo chiamo?» dissi ridendo.

«No mamma, lo amo!» gridò più forte.

«Ah! *Romano* il fidanzato della nonna», risi.

Spense la musica.

«LO AMO!» gridò fortissimo.

«Lo ami?» Sgranai gli occhi divertita.

«Sìì!»

«E ora che facciamo?»

«Non lo so.»

«Glielo dici?»

«No, sei pazza?»

«Allora lo scrivi su Instagram.»

«No!»

«Allora sul diario.»

«Sì, sul diario sì.»

«Sono felice per te stellina», le dissi pizzicandole una guancia. «Alla tua età quando mi innamorai per la prima volta la nonna mi disse solo che se mi rimandavano anche solo in una materia avrei fatto i conti con lei.»

«La nonna è cattiva a volte.»

«Non è cattiva è che ha avuto una vita dura, ma tu adesso goditi questo momento bellissimo. Se avessi la tua età anch'io mi innamorerei di Mattia, te lo posso giurare!»

239

Riaccesi la radio, e guidammo fino a casa ognuna sulla propria nuvoletta spensierata e irraggiungibile.

A casa trovammo Francesco ed Emanuele stremati sul divano.

«Che succede ragazzi?» chiesi vedendoli malconci e sudati. «Troppa lotta?»

«La nonna ci ha fatto lavorare come schiavi.»

«Che esagerati!» fece eco lei fresca come una rosa. «Alla loro età facevo due lavori e accudivo i miei fratelli, non venitemi a dire che siete stanchi per aver portato due scatole, e poi non facevate kung fu?»

«È tai chi», rispose Francesco indignato.

«Abbiamo portato almeno venti scatole le ho contate!» aggiunse Emanuele, sollevando appena la testa.

«E se ordinassimo da McDonald's?» proposi.

«Sìììì!» gridarono in coro dimenticandosi la stanchezza.

«Per mangiare schifezze la forza non vi manca mai vero?» disse la nonna.

Scesi con Vittoria per andare al fast food ma, una volta salite in macchina, per distruggermi l'entusiasmo mi chiamò Fabrizio.

Lasciai squillare finché non giungemmo a destinazione e lo richiamai appena ordinato, lasciando Vittoria ad aspettare in fila.

«Dimmi!»

«Non hai niente da dirmi?»

«Tipo pronto ciao come stai?»

«Tipo che tua figlia è stata baciata da quel tizio in televisione!»

«Ah sì, è vero! Quel tizio ha vinto la gara fra l'altro!»

«Quel tizio può anche essere il figlio di Bill Gates, non si deve avvicinare a Vittoria!»

Guardai mia figlia in coda ad aspettare, la felpa bianca con le maniche troppo lunghe, i soldi arrotolati in mano, i pantaloni larghi e i capelli legati con un elastico, mentre si messaggiava con Mattia e sorrideva.

Uno degli attimi più indimenticabili della sua vita doveva

essere rovinato da un padre geloso e ottuso, manipolato da una povera cogliona infantile?

Poteva passare sul mio cadavere.

Voleva la guerra? Ero stata tirata su dalla Thatcher in persona, se credeva di spaventarmi.

«Devi dirmi qualcos'altro? Perché mi si raffredda la cena mentre perdo tempo con te!»

Lo sentii fumare dalla rabbia.

Fra noi non avevamo mai discusso così, era un territorio nuovo per entrambi, ma mentre lui aveva bisogno di farsi suggerire le battute con l'auricolare, io avevo il vantaggio, in quanto donna, di anticiparle.

«Se è tutto allora ci sentiamo!»

«Non riatt...»

Fu tutto quello che riuscii a sentire.

Vittoria mi raggiunse con le buste piene di panini, le misi un braccio attorno alla spalla e tornammo a casa.

Cenammo tutti insieme ridendo e prendendoci in giro, mentre mia madre, sofisticata com'era, tentava di mangiare l'hamburger cercando di non sporcarsi le mani, con il ketchup che le colava sul mento.

Più tardi arrivò Romano che ci aveva lasciati soli per l'ultima cena insieme, per portarla a Verona con sé

«Ci mancherai nonna», disse Vittoria abbracciandola.

Mia madre sussultò, colta di sorpresa, non abituata ai sentimentalismi.

«Ragazzi, anche se non abiterò più qui noi ci vedremo spessissimo», li rassicurò, «ogni volta che la mamma uscirà per andare dalle sue amiche cretine verremo io e Romano a farvi da baby-sitter, e ogni volta che la mamma avrà voglia di fare un week-end fuori casa ci saremo noi con voi e ogni volta che avrete voglia di vedermi io verrò, è chiaro?»

Fecero sì con la testa, commossi.

«Se la tratti male io ti picchio, e non sto scherzando!» disse Francesco a Romano.

«Ti do la mia parola di gentiluomo che la tratterò come una regina», gli rispose stringendogli la mano solennemente.

«Se mi tratta male lo stendo con un destro come ho fatto

con tuo nonno l'unica volta che ha alzato la voce con me», rispose sistemandosi il foulard e gli orecchini.

«Confermo!» dissi a Romano. «Si slogò anche il polso.»

Li accompagnammo all'ascensore e li guardammo uscire dirigendosi verso la loro nuova vita.

Era bello vedere che si poteva ricominciare anche dopo i settanta.

Raccontai la serata a Niccolò che sostenne prepotentemente Romano e mia madre dicendomi: «Lo vedi testona? Quando il destino è dalla tua parte non ti devi preoccupare di niente!».

Sentivo il destino dalla nostra, o almeno volevo cominciare a crederci.

Non riuscii comunque a prendere sonno. Era strano sapere che mia madre non fosse più nella sua camera in fondo al corridoio, mi sentivo senza il guscio.

Mi alzai a bere un bicchiere d'acqua e Vittoria si alzò sentendomi sveglia.

«Non riesci a dormire nemmeno tu?» le chiesi.

«No!» rispose.

«Troppe emozioni tutte insieme! Dai, vieni a dormire nel lettone con la mamma», le dissi, fingendo che fosse lei ad avere bisogno di me.

L'indomani, quando andai a casa di Mattia per la sua terapia, fu come entrare a casa di una rockstar prima della tournée, stereo a tutto volume, telefonate a raffica, gente che voleva parlare con lui.

«Non ho capito bene cosa stia succedendo!» mi disse Lucia un po' sottosopra. «Ma in tanti hanno visto l'intervista e gli stanno proponendo collaborazioni e sponsorship!»

«Betta!» gridò, battendomi il cinque. «È successo di tutto, il video è diventato virale, mi hanno contattato delle onlus perché vogliono collabori con loro, anche qualcuno della redazione di *Striscia la notizia*, perché vogliono faccia dei servizi sulle barriere architettoniche, e be'… per non parlare del bacio a Vittoria!»

«Eh ci credo, l'hai stesa.»

«Io la amo Betta, è semplice.»

Finsi di non essere colpita, ma in realtà avevo il cuore che martellava come stesse succedendo a me.

Ma quando andai a prendere Vittoria a scuola, convinta di vederla al settimo cielo, la vidi in preda all'angoscia.

Entrò in macchina, chiuse lo sportello e mi disse solo: «Parti mamma per favore!» asciugandosi le lacrime.

Obbedii col cuore in gola e misi in moto.

«Cos'è successo ancora?» le chiesi, incapace di immaginare cosa potesse averla messa in quello stato dopo la gioia di nemmeno dodici ore prima. Era una tragedia dietro l'altra.

«Le mie compagne.»

«Di nuovo Carolina e compagnia?»

«Sì!»

«Che ti hanno detto?»

«Che sto con un povero paralitico», disse e le venne da piangere.

«Come si è permessa quella stronza?»

«E tutte le altre hanno cominciato a prendermi in giro e poi c'è il video del bacio su Instagram e i commenti sotto sono orribili.»

Impotente. Ecco come mi sentivo, sola contro un enorme leone da tastiera che ruggiva e affondava i denti.

Che mondo era diventato in una decina d'anni?

Chi è che educava quelle ragazze alla discriminazione e al pregiudizio?

Ero indignata e piena di rabbia.

Frenai e tornai indietro.

«Mamma che fai?»

«Tu resta in macchina», le dissi, «e non dimenticare che io sono quella che ha menato Lilli Ferrari Rizzi!» risposi sbattendo lo sportello con tutta la forza.

Entrai nella scuola ormai vuota, c'erano rimasti solo alcuni gruppetti di studenti a guardare i telefonini.

«Alzate il naso ogni tanto che la vita è fuori, non lì dentro!» dissi loro attirandomi i loro sguardi interrogativi come fossi io la pazza.

Bussai all'ufficio del preside che stava preparando la borsa sperando di tornare a casa a un'ora decente.

Entrai sedendomi senza nemmeno che mi invitasse a farlo.

Mi presentai e gli raccontai quello che era successo. Come prevedibile non era al corrente di nulla.

«Lei adesso prende dei provvedimenti e lo fa prima che io vada ai giornali e alle televisioni e racconti a tutti che questa è una scuola di razzisti, omofobi e intolleranti, e se i ragazzi vengono su così è perché le mele non cadono mai tanto lontane dall'albero.»

Lo vidi in difficoltà.

«Non deve prenderla così, è stata sicuramente una sciocchezza!»

«No, non è una sciocchezza, caro preside! Adolescenti che mettono in mezzo una loro amica umiliandola perché sta con un ragazzo disabile sono dei futuri xenofobi, e se lei non vede la gravità di questo fatto è perché lei è come loro, o ancora peggio è solo un superficiale e ora spera di tenermi buona per andare a pranzo a mangiare l'arrosto con le patate di sua moglie.»

«Ora sta esagerando!»

«No, mio caro, a esagerare sono stati i suoi studenti che pretendo lei punisca. Io mia figlia l'ho educata al rispetto e alla tolleranza, e se questa scuola non condivide questi valori la tolgo di qui domattina, ma mi creda che uscita di qui chiamerò la mia migliore amica, Costanza Bellandi, sì proprio la giornalista, e lei adora questo genere di storie! Buona serata!»

Mi congedai e lo lasciai lì a balbettare scuse patetiche.

Salii in macchina rossa in faccia.

«E ora andiamo a casa di quella cretina!»

«Ma no mamma lascia perdere.»

«Non mi contraddire!»

Arrivammo a casa sua, e stavolta Vittoria scese dalla macchina con me.

Aprì sua madre, ci eravamo viste qualche volta ma senza mai scambiarci più di qualche parola, ma ora erano le nostre figlie il problema.

E non erano le ragazzate che i nostri genitori ci esortavano

244

a risolvere da soli nel cortile della scuola, adesso noi difendevamo la prole anche quando era indifendibile, mettendo di mezzo minacce, querele e avvocati.

«Ciao, sono passata per metterti al corrente di quello che Carolina e le amiche hanno fatto a Vittoria oggi e, credimi, avrei voluto evitarlo, avrei voluto che fosse una cosa da niente che si risolveva con un gelato, ma sono convinta che tu debba sapere come si sono comportate, perché ne va delle donne adulte che saranno e sono anche convinta che tu non abbia insegnato a tua figlia a prendere in giro una sua amica perché esce con un ragazzo sulla sedia a rotelle a causa di un incidente di sci, un ragazzo tra parentesi straordinario e che potrebbe essere tuo figlio e che adoro, io che sono la prima a benedire questa loro relazione!»

La mamma mi fissò con le sopracciglia alzate, come solo chi non faceva uso di botulino di questi tempi sarebbe riuscita a fare.

«Carolina vieni un po' qui!» chiamò.

Carolina arrivò sulla porta, ci guardò e la sua aria spavalda si raffreddò subito.

«La mamma di Vittoria mi sta dicendo che hai fatto la stronza oggi e l'hai presa in giro è vero?»

«No!»

«Ti do un minuto per dirmi la verità», replicò senza emozione.

«Vabbè mamma era uno scherzo, è lei che se l'è presa!»

«Lo sapevo, sei sempre la solita stupida, adesso scusati e poi chiuditi in camera, ovviamente il wi-fi te lo scordi per una settimana!»

La faccia di Carolina si deformò in una smorfia di puro orrore.

«No, cacchio mamma, mi serve per scuola!»

«Studierai con i libri come ha sempre funzionato sin dal duemila avanti Cristo e ringraziami che sono contro la violenza, perché avessi proseguito con l'educazione di famiglia ti avrei dovuto prendere a sberle con gli anelli, quindi ringrazia la psicologia, i servizi sociali e l'ipocrisia di questo se colo e ora sparisci, non voglio vedere la tua faccia fino a domattina!»

Carolina si scusò con le lacrime che scendevano più per l'idea di una settimana senza internet che per il dispiacere, ma era già un risultato.

«Mi dispiace», disse la madre, «è stronza come il padre, non so cosa farci, solo la minaccia di non essere connessa la ferma.»

«Ti ringrazio tanto», le dissi sinceramente, «mi è costato moltissimo venire a parlare con te, ma non potevo lasciare che questa cosa passasse in sordina.»

Ci salutammo e mi voltai per andarmene, poi però mi ricordai di dirle la cosa più importante.

«L'ho detto al preside.»

«Hai fatto bene, prendiamoci un caffè un giorno di questi.»

Tornammo a casa in silenzio, come fossimo due pugili suonati percossi da un mondo gratuitamente cattivo, dall'invidia e l'ignoranza, e in cuor mio ringraziai di essere nata negli anni Settanta, ringraziai di aver conosciuto i veri rapporti umani, le amicizie genuine, i litigi sani, la noia e il cielo sopra la testa.

«Grazie mamma», mi disse Vittoria abbracciandomi.

«Andrà tutto bene tesoro, te lo prometto, e non permetterò a nessuno di farti soffrire perché è senza cuore ed è invidioso del tuo.»

«Che cosa devo fare adesso?»

«Viviti la tua storia e basta, non ascoltare nessuno, io sarò sempre dalla tua parte ed è l'unica cosa di cui devi tenere conto.»

17.

Sentivo mia madre più di quanto non facessi quando viveva con noi.

Mi chiamava tutti i giorni per raccontarmi la sua nuova vita da convivente e le premure di Romano, ma anche le quindicimila cose che non sopportava di lui e che gli avrebbe fatto cambiare quanto prima.

Sembrava un'addestratrice di cani che si riprometteva di insegnargli i comandi.

Comunque fosse, se c'era una cosa che si poteva dire di mia madre è che non si mostrava mai diversa da quello che era, con lei sapevi esattamente a cosa saresti andato incontro e Romano era il classico esempio del proverbiale "uomo avvisato, mezzo salvato".

Niccolò, da quando era tornato a Londra, era tenerissimo e presente.

Mi mandava foto e video in continuazione, di lui, dei figli, del lavoro, di cosa mangiava, dove andava, era il suo modo per rendermi partecipe della sua vita il più possibile e questo era un lato della tecnologia che mi piaceva molto.

Lo sentivo vicino come non mai, e questo rafforzava i nostri sentimenti e la fiducia in quello che stavamo costruendo.

Pensavo spesso ad Andrea con affetto e tristezza, ma anche con un senso di pace.

Sapevo che era con l'unica persona con cui avrebbe voluto stare e se avesse avuto bisogno di me, mi avrebbe chiamata.

Cominciai ad abituarmi all'idea che fosse in un paese lontano a divertirsi come faceva spesso, in Brasile, in Thailandia o in Australia, preso fra i suoi mille interessi, le feste e gli sport.

Era una dimensione della morte, sebbene immaginaria, con cui riuscivo a convivere e che mi teneva lontano dalla paura che potesse succedere a me in qualunque momento, e dal terrore di lasciare i miei figli.

A mio marito e Camilla poi...

Chiamai il mio medico e fissai immediatamente un check-up.

Costanza tornò in studio da me e mi raccontò del piano che avevano escogitato per incontrare Woody e smascherarlo.

Miriam gli aveva chiesto un appuntamento per un aperitivo, giurandogli che non lo avrebbe più cercato, ma che voleva solo salutarlo per l'ultima volta. Poi si sarebbero presentate tutte insieme per esporlo al pubblico ludibrio.

Era uno scherzo da scuole medie, ma tutto sommato in linea con le adolescenti che ancora eravamo, solo che, nella versione moderna, ci sarebbe stato senza dubbio un video da far circolare su tutti i nostri telefoni, se non sulla TV privata dove lavorava Costanza.

Stavo passando un buon momento nonostante gli ultimi scossoni, sentivo di aver retto bene il colpo e mi godevo la nuova routine e la sensazione di pace che mi dava la fiducia di un amore vero e stabile.

Mi godevo il silenzio di casa mia, per la prima volta, credo, in tutta la vita.

Non ero mai stata sola, ero passata dallo stato di figlia a quello di moglie a quello di madre senza mai concedermi il lusso di vivere per conto mio, scoprire i miei gusti, le mie esigenze e i miei bisogni.

Mi ero sempre concentrata sugli studi e sul lavoro, ci tenevo a diventare brava e mi ero messa in testa che nel mio mestiere sarei stata la migliore e che sarei riuscita ad alleviare il dolore degli altri come nessuno al mondo. Ero giovane e ambiziosa e credevo di avere una missione, così mentre le altre ragazze si divertivano, viaggiavano e cominciavano a condividere appartamenti io, da secchiona che ero, seguivo convegni e prendevo specializzazioni, il che non mi aveva permesso di spendere soldi per un affitto. Così, il mio percorso era stato lineare e non molto movimentato, ma non mi ero mai pentita delle mie scelte, anche perché non ne avevo avuto il tempo.

Adesso però che i ragazzi erano grandi e mia madre si era rifatta una vita, cominciavo ad apprezzare quel silenzio, quel poter girare per casa indisturbata e non dover sempre rispondere a una domanda, a un «mamma» o alzare le antenne per percepire un malumore, cosa che, non me ne ero mai resa conto, mi prosciugava una quantità di energie infinita.

Mi presi una mattinata libera per girare per negozi, presto sarebbe stato il compleanno di Vittoria e ne approfittai per comprarle un costume da bagno nuovo per l'estate. In vetrina ne vidi uno molto bello da uomo e senza nemmeno pensarci lo presi per Niccolò. Mi piaceva immaginarci in vacanza su un'isola della Grecia o della Spagna con lui che faceva i tuffi da una scogliera mentre io leggevo un libro al sole, e poi andavamo a mangiare in un ristorantino sul mare, al tramonto in stile pubblicità di Dolce&Gabbana. Era il genere di cose che non avevo mai fatto, se non all'inizio della storia con Fabrizio che, a onor del vero, non aveva mai avuto il fisico di Niccolò e pertanto non era mai stato al centro delle mie fantasie erotiche.

Mi sembrava di stare trovando un nuovo equilibrio, sebbene precario, per tenere insieme tutti i pezzi e mi crogiolavo in una sensazione di leggerezza e di benessere datomi dalla sicurezza che le persone che amavo stessero bene e fossero amate a loro volta: mia madre, mia figlia, il mio ex marito e il caro Andrea, perché alla fine, l'amore era tutto ciò che faceva la vera differenza.

Fabrizio mi chiamò per dirmi che si erano liberati dagli impegni e sarebbero stati felici di tenere i ragazzi nel week-end.

Fra musi lunghi e cori di «che palle» li convinsi ad andare, promettendo in cambio l'esenzione dal rifarsi il letto e lavare i piatti per una settimana.

Quel sabato, quindi, al posto di partecipare alla spedizione punitiva contro Woody, preferii rimanere a casa, con la stessa eccitazione che avevo quando i miei mi lasciavano da sola e facevo tardi con l'illusione di essere adulta e libera, guardando film vietati.

Mi concessi una serata di relax con una maschera per il viso idratante all'olio di Argan e qualche altro ingrediente magico che prometteva miracoli e un impacco ammorbidente per le mani. Chiusi gli occhi e mi lasciai trasportare dalle note di un vecchio album dei Cranberries che Niccolò mi aveva fatto ricordare.

Mi addormentai profondamente e fui risvegliata dal cellulare che suonava all'impazzata.

Completamente stordita afferrai il telefono imbrattandolo di crema senza riuscire a rispondere, cosa che non sarebbe mai successa con una cornetta normale.

Dovetti lavare e sgrassare mani, viso e cellulare, prima di essere in grado di rispondere a Mattia... se fossi stata in balia di un criminale, avrebbe fatto in tempo ad accoltellarmi già dodici volte.

«Dobbiamo andare a salvarla!» mi disse convinto di stare parlando con qualcuno che capisse perfettamente cosa stava accadendo.

«Come dici scusa?» chiesi guardando più volte il display per essere sicura che fosse lui.

«Quei due le stanno facendo il lavaggio del cervello, non ne può più e vuole venire via.»

«Ma chi sta facendo il lavaggio del cervello a chi? E dove?»

«Il tuo ex e la stronza, da quando Vittoria è entrata in casa la vogliono obbligare a lasciarmi perché sono uno "storpio", testuali parole.»

«Cosa? E perché non mi ha chiamato?»

«Lo ha fatto, ma non rispondevi.»

Guardai fra le chiamate non risposte ed effettivamente ce n'erano quattro di Vittoria.

Riattaccai, la chiamai subito e mi rispose urlando: «Mamma io l'ammazzo te lo giuro!».

La pregai di non fare niente per amor mio e che sarei arrivata subito e richiamai Mattia per dire che sarei passato a prenderlo.

Si fece trovare con Lucia già in strada pronto per essere caricato sulla mia macchina e partimmo incazzati come belve con i Pearl Jam a tutto volume.

Mi presentai alla porta di quella merda di Camilla insieme a Mattia sulla carrozzina.

Appena aprì, lui la salutò dicendo: «Ciao Cami, io sono lo storpio e sono venuto a prendere Vittoria, la mia ragazza! Qualcosa in contrario?».

Lei arrossì violentemente e indietreggiò in cerca del supporto di quel mollusco del mio ex marito che, più imbarazzato di lei, si guardò le scarpe.

Vittoria corse fuori urlando «ciao amore mio» e lo baciò sulla bocca davanti a tutti sedendosi sulle sue gambe seguita da Francesco che aveva capito poco, ma ben contento di andarsene da lì.

«Perfetto! Direi che ci siamo tutti e possiamo salire sulla macchina del tempo e tornare nel ventunesimo secolo e lasciare i signori della Santa Inquisizione a processare gli eretici nell'intimità della loro casa!» dissi e girai letteralmente il culo spingendo insieme a Francesco la carrozzina con Mattia e Vittoria sopra, con un sorriso a tutti denti per la soddisfazione.

«Diglielo, diglielo!» sentii la cretina incitarlo.

«Dirmi cosa?» chiesi voltandomi un'ultima volta.

«Voglio chiedere la custodia dei ragazzi!» disse lui a mezza voce.

Mollai la carrozzina e tornai indietro a grandi passi.

«Ci devi solo provare Fabrizio!» gli dissi con l'indice puntato sotto il naso mentre sbatteva nervosamente gli occhi per la tensione. «Ci devi solo provare!»

E me ne andai maledicendo il giorno in cui lo avevo sposato.

Lasciai che Mattia rimanesse a dormire a casa nostra, gli preparai il divano letto e gli diedi la buonanotte, sicura che Vittoria, a una certa ora, sarebbe sgattaiolata da lui.

Com'era giusto che fosse e come non avrebbero mai avuto l'opportunità di fare, date le circostanze.

Non so se lo feci per fare un dispetto a Fabrizio o perché io avrei fatto esattamente così a quell'età o perché a Mattia erano precluse tutte le normali attività dei suoi coetanei, compresa l'intimità, fatto sta che non me ne pentii nemmeno per un minuto.

La mattina dopo li trovai in cucina a mangiare Macine e sorridersi con gli occhi che brillavano di felicità e seppi immediatamente che avevo fatto la cosa giusta, alla faccia di quella stronza di Camilla.

La telefonata di Antonella per raccontarmi la serata non tardò ad arrivare.

Avevano invitato Woody in un bar del centro, lui era entrato guardandosi intorno alla ricerca di Miriam, un po' scocciato per quella perdita di tempo, ma probabilmente contento di chiudere la storia con lei, e appena le si era seduto vicino le altre erano saltate fuori gridando «buuu!» e «scemo scemo».

A quel punto aveva tentato di scappare, ma Linda si era messa davanti alla porta impedendogli la fuga. Miriam aveva preso la parola come una stoica femminista sessantottina e gli aveva fatto un sermone sul rispetto verso le donne che però non aveva sortito il risultato sperato, ma quando Costanza aveva preso la parola con il suo implacabile piglio giornalistico stringendolo all'angolo, lo aveva costretto alla confessione, che era poi quella che aveva fatto a me.

No, non si vergognava e non si pentiva perché finalmente era stato preso sul serio e a loro era piaciuto, inutile lo negassero, perché a parte Antonella nessuna si era tirata indietro, ed erano solo offese dal fatto che fosse solo «Woody» e non un George Clooney timido.

Aveva cominciato a parlare in terza persona.

Le ragazze avevano tentato di difendere la questione della morale e il principio, ma si erano rese conto di non avere più molti argomenti, quindi gli avevano fatto giurare di cancellare il fake pena una denuncia e lui aveva giurato di farlo sulla testa della sua ex moglie.

Miriam poi l'aveva seguito fuori, probabilmente per pregarlo di cambiare idea, e l'armata Brancaleone si era dispersa ingloriosamente.

In tarda mattinata riaccompagnammo Mattia a casa, io e Lucia ci scambiammo un'occhiata complice e i due fidanzatini si lasciarono felici e innamorati.

In macchina sentivo che Vittoria aveva voglia di parlare, ma come sempre non era con me che avrebbe voluto farlo, anche se non c'era persona migliore di me a cui chiedere quello che sapevo avrebbe voluto chiedermi.

«Tutto bene tesoro?» le domandai.

«Sì, tutto bene», sorrise guardandosi le unghie.

Non mi disse altro fino a casa poi, una volta su, mi prese da parte.

«Mamma senti, mi insegneresti le manipolazioni che fai a Mattia?»

«Perché vorresti farlo?» chiesi stupita.

«Perché vorrei imparare a fare il tuo mestiere. Credo sia il più bello del mondo.»

Avevo aspettato tutta la vita uno straccio di prova di aver fatto un lavoro decente o di essere almeno riconosciuta come una persona degna di considerazione, ma mi ero accontentata di essere più o meno riuscita a barrare quelle tre caselle essenziali con la certezza di aver fallito in tutte le altre.

Ma in quel momento, per me, fu come vincere il titolo di Miss Madre Migliore della Storia.

«Se vuoi ti posso spiegare qualcosa di pratico e facile e se hai voglia puoi leggere qualcuno dei miei libri, ma ti avverto: è roba noiosissima.»

«Anche la scuola è noiosissima, ma io voglio essere utile», dichiarò.

Per stemperare l'imbarazzo generato dalla mia gioia immensa, mi infilai volontariamente in un tunnel senza via d'uscita che mi condusse a trattare del re degli argomenti con mia figlia: il sesso e, in particolare, il sesso con un ragazzo disabile.

Ma se non ne parlava con me, con chi avrebbe potuto farlo? Con Dottor Google?

Mi armai di tatto e dolcezza, immaginando che non fosse

figlia mia, ma un'amichetta o la figlia di Antonella che veniva a chiedermi consiglio.

In quel caso avrei messo da parte paure e paranoie e sarei stata competente e disponibile.

«Senti tesoro, so che vuoi molto bene a Mattia e immagino che stiate pensando di avere... rapporti... completi», dissi fingendo una disinvoltura che non avevo, temendo la risposta come una sentenza.

Non avrei voluto essere al mio posto. Speravo mi dicesse: "Ma no mamma scherzi? Aspetteremo fino al matrimonio".

Ma come era prevedibile rispose «in effetti», che almeno mi tranquillizzò sul fatto che ancora non avevano fatto grandi cose.

«Mattia è "normale" in quel senso, ha sensibilità e tutto quanto, solo che...» e lì mi resi conto che cominciava a mancarmi l'aria, «ha bisogno di una certa delicatezza...»

Dissi sperando di essere stata chiara ed esaustiva e che la questione si potesse concludere così.

Ma ovviamente no.

«Possiamo fare l'amore normalmente quindi?»

Da quando mia figlia quasi diciassettenne era così disinvolta in fatto di sesso? E da quando si esprimeva con tanta sicurezza?

«Sì, Vittoria, potete farlo normalmente, solo con molto tatto.» Sudavo freddo.

«Allora mi porti dal tuo ginecologo? Vorrei prendere la pillola.»

«S-sì certo...» balbettai, «ti prendo un appuntamento.»

«Okay, allora vado a studiare in camera.»

Rimasi lì come una babbea, mentre tutte le mie teorie e i grafici si dileguavano come palloncini al vento.

E chiamai mia madre. Inviperita.

«Quando avevo la sua età, io presi appuntamento al consultorio di nascosto», protestai, «perché anche solo l'idea di parlarne con te mi terrorizzava.»

«Ma nessuno parlava di sesso con i figli, eccetto qualche sgallettata ex sessantottina tipo la madre di Linda, e hai visto com'è finita?»

«Invece hai fatto male, una volta ebbi un ritardo e morii di paura all'idea di dovertelo dire!»

«In qualche modo avremmo fatto!»

«Ora me lo dici? Trent'anni dopo? All'epoca mi minacciavi di abbandonarmi in una casa famiglia dalle suore, senza soldi e senza un'istruzione.»

«Ha funzionato! Non sei diventata una ragazza madre.»

«Sei una persona orribile,» le dissi come non facevo da tempo.

«Mi mancavano le tue dimostrazioni d'affetto», rise.

Quella sera mi godetti i ragazzi da sola, senza nessun altro. Io e loro, sereni e tranquilli.

Vittoria che indossava la sua nuova tenuta da giovane adulta e Francesco che mi si stava trasformando sotto gli occhi in un ometto, dimagrito, muscoloso, più dritto con la schiena, più sicuro.

Non volevo esultare troppo, ma mi sembravano i deboli segnali di un lavoro ben fatto e, questo dovevo ammetterlo, quasi tutto da sola.

«Per il mio compleanno possiamo cenare qui tutti insieme?» chiese Vittoria.

«Certo! Chi vuoi invitare?» chiesi temendo che l'invito fosse esteso alla coppia di inquisitori.

«Noi tre, la nonna, Romano e Mattia.»

Tirai un sospiro di sollievo. «Con piacere», dissi, «nessuna compagna di scuola?»

«No, sono tutte stronze!»

«In effetti.»

«Posso dirlo a Emanuele?» chiese Francesco.

«Sì», gli disse la sorella, «e voglio una torta bellissima da mettere su Instagram e far invidia a tutti! Faremo un sacco di storie.»

«Ah, ecco, allora l'intento non era così nobile come pensavo», commentai.

«Voglio dimostrare che non mi interessa cosa pensano di me e che possono prendermi in giro quanto vogliono, tanto la scuola non durerà per sempre e io non le rivedrò più, e anche se devo passare l'intervallo da sola sono molto più felice e fortunata di loro!»

Rimasi stupita per la seconda volta in poche ore dalla saggezza e la sicurezza di mia figlia. Nemmeno adesso potevo dire di essere immune dai commenti altrui, tantomeno da quelli di mia madre, mentre lei sembrava realmente distaccata da tutto quello che le suonava come ingiusto e ostile, e non aveva paura di inimicarsi qualcuno, né un superiore né un genitore, forse perché non le era stato mai impedito di farlo, cosa che invece alla nostra epoca avevamo subito moltissimo crescendo con il terrore dell'autorità, che ci aveva resi pavidi, e accomodanti.

Trascorsi di nuovo la serata a scrivere a Niccolò. Lui aveva passato la domenica coi figli al parco facendoli giocare, cercando di stancarli il più possibile e aveva lavorato fino a tardi.

La sua vita era principalmente quella, lavoro e figli. Sentivo che gli mancava la terza dimensione, quella di famiglia, perché da quando aveva riconsegnato i figli alla ex, tornare a casa da solo, in una città frenetica come Londra, non era facile.

In cuor mio speravo che tornasse a vivere a Mantova, le cose sarebbero state immensamente più facili.

Avremmo preso in affitto una casa più grande o magari i suoi ce ne avrebbero ceduta una delle loro e avremmo tenuto anche i suoi figli quando sarebbero venuti in Italia.

Finalmente insieme, ognuno con il suo lavoro e i suoi spazi, ma insieme.

Il mio desiderio probabilmente doveva essere stato frainteso lassù, perché l'indomani mattina mi scrisse che tornava urgentemente a Mantova dato che suo padre aveva avuto un ictus.

Rimasi in attesa per tutta la mattina senza avere sue notizie.

Detestavo questo suo modo di fare, forse era una forma di difesa, ma io lo leggevo come un'antipatica disattenzione, un mettermi da parte, nelle retrovie, cosa che non pensavo di meritare.

Mattia non perse occasione per farmi notare che ero distratta e impiegò meno di due secondi a fare uno più uno.

«Diglielo!» mi esortò. «Parlagli subito quando c'è qualcosa che non va, voi vecchi non lo fate mai, anche mia mamma quando è triste o nervosa non me lo dice mai, si tiene tutto dentro. Non so perché lo fate, ma non aiuta nessuno, se qualcosa ti fa male o ti fa incazzare devi dirlo alla persona interessata, altrimenti non lo capisce e un giorno esploderai dalla rabbia e probabilmente dirai cose che non volevi dire e vi farete davvero male!»

Continuavo a prendere lezioni dai ragazzini, una più giusta dell'altra. Noi adulti ci saremmo estinti di lì a poco, appena non fossimo stati più necessari al loro sostentamento, e questo pensiero mi buttò ancora più giù di morale.

Guardavo compulsivamente l'ultimo accesso sperando di trovarlo in linea non osando chiamarlo, né insistere troppo.

Fui tentata di passare all'ospedale, ma trovai che fosse una pessima idea.

Mi rassegnai di nuovo ad aspettare sue notizie che non arrivarono se non nel tardo pomeriggio, quando il mio umore era ormai irrimediabilmente rovinato.

«Scusami se non ti ho chiamata prima», disse come ogni volta, tanto che anticipai il suo «ho avuto dei casini che non immagini», che rese acida me e poco incline al dialogo lui.

«Mio padre è in terapia intensiva, non sono certo qui a divertirmi!» disse lui in un tono che non gli avevo mai sentito, e che imputai allo stress e alla tensione.

«Non ho detto che sei qui a divertirti, ma solo che ero in pensiero e non sentirti mi ha fatto agitare ancora di più», gli dissi sinceramente, in un tono più remissivo.

«Non ho avuto nemmeno un secondo per respirare, fra l'ospedale, mia madre, lo sciopero degli operai, e ho solo due mani!»

«Ho capito, avevo solo detto…» Decisi di lasciar perdere, non era dell'umore adatto ed era davvero un brutto momento per lui, non sapevo come fare per essergli utile, ma nemmeno volevo sentirmi così estranea alla sua vita, come mi stavo sentendo in quel momento.

«C'è qualcosa che posso fare per te?»

Si ammorbidì un po'.

«Continua a essere quello che sei, non ho bisogno di altro, stammi vicino, sii presente, ho bisogno che tu ci sia.»

Quelle erano le parole che volevo sentirmi dire e che mi diedero la forza per rimanere salda e forte anche per lui.

Aveva ragione Mattia, il segreto stava tutto nella comunicazione.

La stessa che il mio ex marito non era mai stato in grado di gestire, motivo per cui mi aveva fatto scrivere dall'avvocato per chiedere l'affidamento dei figli.

A quel punto non mancavano che le cavallette e per la fine della settimana avrei completato l'album delle figurine delle piaghe d'Egitto.

Decisi di non dire niente a nessuno, né ai ragazzi e nemmeno a mia madre.

Per il momento volevo evitare di pensarci, sapevo che era un dispetto che Camilla voleva fare a me perché a lui non sarebbe mai venuto in mente di prendere con sé i ragazzi per sempre. Non aveva la pazienza di tenerli e loro non avrebbero mai accettato.

Era una richiesta ridicola, una specie di ricattino patetico che mi offriva per fare sentire Camilla importante, forse perché pensava che fosse sufficiente avere una numerosa collezione di bambole per essere una buona madre.

Non ne parlai nemmeno a Niccolò perché non volevo aggravare il carico delle preoccupazioni che gli pesavano addosso.

Lo vidi due sere dopo il suo arrivo, lasciando i ragazzi a casa da soli per un paio d'ore per andare a salutarlo.

Era nervoso e triste, le condizioni di suo padre erano gravi e non era ancora uscito dalla terapia intensiva.

I medici erano pessimisti.

Un attacco di quella portata non poteva non aver lasciato

gravi conseguenze, tutto stava a capire quali aree del cervello aveva danneggiato.

«Un disastro, Betta! Gli operai sono sul piede di guerra, ho parlato con i capiarea, pare che mio padre non li pagasse da tempo, stiamo cercando di ricostruire i conti, ma credo che sia sotto di milioni di euro! È sull'orlo della bancarotta!»

«Ora capisco perché non ti permetteva di avere accesso ai numeri!»

«Esatto, credevo fosse un vecchio testardo, invece era solo un vecchio coglione! Non so come risolvere questa situazione, se non mi arrestano, minimo mi rapiscono per chiedere il riscatto», cercò di scherzare amaramente.

Gli accarezzai il viso.

«Mi dispiace di averti trascinato in questo casino, non dovrei farlo, ma sei la persona più importante per me», disse.

«Purtroppo non ho soluzioni, vorrei avere la bacchetta magica, e vorrei averla anche per me ora come ora.»

«Le cose non vanno bene?»

«Qualche seccatura, ma fa parte del gioco delle separazioni, credo.»

«So cosa intendi, non penso esistano separazioni civili, a un certo punto viene fuori tutto il veleno accumulato in anni di silenzio.»

«Forse. È che io credevo che Fabrizio non fosse velenoso.»

«Lo sono tutti in qualche misura.»

Ricominciò a farsi sentire regolarmente e a venirmi a trovare in studio quando aveva un minuto di tempo.

Stavamo affrontando una grossa tempesta insieme, la prima davvero grossa e questo stava mettendo alla prova il nostro rapporto. Ma se avessimo resistito, niente ci avrebbe più scalfiti.

Suo padre non si era ancora svegliato e non era un buon segno.

In compenso Fabrizio mi chiamava di continuo per sapere se avevo ricevuto la lettera dell'avvocato, e io mi divertivo a rispondergli «quale lettera?», così, giusto per farlo innervosire, e funzionava ogni volta, poi aggiungevo «piuttosto pensa al regalo per Vittoria che fra qualche giorno compie gli anni, e scommetto che non ti ricordi quando!» e poi riattaccavo, sicura di farlo impazzire a ricordarsi quale giorno e mese fosse, ripetendo «eppure faceva caldo, era aprile, o maggio», chiamando l'ufficio anagrafe.

La sera del compleanno le organizzai una cena come aveva desiderato.

Mia madre arrivò, bellissima e profumata, portandomi una pianta in regalo come fosse un'ospite, e Romano portò vino e Coca-Cola.

Mattia indossava una camicia bianca e si era rasato e pettinato per l'occasione e Vittoria si era messa un bel vestito verde che la faceva apparire grande e matura, come stava diventando.

Fecero storie e foto, pubblicandole sul profilo di Mattia, che aveva ormai più di trentamila follower, e su quello più defilato di Vittoria che era comunque seguita dalle stronzette della sua classe come Carolina, che non mettevano mai un like, ma non si perdevano un aggiornamento.

Poco prima del dolce chiamai mia madre in disparte e le chiesi se fosse una buona idea invitare Niccolò per la torta, dato che era in città.

«E di che hai paura? Di traumatizzarli? Ma li vedi? Anzi, ci vedi?»

Guardai Vittoria che teneva la testa appoggiata al braccio di Mattia e Francesco che faceva dei montaggi video su Tik-Tok. Tutto mi sembravano tranne che due anime sofferenti incapaci di capire che la loro mamma aveva anche lei una relazione.

«Ragazzi, vi dispiace se per la torta invito anche un mio amico?»

«Chi?» chiese subito Francesco curioso.

«Niccolò?» fece eco Mattia.

Lo guardai malissimo.

«E il segreto professionale?» gli chiesi indignata.

«Decade, in famiglia.»

«E chi è Niccolò?» chiese Vittoria.

260

«Il primo amore di tua mamma», li informò mia madre teatrale.

«La smettete di essere così pettegoli?» dissi imbarazzata.

«La mamma è tutta rossa! La mamma è tutta rossa!» cantilenò Francesco, dandomi il colpo di grazia.

Telefonai a Niccolò per invitarlo e, dopo poco, fu da noi con in mano una bottiglia di champagne ghiacciato per Vittoria.

Vederlo varcare la soglia di casa per presentarsi alle persone più importanti della mia vita fu una dichiarazione d'amore in piena regola.

Era bellissimo, in camicia azzurra e jeans, sorridente, felice di essere lì, e io lo ero come non mai.

Passammo una serata indimenticabile durante la quale Niccolò raccontò aneddoti facendo ridere mia madre, fece scoprire nuove app a Vittoria e Francesco, parlò di musica e di sport con Mattia e di vini con Romano.

Inutile dire che lo adorarono.

Io li guardavo e pensavo che in quella cucina c'erano le persone che amavo di più al mondo.

Ed era una sensazione straordinaria.

18.

Due giorni dopo, il padre di Niccolò uscì dalla terapia intensiva, ma la situazione apparve subito critica. Aveva il lato destro paralizzato, rispondeva poco agli stimoli e non parlava.

La moglie era disperata.

Niccolò mi chiamò dall'ospedale davvero affranto. Si aspettavano qualche miglioramento, ma niente di significativo dato il risultato delle TAC, che evidenziavano un danno gigantesco.

«Lo sguardo è la cosa più impressionante Betta», mi disse angosciato, «ti fissa senza mai sbattere le palpebre come se ti volesse parlare e stia ribollendo dalla rabbia per non riuscirci.»

«Come siete messi con l'azienda?»

«Ho fatto un accordo col capo del personale almeno per sospendere lo sciopero, viste le circostanze, ma non credo riuscirò a tenerli buoni per molto. È una tragedia in tutti i sensi!»

Volevo aiutarlo, pronunciare la frase che gli facesse esclamare «sei un genio, non ci avevo pensato!», o almeno dargli il numero di qualche caro amico mago della finanza per risolvergli i problemi, ma non ero che una fisioterapista, e tutto quello che trovai da dirgli fu un consiglio da libro self-help di ultima categoria del tipo «c'è qualcosa che potresti fare diversamente per riuscire a ottenere quello che vuoi?», di cui mi pentii subito sentendomi sconsolatamente inutile.

«Devo tornare a Londra al più presto e parlare coi miei avvocati, dovremo licenziare una quantità di dipendenti e riuscire a pagare almeno gli stipendi, sarà una carneficina e sarà tutto sulle mie spalle!»

Quella frase mi addolorò ancora di più e, sebbene sapessi che non c'erano altre soluzioni, decisi di non farglielo pesare e, quello, ironicamente, era l'unico modo in cui potevo stargli vicino.

Fabrizio insisteva a mandarmi messaggini intimidatori del tipo *Dobbiamo risolvere questa situazione, Fai meglio a rispondere* o *Farai bene a trovarti un buon avvocato.*

Avevo smesso di visualizzare, consapevole di esasperarlo ancora di più, ero certa che fosse uno schema architettato da Camilla che sicuramente aveva messo di mezzo il padre e i suoi avvocati che tramavano alle mie spalle, costruendo una storia inverosimile con me nella parte della madre degenere.

Nutrivo ancora fiducia in Fabrizio, continuavo a non ritenere possibile che si fosse fatto suggestionare così e che io mi fossi sbagliata al punto di sposarlo. E speravo che alla lunga si sarebbero stancati, che magari avrebbero comprato un cane o un tapis roulant e la loro attenzione sarebbe stata attratta da qualcos'altro che non fossero i miei figli.

Niccolò sarebbe partito presto e chiesi a mia madre di venire da me a dormire e permetterci di passare un'altra ultima notte insieme, al nostro bed & breakfast.

Eravamo tesi, tristi, nervosi, e parlavamo di tutto tranne che di noi.

Non c'era che il presente, drammatico, complesso, folle e la rabbia profonda nei confronti di quello che rimaneva di suo padre, l'arrogante, il prevaricatore, il tiranno, a cui non avrebbe mai più potuto dire quello che pensava davvero e che non avrebbe mai pagato per le sue malefatte.

Passava dalla collera alla pietà, al dolore dell'abbandono, all'ingiustizia, senza riuscire a trovare una soluzione, era come continuare a girare a caso i lati di un cubo di Rubik sperando di risolverlo.

Gli portai il costume che gli avevo preso in regalo, pensando di distrarlo e fargli piacere parlandogli delle vacanze, ma lo guardò a malapena e non mi ringraziò neppure, talmente era stanco e stressato.

Ci rimasi male, ma non lo diedi a vedere.

Ci addormentammo tardi, ognuno nel proprio lato del letto, con in mezzo una galassia.

Quella volta non lo accompagnai io all'aeroporto, avevo troppo lavoro e non volevo vederlo partire, non di quell'umore.

Non avevamo fondamenta abbastanza strutturate e solide su cui basarci per uscire da quel pantano. Niente a cui potermi appigliare per dire "ci siamo già passati, supereremo anche questa". Avanzavamo un passo alla volta, a tentoni, sperando di non trovare le sabbie mobili o una mina inesplosa a farci saltare in aria.

Mi rendevo conto che avevo bisogno di rassicurazioni, di sentirmi dire "ce la faremo", "è questione di tempo", "ho bisogno di te", ma Niccolò era chiuso in sé stesso, distante e terribilmente preoccupato.

Ma se la mia testa lo capiva, il mio cuore si sentiva spaventato e orfano.

Ci salutammo l'indomani mattina, davanti alla sua macchina, non con il calore che avrei voluto, e senza che potessi esprimergli il mio dispiacere.

Mi accontentai di stargli vicino e di fare la parte della buona amica, che era quello di cui aveva maggiormente bisogno.

Mi abbracciò, mi diede un bacio e mi disse «ciao bella» che mi arrivò come una pugnalata.

Se quella era la famosa "cattiva sorte" a cui alludeva la formula matrimoniale, c'eravamo dentro in pieno.

I giorni successivi faticai a concentrarmi.

Detestavo sentirmi così a causa dell'umore dell'uomo che amavo, e nemmeno volevo adombrare la gioia degli altri con il mio muso lungo perché, improvvisamente, tutti si erano messi a vivere la perfetta storia d'amore.

Tutti tranne me.

Vittoria era incontenibile e mia madre sembrava non fosse mai stata così felice, quasi a rimpiangere gli anni passati da me.

Niccolò mi chiamava tutti i giorni, più volte al giorno, per aggiornarmi costantemente sugli sviluppi della faccenda. A momenti era ottimista e fiducioso e a momenti scoraggiato e senza speranza e io dovevo sintonizzarmi ogni volta sul suo stato d'animo, come una vecchia radio a transistor quando perdevi il segnale della frequenza, nel disperato tentativo di fargli da cuscino, di essere quella compagna forte su cui poter contare, un'amica, un'alleata.

Non avrei mai immaginato potesse essere così dura, mi mancava sentirlo vicino, mi mancavano le sue parole dolci, i suoi occhi, la nostra sintonia. E non avevo esperienza della tensione emotiva durante una bancarotta.

Nei miei anni di matrimonio con Fabrizio non avevamo mai sperimentato niente di così serio, non avevamo delle vite da imprenditori, non correvamo rischi finanziari; eravamo due liberi professionisti, e il peggio che ci poteva accadere, escludendo una malattia, era un aumento dell'IVA.

Per questo mi era così difficile indossare i panni di colei che poteva capire e consolare. E allo stesso tempo non c'era niente che avrei desiderato di più al mondo.

Mi dicevo però che, se continuava a cercarmi così spesso, significava che, nel mio piccolo, qualcosa di buono lo stavo facendo.

Mattia aveva cominciato a lavorare in una radio privata con un suo programma di musica rock che stava andando benissimo, e questo gli permetteva di uscire di casa sempre più spesso e avere una vita sempre più normale.

La lista dei suoi progetti si allungava ogni volta che andavo a trovarlo, dalla patente al corso di tennis, a quello di deejay, non c'era limite alla sua voglia di vivere e un po' di quella nuova motivazione gli veniva da Vittoria.

Erano diventati una coppia molto amata sui social, qualunque cosa significasse, erano belli e innamorati e se ne fregavano delle difficoltà e questo era un bel messaggio da passare ai loro coetanei. Il problema era Camilla che li spiava di continuo e riportava ogni loro video, storia o foto pubblicata al padre che poi immancabilmente chiamava me.

Ero contenta che tutto quello che era successo nella nostra

adolescenza, le ubriacature, gli scherzi, le litigate e le epiche figure di merda, fosse avvenuto prima dell'avvento di internet e ora giacesse nei meandri della nostra memoria o in qualche diario segreto chiuso in uno scatolone dimenticato in cantina.

Furono settimane intense, lunghe e gravose sia emotivamente sia fisicamente, ma una mattina mi chiamò Niccolò finalmente entusiasta.

«Betta, vendiamo!»

«Vendete?»

«Sì, sono riuscito a trovare un compratore, è stata una transazione complicatissima che non ti sto a spiegare nei dettagli, ma questo mi permetterà quantomeno di saldare i dipendenti e reintegrarne qualcuno.»

«E gli altri?»

«Per gli altri non c'è niente da fare, cercheremo di salvaguardare i più anziani che hanno meno possibilità di ricollocamento e cercare di costruire una rete di solidarietà con la regione per trovare un posto agli altri. È una merda, lo so, ma è l'opzione migliore.»

«E tu come stai?»

«Stanotte ho dormito tre ore consecutive, come non mi succedeva da più di un mese, mi sembra un miracolo!»

«Ti sento sollevato, tesoro!»

«Un po' lo sono, intravedo la fine del tunnel.»

Avevo bisogno di un "grazie di essermi stata vicina", di un "ti amo", o un "ho voglia di vederti" che non arrivò, e di nuovo mi accontentai e continuai a fare l'amica, la coach, la motivatrice.

«Sei un grande, Niccolò, non ho mai dubitato delle tue potenzialità, è stato un periodo orribile, ma ce l'hai fatta da solo. Sono davvero orgogliosa di te!»

«Grazie, Betta, ci sentiamo dopo!»

Riattaccai e inghiottii l'amaro della delusione.

Era anche quello essere adulti. Imparare a fare a meno delle piccole rassicurazioni e capire che se l'altro non ti parla come gli parli tu non vuol dire che non tenga a te, e non ti ami.

266

E poi, una mattina, mi chiamò Mei.

Aveva una voce esile, pacata e calma, e mi chiese se potevo prendere un volo per Basilea e raggiungerli, mi avrebbero fatto avere il biglietto e un autista mi avrebbe atteso all'aeroporto.

Non feci altre domande, e dissi solo sì.

Chiamai mia madre senza fornire ulteriori spiegazioni e lei fu ben felice di venire a stare un paio di giorni da me coi suoi adorati nipoti.

L'idea di rivedere Andrea mi occupò tutti i pensieri.

Non avevo idea di come lo avrei trovato, non avevo idea di cosa gli avrei detto e mi sentivo gravata da una responsabilità enorme anche se ero intimamente orgogliosa di essere io la prescelta.

Arrivai a Basilea in una giornata di metà maggio, nuvolosa e per niente estiva, in tono con il mio animo.

Uscii dall'aeroporto e vidi un signore in giacca e cravatta con in mano un cartello col mio nome.

Sorrisi, Andrea faceva sempre le cose in grande.

Mi presentai e uscimmo dall'aeroporto per salire su un'Audi blu da non so quanti cavalli e ci dirigemmo verso la clinica che Andrea aveva scelto per farsi accompagnare verso un dignitoso fine vita.

Dal giorno della diagnosi erano trascorsi poco più di due mesi, era stato un decorso rapidissimo e violento, come spesso nei pazienti giovani, e questo gli aveva lasciato pochissimo margine di libertà di scelta e decisione.

Quando giungemmo alla clinica, che ricordava uno chalet di vacanza immerso nel verde, mi colse il panico, tanto che l'autista mi chiese più volte se stavo bene.

Non stavo bene per niente. Non volevo entrare, non volevo salutare il mio amico e non ero pronta.

Ma se lo era lui, come potevo permettermi di non esserlo io?

Che diritto avevo io di avere paura?

Ci pensò Mei a togliermi dall'imbarazzo, uscendo e venendo ad abbracciarmi.

Aveva l'aria serena, sorridente, un'aria adulta.

Non era la stessa ragazzina con cui avevo parlato al bar quella mattina, e mi bastò uno sguardo per capire perché.

«Di quante settimane sei?» le chiesi.

«Appena sette! Ci siamo riusciti!» sorrise.

«Non avevo dubbi! Quando lui si mette in testa qualcosa la ottiene sempre!»

Ci incamminammo per il corridoio fino a raggiungere la sua stanza.

«Sei pronta?» mi chiese.

Sorrisi e annuii.

Mei bussò leggermente, si affacciò e gli disse che ero arrivata.

«Betta! Amore mio, entra!» lo sentii chiamare.

Quei secondi che mi separavano dal ricordo del mio amico in piena salute con tutta la vita davanti a quello di lui malato con una manciata di ore a disposizione sembrarono infiniti, e la seconda immagine rimpiazzò la prima in maniera indelebile e definitiva per sempre, come una pellicola esposta alla luce.

«Vieni qui! Sei una favola!» mi disse sorridendo e sfilandosi le cuffie dalla testa spalancando le braccia.

Mi avvicinai al letto e lo abbracciai forte.

Era dimagrito e invecchiato e anche il suo odore non era più lo stesso. Infilai la faccia nel suo collo per darmi un istante per ricacciare indietro le lacrime, ma non ci riuscii.

«Non si piange qui, non gliel'hai detto Mei?» mi disse scuotendomi per le spalle. «C'è proprio scritto fuori!»

«Hai ragione scusa, è stata l'emozione di rivederti», risi cercando di calmare il dolore.

«Eh lo so, sono un figo della madonna, ho sempre fatto quest'effetto alle donne! Ma non metterti strane idee in testa adesso. Sono diventato padre quindi non c'è speranza per noi.»

«Sì, Mei me l'ha detto, sono felicissima!»

Lei gli si avvicinò e gli mise il braccio intorno alle spalle e lui le accarezzò la pancia sorridendo.

«È una femmina!» dichiarò.

«Come lo sai?»

«Lo so e basta, vero Mei?»

«Ha deciso così», rispose.

«Allora come stai?» mi chiese lui.

Tutti i miei crucci, delusioni, arrabbiature, si accartocciarono come una pallina di carta. Non c'era niente fra i miei problemi che meritasse qualcosa di più di un leggero nervosismo, niente rispetto a quello che passava lui, non c'era nulla che potessi raccontare.

«Tutto bene», dissi, «i ragazzi studiano, Niccolò ha un po' di casini, suo padre ha avuto un ictus.»

«Sì, l'ho saputo, me l'ha detto mia madre, ma ti ho chiesto di te, non ti sentire in imbarazzo solo perché sto morendo, è chiaro che ho un vantaggio, ma anche se sono supercompetitivo non è una gara a chi sta peggio! Voglio che tu mi dica come stai *veramente*!»

Mei si congedò silenziosamente e rimanemmo soli.

Allora gli parlai.

Gli raccontai di come mi sentivo rispetto a Niccolò, di Fabrizio e la sua folle lotta per ottenere la custodia dei ragazzi, di quella stronza di Camilla, di Vittoria e Mattia per cui temevo moltissimo l'esposizione mediatica data la loro giovane età, e Antonella e Woody e tutti noi che ci stavamo ancora comportando come avessimo tutta l'estate davanti.

Mi ascoltò, poi mi prese le mani e mi parlò per più di un'ora di cose che voleva dirmi da tanto tempo, di cose che aveva imparato su di sé dalla diagnosi alla degenza, di cose che aveva scoperto sulla vita quando gli era stata svelata la sua data di scadenza. E ridemmo, piangemmo e ricordammo, in quel posto sospeso, fuori dal mondo, sdraiati sul letto come da ragazzini quando guardavamo i film di paura.

Poi mi spiegò le ultime consegne e mi pregò di non parlarne ancora con nessuno, che Mei mi avrebbe detto tutto a tempo debito.

Rimasi con lui fino al tramonto, quando in camera scese il buio e il nostro tempo giunse al termine.

«Apri la finestra», mi sussurrò.

Andai ad aprirla e lui si alzò dal letto e avanzò a fatica fino ad affacciarsi.

«Mi ha sempre fatto cagare la Svizzera», rise, «però sai che alla fine non è così male? Per morire almeno!»

«Scemo!» gli dissi appoggiando la testa sulla sua spalla, magrissima. Mi abbracciò intorno alla vita e rimanemmo a guardare un misero raggio di sole morente farsi largo fra le nuvole spesse.

Mi scese di nuovo una lacrima. Se ne accorse.

«Certo una bottarella te la potevi pure far dare... Non sai che ti sei persa!»

«Sarà il mio più grande rimpianto.»

Mei mi accompagnò all'uscita.

«Grazie per essere venuta», mi disse abbracciandomi un'ultima volta, «non sai come gli ha fatto bene vederti, appena il dolore si farà più intenso ha dato disposizioni di essere addormentato, prevediamo che ci vorranno pochi giorni, e a quel punto verranno qui i suoi.»

Parlava con lucidità e coraggio, come una donna che aveva davvero capito il senso della formula "in salute e in malattia", molto più di quanto ero riuscita a fare io.

«Sei meravigliosa Mei», le dissi.

«La forza me la dà lei», disse indicandosi la pancia.

«Una femmina!»

«Una femmina ovvio», mi sorrise.

Tornai a casa, e mia mamma capì che avevo bisogno di un abbraccio silenzioso.

Mi strinse forte e sussurrò: «Piccola, piccola mia».

Per la prima volta.

19.

Dopo gli ultimi positivi sviluppi, Niccolò tendeva a comportarsi come niente fosse successo, come dopo la fine di una forte mareggiata.

Era tornato a ridere e scherzare e sperare nel futuro, io invece mi tenevo dentro così tante cose, da così tanto tempo, che facevo fatica a fingere che andasse tutto bene e continuare ad ascoltare la stessa storia ancora e ancora, al punto che avevo terminato aggettivi e consigli.

Purtroppo però non riuscivo nemmeno ad aprirgli il mio cuore perché mi sembrava infantile rovesciargli le mie ansie addosso tutte insieme adesso, come se fosse finalmente arrivato il mio turno.

Era come se il suo problema, in quanto più immediato e – per lui – più importante, fagocitasse e declassasse i miei, così lasciavo perdere, rimandavo, ingoiavo e nascondevo la polvere dei miei crucci sotto il tappeto dell'oblio e lui parve non accorgersi di niente.

Ormai era molto tempo che non ci vedevamo e un rapporto al telefono non poteva avere la stessa intensità di uno reale, me ne rendevo conto, per questo mi meravigliavo tanto quando sentivo di gente che si conosceva on line e si frequentava in chat per anni.

O forse avevano ragione loro.

La settimana dopo mi chiamò Mei per avvertirmi che Andrea se n'era andato serenamente.

E a quel punto pianse forte. Grossi singhiozzi profondi e arrabbiati che ascoltai con dolore e comprensione, cercando di trovare una qualche parola giusta, anche se forse, in quel caso, non occorreva trovarne.

Mi disse che le lettere erano state spedite e che ormai sarebbe stata questione di pochi giorni.

Costanza fu la prima a chiamarmi per dirmi che aveva ricevuto l'invito alla serata in ricordo di Andrea all'oratorio di
San Barnaba, dove ci riunivamo da piccoli, seguita da Antonella, Woody, Fabrizio e, naturalmente, Niccolò.

Tutti chiamarono me convinti, a ragione, che ne sapessi
qualcosa, che avessi una qualche informazione in più.

Ma evitai di dire che lo avevo già salutato, evitai l'intera storia, non era un primato che mi interessava avere in quel momento.

Si scatenò un dramma in piena regola, come l'esplosione
di un'epidemia.

La morte era entrata nel nostro circolo di immortali, e si
era portata via il nostro esemplare migliore, il nostro cavallo
di razza.

La reazione fu di panico generale, di pianti inconsulti, di
paura, di incredulità.

Le ragazze vollero incontrarsi la sera stessa per una riunione d'emergenza come un gruppo di auto-aiuto capitanato da
Costanza.

Chiesi a Vittoria di rimanere con Francesco, dato che i miei
piccoletti erano ormai sempre più autosufficienti e loro non
fecero una piega continuando con le loro attività.

Mi chiedevo quanto mi separava dal primo "non fate tardi,
stasera!"

Antonella passò a prendermi, era addolorata e confusa, e
continuava a ripetere le domande che io mi ero già fatta mesi prima e che si facevano tutti: perché lui, com'è stato possibile, che tipo di tumore, come se n'è accorto… tutti quei que-
siti le cui risposte servivano a tentare di rimettere insieme i
pezzi esplosi nella nostra testa, per trovare una spiegazione logica all'inspiegabile.

Quando arrivammo a casa di Costanza si era scatenato il panico.

Costanza era una scheggia impazzita, parlava di fare un an-
nuncio in televisione, di montare un documentario con i ricordi di ognuno di noi, di fare un comunicato alla famiglia,

di intitolare a lui la nostra scuola; Linda, seduta sul divano, era già ufficialmente ubriaca e continuava a ripetere «perché...»; Miriam pensava a un discorso da scrivere durante la serata in sua memoria; Letizia non smetteva più di piangere; Anita non spiccicava parola; e Antonella continuava a fare raffiche di domande a chiunque la volesse ascoltare.

Ognuno manifestava dolore e sorpresa a suo modo, mostrando una parte di sé spaventata e irrisolta, quasi ingenua, probabilmente lo stesso tipo di reazione che avremmo avuto trent'anni prima.

«Ragazze!» dissi per sedare l'isteria collettiva. «Non dobbiamo fare niente, era un suo preciso desiderio!»

«Ma noi *dobbiamo* fare qualcosa per lui, per ricordarlo!» insistette Costanza.

«La serata di sabato è pensata esattamente per questo, lui non voleva altro!»

«Ma se vogliamo ricordare il nostro amico ne abbiamo tutto il diritto!» continuò irritata.

«Non ve lo sto impedendo, sto dicendo che non vi è richiesto niente di più di quello che farà lui sabato sera! Per quanto riguarda noi ce lo ricorderemo per il resto della vita e ne parleremo ogni volta che ci incontreremo e potremo anche decidere di commemorarlo in una data precisa», ribadii.

«Ma se volessimo?» proseguì Linda piccata.

«Ripeto che nessuno vi impedisce di ricordarlo, ma vi garantisco che non voleva niente di eclatante!»

«E tu come lo sai? Perché eri la sua migliore amica?» chiese Anita con un filo di acidità.

«Sì anche per quello, forse!» risposi fredda. «Ma comunque fate come vi pare, avete ragione, non è affar mio!» Poi guardai Antonella e le feci cenno di andarcene.

Lei si alzò senza opporre resistenza e ce ne andammo a finire la serata in un pub a bere birra.

«Era solo la mia impressione o era una specie di gara a chi lo piangeva di più?»

«Ho avuto la stessa sensazione», disse Antonella sorseggiando la birra, «più che per Andrea erano impegnate a fare sfoggio del loro dolore, a chi era più sua amica o chi gli voleva più bene!»

«Sembra che i difetti che avevamo a quindici anni si siano semplicemente amplificati, ma alla fine dei conti nessuno sia cambiato!»

«A quest'età possiamo solo peggiorare ormai!»

Rimanemmo in silenzio, senza avere il coraggio di ammettere che la morte di Andrea aveva segnato un importante spartiacque e che d'ora in poi sarebbero esistiti per sempre un periodo Prima e Dopo Andrea, riferendoci a qualcosa di così doloroso e definitivo che aveva azzerato anche il conteggio del tempo.

Niccolò mi chiamò per dirmi che non ce l'avrebbe fatta a venire a Mantova per il fine-settimana per complicazioni che non poteva risolvere.

Mi seccai e lo salutai malamente.

«Ma sei arrabbiata?»

«No!»

«Ho appuntamento con degli investitori che rincorro da settimane e riesco a vederli solo sabato.»

«Hai ragione, scusami tu, è solo morto un tuo amico, che problema c'è? Il lavoro prima di tutto!»

Avvertivo lo stesso cambio di passo che avevo avuto quel giorno con Fabrizio, e da cui non ero più riuscita a tornare indietro. Il giorno in cui avevo smesso di essere comprensiva e paziente.

Quell'accumularsi di piccole sviste, disattenzioni e torti che gli uomini non si accorgono di compiere giorno dopo giorno nell'arco di una vita, nonostante gli venga fatto ripetutamente notare, e che finiscono per stratificarsi in una pila talmente alta di mancanze che non resta altro che chiudere. E loro ci guardano increduli e tutto quello che riescono a chiederci è se abbiamo un altro.

Forse era stata colpa dell'esempio che avevamo ereditato dai nostri genitori, quello schema di coppia con ruoli rigidi e predefiniti, dove le donne erano "quelle che si lamentavano sempre" e gli uomini quelli che "si sa come sono fatti". Due rette parallele senza nessuna possibilità d'incontro che stavano insieme all'insegna della sopportazione e il sacrificio in nome del famigerato "bene" dei figli. Ma se adesso speravamo veramente in un mondo migliore, avevamo la responsabilità intellettuale di crescere degli individui emotivamente consapevoli e capaci di comunicare al prossimo i propri bisogni e le proprie necessità.

«Non posso davvero, Betta, mi sento una merda, ma non mi è possibile annullare, ne andrebbe di tutto il lavoro fatto fin qui e metterebbe a repentaglio la vendita dell'azienda e sai che non me lo posso permettere.»

«No certo, poi ormai Andrea è morto, per lui cambia poco, però almeno abbi il buongusto di scrivere due righe ai suoi», e lo salutai.

Mi richiamò subito, non abituato a una mia reazione.

«Betta, capisco come ti senti e hai ragione e se non fosse successo questo casino sarei stato lì in prima fila, ma come sai…»

«Lo so, Niccolò!» sbuffai. «Ti conosco ormai, per te esiste solo il lavoro, non c'è nessuno di più importante, non fai che dimostrarlo!»

«Non è vero», si difese, «lo sai che ci tengo a te!»

Risi amaramente.

«Allora provalo!»

E riattaccai di nuovo.

Richiamò.

«Vieni a vivere qui Betta, vieni a Londra ho bisogno di te!»

20.

Il sabato ci trovammo all'oratorio di San Barnaba. Nessuno di noi ci metteva più piede da dopo la cresima. Faceva impressione camminare lungo il chiostro dove correvo ogni volta in ritardo per la lezione di catechismo con don Camillo.

La sala era decorata come per una delle nostre feste: poster degli A-ha e dei Duran Duran per le ragazze e di Samantha Fox e Sabrina Salerno per i ragazzi, palloncini, striscioni, bandiere del Mantova, palla stroboscopica e l'immancabile effetto fumo con le lampade al neon che giustificava il dress code *total white* richiesto nell'invito.

Cameriere in short sui pattini a rotelle giravano per la sala con vassoi di champagne e tartine masticando chewing gum e in sottofondo una playlist di musica anni Ottanta.

Ci fu richiesto di firmare un libro degli ospiti e lasciare un piccolo pensiero.

Mentre firmavo vidi entrare Fabrizio da solo che mi fece un cenno del capo, convinto, forse dalla fidanzata, di dovermi dimostrare distacco e intimidazione. Lo ignorai, gli passai la penna e andai a chiacchierare con Woody.

«Allora hai cancellato l'account?»

«Sì, certo, ma poi mi è venuto in mente che potevo giocarmi l'ultima carta e ho contattato la mia ex moglie!»

«E?»

«Come la faccio godere io non la fa godere nessuno, pare!» e scoppiò in una risata gigante che fece girare tutti.

Risi anch'io, un po' meno fragorosamente.

Si schiarì la voce.

«Dio ha davvero un senso dell'umorismo perverso non credi?» disse sorseggiando lo champagne.

«Più che Dio, la vita!» osservai.

«Già, ma non doveva capitare a lui!»

«Non doveva capitare a nessuno!» precisai.

«Okay, ma nel disegno generale delle cose, se fosse successo a me non avreste detto "era ovvio?".»

«Ma no, cosa dici?»

«Betta», mi canzonò, «certo che sì! Avreste detto: "Sempre il solito sfigato!".»

«Ma no, non...» Tentai una difesa poco convincente, ma poi tacqui. «È solo una ruota, Jacopo, niente altro che una ruota che gira, come una roulette nel grande casinò dell'universo.»

Mi girai a guardare gli invitati.

A parte Niccolò c'eravamo tutti.

Avevo cominciato a pensare seriamente a un eventuale trasferimento a Londra.

Non era una cosa facile, ma nemmeno impossibile.

I ragazzi potevano crescere in un posto che gli avrebbe garantito grandi sbocchi e un'immensa apertura mentale che non avrebbero mai avuto a Mantova.

Il lavoro non mi sarebbe mancato, avevo ottime referenze e potevo ottenere lettere di presentazione da prestigiosi istituti, l'unico vero problema sarebbero stati Vittoria e Mattia, perché non avrei mai potuto né voluto separarli, ma mi dicevo che in qualche modo avremmo fatto. Uno come lui con tante aspirazioni e interessi sarebbe stato molto meglio a Londra, che non in una piccola città di provincia.

Ci avrei pensato e, anche se ero tormentata e triste, ero contenta di stare ritrovando il Niccolò che era sparito negli ultimi mesi, sostituito da quello distratto, arido, nervoso ed egoista.

La sua era sicuramente una maniera di reagire allo stress, ma mi aveva fatto sentire freddo, mi aveva fatto sentire sola ed esposta a uno spiffero gelido e continuo. E non era una cosa facile da comunicare, specialmente se dall'altra parte non c'era la consapevolezza della delusione inferta.

Quando fummo tutti presenti si spensero le luci e partiro-

277

no le note di *Mmm mmm mmm mmm* dei Crash Test Dummies e sulla parete vennero proiettate immagini di Andrea all'asilo, il primo giorno di scuola, le medie, la comunione, lui che gioca a calcio, a tennis e poi immagini delle prime festicciole di compleanno con tutti noi, e al mare, in settimana bianca, e poi il giorno della maturità. Erano tutte immagini prese da vecchie pellicole super 8, sgranate e nostalgiche, che ci trascinarono indietro nel tempo quasi di peso.

Era tutto un commentare «no, ma che capelli!» e «guarda com'ero vestito!» e «oddio com'ero grassa!»

In pochi istanti eravamo sul viale dei ricordi del nostro personale *Breakfast Club*, seduti sulle panchine e i motorini, a ridere, flirtare e prenderci in giro.

E poi eccolo, Andrea, come l'avevo visto alla clinica, seduto sul letto, con accanto Mei, e indosso una felpa rossa a conferirgli un colorito un po' più acceso, che ci sorrideva dallo schermo.

Ci fu un coro generale di sorpresa, stupore e shock. Vederlo con il viso scavato e il colorito grigio verde, era uno spettacolo che spezzava il cuore a cui nessuno era preparato. Tutti tacquero rispettosi e attoniti.

«Ciao bella gente!» esordì dallo schermo. «Immagino che sarete sorpresi da questo invito e che ancora dobbiate riprendervi dalla notizia. Mi rendo conto che sia stato brutale farvi sapere in maniera così improvvisa della mia morte, perché se siete qui ora vuol dire che sono morto, ma mi conoscete, sono un cazzone e ho sempre adorato le sorprese, quindi la mia uscita di scena non poteva essere totalmente anonima. E vi confesso che parlarvi sapendo che quando mi ascolterete non ci sarò più non è una cosa facilissima da fare, ma ci tenevo veramente a salutarvi e offrirvi l'ultima festa.» Fece una pausa. «Purtroppo stavolta ho pescato il legnetto più corto e me ne devo andare» – sorrise – «no… non credete a quelle cagate della negazione, la rabbia, il perdono, l'accettazione, perché io sono rimasto alla rabbia dal giorno della diagnosi e non mi sono mai mosso di lì, quindi me ne vado dal club, ma non sono d'accordo! Quindi ragazzi due parole di saluto prima di lasciarvi alla festa, e all'open bar.» Diede un colpo di tosse, e bevve un bicchier d'acqua. «Con alcuni di voi sono sempre andato d'accordissimo», riprese, «con altri ci siamo cagati a malapena, ma voglio approfittare di questo spazio da vero egocentrico, per dire qualcosa a ognuno di voi. Non perché sia uno stronzo che vuole l'ultima parola, anche se un po' sì, ma perché è l'unica occasione per spiegarvi quello che dovete cambiare prima che sia troppo tardi e, credetemi, sono nella posizione per saperlo.»

Il silenzio si fece ancora più immobile e intenso, quasi un'attesa da apertura di testamento. Ci trovavamo su un ponte sospeso nel tempo tra passato e presente, trattenendo il fiato, mentre osservavamo una parte di noi che si stava congedando, e che in quel preciso istante era già in transito per chissà dove. Un saggio genitore che ci dava un consiglio giudizioso, di quelli "per il tuo bene", che non eravamo sicuri di voler sentire.

«Prima di tutto le belle notizie», ricominciò, «Mei e io aspettiamo un bambino, anzi una bambina, so che non si dovrebbe annunciare prima dei quattro mesi, ma me ne frego perché tanto io non ci sarò, ma so che sarà una bambina stupenda. Mei ha accettato questa mia pazzia perché è la prima donna di cui mi sia mai innamorato, e mi scuso se c'è qualcuna a cui l'ho fatto credere! Linda gli accidenti sono arrivati a segno!» Strizzò l'occhio e rise.

Linda rise impacciata.

Si rivolse per primo a coloro con cui aveva avuto rapporti più superficiali, gli anelli del gruppo più marginali, che aveva frequentato meno. Con loro non fu particolarmente duro, si limitò a qualche battuta e frase di circostanza, ma quando giunse alla cerchia degli intimi, si cominciò ad avvertire un disagio crescente.

«Antonella, parto da te. Sei di una bellezza che nemmeno ti rendi conto, lo sei sempre stata, sei forte e cazzuta, ma non ci hai mai creduto e continui a pensare di aver bisogno di un uomo per andare avanti! Be' adesso la devi proprio smettere. Comincia col recuperare il rapporto con tua figlia che non vedi mai e sta venendo su come una mezza zoccola, sì la seguo su Instagram, e solo tu puoi insegnarle cosa significa lottare e lavorare sodo, e soprattutto sai cosa significa venire su senza amore e senza appoggio, quindi non abbandonarla, e cerca di fare breccia nel suo cuore perché non soffra come hai sofferto tu alla sua età, e soprattutto dai due schiaffi a quel rompipalle di Giorgetto che non lo sopporta più nessuno e credo di poter parlare a nome di tutti! Da qui a un anno ti voglio fidanzata con un bravo ragazzo della tua età che ti tratti come la principessa che sei, me lo prometti?» si asciugò la fronte con un fazzoletto e bevve di nuovo.

«Linda, so di darti un colpo tremendo, ma non hai più vent'anni, e nemmeno trenta, e no, nemmeno quaranta, e sei un'alcolizzata, è inutile girarci intorno! Il tuo bere è fuori controllo da anni e non bevi più per divertirti, ma per sentirti meno sola, perché sei sola come un cane e non è così che puoi sperare di trovare qualcuno, specialmente negli ambienti di cocainomani teste di cazzo che frequenti tu. Quindi ascoltami bene, smetti subito, molla il bicchiere che hai in mano e riprendi il controllo della tua vita! Adesso!» Linda scappò via in singhiozzi, lasciando cadere il bicchiere per terra, seguita da Antonella che aveva già ricevuto il suo monito.

«Se ho centrato nel segno dovrebbe aver lasciato la sala con Antonella…» ipotizzò stringendo le labbra e si passò le mani sul viso. «Lo so che è sgradevole, ragazzi, la verità è sempre uno schizzo di merda in faccia, ma meglio uno schizzo adesso che un'ondata poi no? Cazzo, avete un casino di vita davanti e non ve ne rendete ancora conto!» Sospirò.

Eravamo tutti impietriti, adesso era il terrore che serpeggiava fra noi, Andrea non ci stava salutando, ci stava vivisezionando, stava incidendo la ferita senza anestetico, convinto di una resistenza al dolore che non avevamo, ma che avremmo dovuto trovare.

«Andiamo avanti, Woody, anzi Jacopo!» Woody si grattò nervosamente la testa. «Non ti ho mai trattato bene, ti ho sempre considerato uno sfigato, un perdente, il tipo a cui succedono cose come quella che è successa a me!» Woody si voltò verso di me e mi guardò come a dire "hai visto?". «Ma sono solo io lo stronzo da biasimare e mi scuso per ogni mancanza di rispetto che ho avuto nei tuoi confronti, ogni battuta idiota, ogni scherzo e anche per le palle da tennis che mettevo sotto il materasso per farti dormire male!» Ci fu una specie di risata liberatoria, impacciata, triste. «Scusami amico, davvero, ti auguro il meglio e se ho capito bene… Te la stai cavando alla grande, non è vero ragazze? Be' direi che ci vuole un brindisi adesso no?»

Nessuno rispose con l'entusiasmo che Andrea aveva previsto. Ci fu qualche colpo di tosse e qualche sparuto «salute», ma non certo un'ovazione di «sei un grande!» come probabilmente si era aspettato.

Stava diventando una camminata sui carboni ardenti per niente piacevole.

«Miriam, *mon amour*, non so cosa dirti perché sei talmente fuori di testa e dal mondo che non penso tu abbia bisogno dei miei consigli, ma magari cerca di lasciarti un po' andare, che farsi due risate non ammazza nessuno, e poi in confidenza, non è che hai inventato la cura del cancro, altrimenti ti avrei fatto un monumento, quindi tirartela va bene, ma non esagerare!»

Lessi un chiaro "stronzo" sulle labbra di Miriam e un microrisolino su quelle di Woody, e la vidi appallottolare un foglio, probabilmente il discorso di commiato che aveva scritto per lui.

«Costanza! Tu sei già una leonessa e non ho grandi cose da dirti, a parte di farti meno botox, che, credimi, non ti sta bene come credi tu. L'espressività è una delle cose che ti caratterizza, sei una tigre incazzata, e la faccia di cera non si addice al tuo temperamento. Penso che non te ne fregherà niente, ma è solo il mio modesto parere.»

«Amen fratello!» commentò Costanza alzando il calice alla sua.

«E infine, Anita, tesoro mio, te lo dico brutalmente, ho sempre pensato tu fossi lesbica, e non lo dico perché non sei il mio tipo, ti pare che non ti davo una bottarella? Ma sono cose che un uomo sente, e se così fosse, ti ricordo che siamo nel terzo millennio, quindi rilassati, scaricati Grindr e divertiti gioia mia!» Inutile dire che anche Anita preferì abbandonare la sala.

Andrea si passò una mano sugli occhi visibilmente affaticato, il labbro superiore imperlato di sudore.

Non potei fare a meno di pensare che quello che vedevamo sullo schermo, fino a poco tempo prima, era un uomo instancabile e iperattivo, che odiava stare a letto se non accompagnato e non smetteva mai di giocare una partita finché non aveva umiliato l'avversario. E ora si stava congedando, stanco e rassegnato. Non desideravamo altro che smettesse.

«E ora passiamo alle coppie!» continuò con il suo deliberato supplizio. «Cosimo, ti prego, fai di Letizia una donna onesta e sposala, avete quattro figli, sei ridicolo, non hai più scuse! Volete ballare un lento alla casa di riposo?» Letizia cominciò a piangere e Cosimo le mise un braccio intorno alla spalla e, conoscendolo, fu un gesto decisamente fuori dal comune.

«Fabrizio, tu sei di quelli che non mi ha mai convinto fino in fondo, non ho mai capito se potevo fidarmi di te, e da quello che ho visto ultimamente, penso di averci azzeccato. Chi ti scegli come compagna di vita è affar tuo, ma se rompi i coglioni alla mia migliore amica minacciandola che vuoi la custodia dei figli, capisci che mi sento un po' chiamato in causa. Allora, amico mio, ti do un consiglio spassionato, ritira la richiesta, perché ho lasciato il mandato allo studio Pavesi-Morselli-Bassi, che sai quanto siano sgradevoli, e siccome mi dovevano diversi favori, si impegneranno a titolo assolutamente gratuito, quindi saranno ancora più aguerriti di sempre e, fossi in te, ci penserei bene a meno che tu non abbia voglia di ipotecare la casa della tua fidanzata psicopatica, ma quello lo deciderete poi dopo!»

Vidi nella penombra il profilo di Fabrizio livido di rabbia, digrignare i denti e scuotere la testa.

«A questo punto non so se sarete rimasti in molti, ma vi giuro che sto per finire. Betta a te ho già detto tutto e so che farai la scelta migliore, mentre a te Niccolò dico solo una cosa: trattala bene, perché Betta è qualcosa di molto raro e speciale, e no, non siamo mai stati insieme!» Poi diede un colpo di tosse, più forte.

«Giuro che ho finito, solo un'ultimissima cosa, so già che le Civette sul comò staranno dicendo che Mei si è fatta mettere incinta per essere mantenuta, ma vi svelo un segreto: Mei è la figlia di uno del gruppo Huawei, vi garantisco che ero io quello che ci guadagnava, vero tesoro?»

Mei sorrise e gli accarezzò la testa, con la consueta pazienza e dolcezza.

«Adesso vi devo lasciare davvero. So che sono stato orribile, ma fra un anno ripensando a questa serata mi ringrazierete, perché avrete sicuramente fatto una scelta diversa! Ciao ragazzi, e non perdiamoci di vista!»

Chiuse il laptop.

La musica ricominciò a suonare in sottofondo e le luci si riaccesero, ma l'atmosfera si era fatta glaciale e i "superstiti", decisamente pochi, tutti pensierosi e frastornati, come avessimo ricevuto noi la diagnosi.

Nessuno aveva voglia di parlare, sui volti si leggeva paura, stordimento, vergogna. Il disperato bisogno di chiedere agli altri "ma anche tu pensi questo di me" e sentirsi dire "ma no figurati" era superato dalla certezza della conferma che avremmo letto negli occhi dell'altro.

Ci aveva esposto alla luce violenta della verità strappando il sottile velo dietro il quale ci eravamo nascosti con un colpo secco e feroce.

Ora cercavamo di coprire le nostre estese nudità con le mani, come degli Adamo ed Eva cacciati dal paradiso terrestre della nostra adolescenza che chiudeva i battenti per sempre come un vecchio parco giochi in disuso.

La sala era ormai deserta, le cameriere avevano smesso di girare con i vassoi dato che nessuno aveva voglia di bere o fare festa.

Costanza mi si avvicinò.

«Adesso capisco perché difendevi strenuamente le sue volontà, vi eravate già parlati!» Me lo disse con un tono velatamente inquisitorio, non proprio piacevole.

«Mi aveva chiamata, sì», risposi a disagio, come dovessi giustificare la mia amicizia con lui.

«Forse gli piacevi», si lasciò scappare, maligna.

«Forse mi considerava solo un'amica», risposi, lasciando anch'io la sala per tornare a casa.

Il testamento ci aveva colpiti come un fulmine a ciel sereno, e se con me nel video Andrea era stato clemente, era solo perché le cose brutte me le aveva dette in faccia quel giorno a Basilea.

In macchina chiamai Niccolò.

«Domani prendo un volo per Londra!»

21.

Arrivai a Gatwick in tarda serata e presi un taxi per Mayfair.
Niccolò mi attendeva fuori casa per pagare il tassista e aiutarmi con la valigia.

Mi sembrava un sogno.

«Era da tempo che lo aspettavo!» mi disse accompagnandomi dentro.

Ero emozionata, avevo bisogno di qualcosa di buono, posi-
tivo e mio.

Finalmente vedevo la sua casa, in cui mi ero immaginata di
entrare ormai milioni di volte, con la grande cucina a vista di
mattonelle bianche e nere, il divano ad angolo, i mobili high
tech e il giardino sul retro con il tappeto elastico per i bambini.

Mi accompagnò per mano al piano di sopra dove c'erano
le camere, in modo che potessi rinfrescarmi e scendere poi
per cena.

«Mi sei mancata così tanto», mi disse, «vorrei davvero che
questa fosse la nostra vita!»

«Facciamo la doccia insieme», gli proposi come avevo fatto tanti anni prima.

Non se lo fece ripetere e, due minuti dopo, eravamo a in-
saponarci e a ridere.

Stavo bene fra le sue braccia, immobile contro il suo petto
mentre l'acqua mi scrosciava nelle orecchie, lavandomi via
dubbi e pensieri.

Mi prestò il suo accappatoio e mi offrì un calice di vino con
cui gironzolai per casa immaginando che quella poteva essere la mia vita, la nostra vita.

Lo osservavo muoversi nei suoi spazi, parlare al telefono, rispondere alle e-mail, alzarsi per darmi un bacio, farmi vedere un video o leggere una notizia.

Il suo mondo preciso, funzionale e pratico in cui avrei dovuto infilarmi, ritagliarmi i miei spazi, incastrare i pezzi in modo coerente e armonioso.

E poi facemmo l'amore come prima che cominciasse il disastro, prima di suo padre, prima di Andrea, di nuovo complici, di nuovo uniti.

Riconoscevo ogni angolo di lui, tutto quello che mi era mancato, tutta quella parte del suo cuore che mi era stata preclusa. Mi aveva restituito le chiavi e avevo libero accesso alle stanze segrete, quelle preziose, quelle soltanto mie.

Quella notte dormimmo profondamente, abbracciati, il suo naso contro la mia nuca, la mia schiena contro la sua pancia.

La mattina lo trovai in cucina, già sveglio, che stava lavorando al computer seduto al tavolo.

«Buongiorno tesoro! Ti faccio un caffè!» sorrise e si alzò per prepararmelo.

Mi sedetti davanti a lui, assonnata, guardandolo trafficare con la macchinetta del Nespresso.

Notai una foto spuntare dalla sua agenda, e la sfilai sicura che fosse la nostra, quella che gli avevo regalato la prima sera.

Ma era una foto della moglie il giorno del loro matrimonio. Bellissimi e felicissimi, che si sorridevano e lui la guardava con una devozione incantevole e gli occhi lucidi.

La riposi prima che si voltasse.

Sorrisi. Rassicurata dalla conferma.

Mi porse la tazza.

«Ti lascio, Niccolò.»

«Come?» rispose confuso.

«Ti lascio», confermai.

«Ma cosa dici? Perché?»

«Perché non ce la faremo mai e perché, soprattutto, non sei l'uomo di cui ho bisogno», dissi semplicemente.

«Non capisco, è successo qualcosa? Ti ho fatto qualcosa?» Era allarmato.

«No, Niccolò, tu non mi hai fatto niente, ma ho capito che

286

non basta il ricordo di quello che è stato per costruire una storia, occorrono una gran quantità di pezzi per tenerla su. Bisogna essere sulla stessa lunghezza d'onda per anticipare i bisogni dell'altro, saper dare e ricevere in egual misura, capirsi al volo, esserci quando uno dei due vacilla, percepire gli stati d'animo, sacrificarsi ogni tanto, essere generosi di tempo e ascolto, e tutto questo per me è l'amore. Tutto il resto, anche il sesso, è molto meno importante, e questo ho capito di noi. Non siamo fatti l'uno per l'altra e sono venuta qui a dirtelo di persona.»

«Dai, Betta, ora esageri, sembra che io non ci sia mai stato per te, che sia uno stronzo egoista e senza cuore.»

«Lo hai detto tu, non io, ma ti confesso che ci sono stati momenti in cui l'ho pensato, non ultima la tua assenza al funerale di Andrea e, se devo pensare questo dell'uomo che amo, vuol dire che c'è stato un cortocircuito da qualche parte e devo correre ai ripari adesso. Credo tu sia sposato col tuo lavoro e che sia stato questo che ha fatto crollare il tuo matrimonio, che non volevi finisse, ma se c'è una cosa che mi ha insegnato Andrea è che se vuoi davvero qualcosa finché sei su questa terra, sei sempre in tempo per recuperare.»

Mi alzai e andai in camera per radunare le mie cose.

Ero serena, risoluta e sicura di aver fatto la cosa giusta. Lucida come era Mei prima che Andrea se ne andasse, perché aveva trovato la pace nel cuore.

Niccolò mi osservava sulla porta di camera senza sapere cosa dire.

Chiusi la valigia e mi voltai a guardarlo.

«C'è qualcosa che posso fare per farti cambiare idea?»

«No Niccolò, non c'è.»

«Betta…» sussurrò.

Lo abbracciai forte.

«Resterai per sempre il più grande amore della mia vita.»

Piansi molto, in taxi, all'aeroporto, in volo e specialmente fra le braccia di mia madre da cui mi precipitai non appena entrai a casa.

Sapere di aver fatto la scelta giusta non significava averla fatta a cuor leggero.

Ero stata di un contegno granitico davanti a lui, ma appena aveva chiuso la porta ero crollata.

Avevo tentato di capire, di accettare, di mettermi nei suoi panni, ma come diceva mia madre «o la scarpa è del numero giusto o, per quanto bella, ci starai sempre scomoda».

Andrea mi aveva dato la chiave di lettura giusta su Niccolò, con la sua consueta franchezza. «È uno stronzo, meno di me, ma è un uomo molto egoista. Lo è sempre stato, non è cattivo, ma tu hai bisogno di un uomo decisamente più sensibile. Non un pacco come Fabrizio, certo, ma nemmeno uno dipendente dal lavoro come lui. Io ero molto amico della moglie, e ti assicuro che lei a un certo punto se n'è andata perché non lo vedeva mai, ma per lui è stata una botta pazzesca, e non so se l'ha mai dimenticata.»

Mille volte avevo ripreso in mano il telefono per scrivergli qualcosa, ma alla fine avevo cancellato il numero e la chat per evitare la tentazione di tornare sui miei passi.

Mia madre quando ebbi finito di piangere mi disse soltanto: «È stato un anno terribile, ma adesso sei cresciuta davvero. Ma sono tanto orgogliosa di te perché finalmente sei diventata una donna coi coglioni!».

«Leontine!» esclamai.

«L'ho imparato da Romano!»

Risi.

«Sei stata una madre insopportabile, ma dovessi sceglierti per la prossima vita, ti risceglierei!» le confessai.

«Sì, anch'io. Forse.»

Li accompagnai alla porta.

E li guardai uscire.

Adesso non mi sentivo più la figlia insicura e piena di dubbi, ma una madre indipendente e forte.

Adesso non avevo più bisogno di nessuno.

Arrivarono i ragazzi.

«Hamburger stasera?» proposi.

«Sììì, con le patatine!»

Abbracciai i miei tesori.

Ce l'avevo fatta.

Decisamente.

Il gruppo si smembrò definitivamente, ci riunimmo solo per il matrimonio di Letizia e Cosimo che ebbe luogo in settembre.

Nei tre mesi che seguirono la confessione di Andrea eravamo tutti cambiati profondamente.

Lo stesso matrimonio ne era una prova inconfutabile.

Ma quelle parole che ci aveva sparato in faccia senza tatto, ci erano entrate dentro e si erano fatte strada fino a raggiungere luoghi della nostra anima altrimenti inaccessibili.

Quando aveva deciso di smascherarci davanti a tutti, aveva anche decretato la fine del nostro rapporto, che non sarebbe potuto sopravvivere allo sguardo severo dell'altro.

Ci eravamo visti nudi e deboli come solo le nostre madri avevano fatto e niente sarebbe stato più come prima.

Con lui era morta anche la storica compagnia di via Gonzaga.

Ma il matrimonio fu un giorno di festa per tutti e fu bello rivederci e verificare i nostri progressi.

Antonella era sola, ma in compagnia del piccolo Giorgio educatissimo e calmo vestito con un minicompleto e il papillon, e la figlia grande che era tornata a vivere a casa sua.

«Lo sai che non ho un uomo da così tanto tempo che non mi ricordo nemmeno come si fa? Lo avresti mai detto?» mi disse con il suo sorriso più luminoso.

«Io sì, ho sempre avuto fiducia in te, eri tu a non averla!»

Miriam era sempre la stessa, pallida e defilata, aveva firmato un grosso contratto cinematografico per realizzare dei film tratti dalle sue trilogie e sarebbe andata a vivere a Roma.

Fabrizio aveva smesso di darmi il tormento grazie alle minacce di Andrea, ma aveva anche lasciato Camilla, che era diventata isterica e violenta, e da come mi guardava e mi scriveva ultimamente, mi era sorto il sospetto che ci volesse riprovare con me.

Anita arrivò in compagnia di una ragazza, nessuno fece domande, ma questo aveva solo confermato i sospetti di Andrea, e a essere sinceri, di tutti noi.

Linda beveva solo acqua tonica, e andava in giro dicendo che quello stronzo di Andrea le aveva fatto prendere sette chili perché non faceva che mangiare dolci ed era passata da una dipendenza all'altra, ma vederla sobria era una novità assoluta e piacevole.

Costanza non aveva rinunciato al botox, ma aveva diminuito il numero di appuntamenti dal "mago", e soprattutto il tacco da dodici a un discreto otto centimetri.

Woody arrivò con l'ex moglie: avevano deciso di riprovarci.

Quando mi venne vicino mi disse solo: «Be', semmai volessi una bottarella!» e rise dandomi una gomitata.

Vittoria e Mattia arrivarono belli, abbronzati e più innamorati che mai. Per loro il sabato del villaggio era ancora lontano e potevano permettersi di sognare tutto quello che volevano.

E io a fine mese sarei partita per il cammino di Santiago, il mio primo viaggio da sola, la mia decisiva rinascita: ero terrorizzata, ma l'avrei fatto.

L'avevo promesso ad Andrea quel giorno in clinica.

In un modo o nell'altro avevamo saltato tutti insieme a lui, ed eravamo usciti dall'adolescenza una volta per tutte.

Il lutto più grande che avevamo imparato a elaborare era stato quello di lasciare andare il passato.

Continuai a guardare l'ingresso immaginando di vedere entrare Niccolò a chiedermi di ballare.

Ammetto che ci sperai fino alla fine.

Qualcuno una volta mi ha detto che le storie che creo poi le faccio accadere. Può darsi, ho sempre considerato la vita un po' magica e di coincidenze (se così le vogliamo chiamare) me ne sono successe tante, ma questa è stata più incredibile del solito e meritava una cura particolare.

Questa è la mia storia, la nostra storia, la storia di tutti quelli che sono cresciuti negli anni Ottanta con un sacco di speranze negli occhi, la musica nelle orecchie e un desiderio su tutti: quello di un amore che durasse per sempre e una vita piena di sogni e tramonti.

Quei sognatori oggi li riconosci subito: sono quelli che hanno uno sguardo disincantato e nostalgico sul mondo, una voglia di ridere incontenibile e il «ti ricordi» sempre in tasca.

Questo libro è un tributo a loro e a quegli anni meravigliosi che abbiamo avuto la fortuna di vivere, e che ci hanno resi vulnerabili e nostalgici, ma straordinariamente veri.

Ringrazio tutti quelli che hanno fatto parte del mio passato, chi ci è rimasto dall'inizio, chi è tornato per restare e anche le meteore che sono riapparse per bruciare in fretta.

Quei ragazzi che eravamo e che passavano i pomeriggi seduti sul *Sì* a fumare e a innamorarsi, con gli occhi pieni di domande, aspettando il più bel sabato sera della loro vita, rimarranno per sempre nel mio cuore.

E chissà che il bello non debba ancora arrivare.

Un grazie di cuore va ai miei amici di una vita, che ora, più che mai, sono felice di avere incontrato. Carlotta, ora e per sempre, e tutta la compagnia di Santa Cristina per gli anni pazzeschi vissuti insieme.

291

Ringrazio la mia famiglia, tutta la Garzanti, Stefano Mauri, Elisabetta Migliavada, Adriana Salvatori e Rosanna Paradiso.

I miei fedelissimi e amatissimi lettori adorati e gli adorati librai, coraggiosi guerrieri.

Un grazie particolare va ad Ornella Tarantola per l'aneddoto «non ti ci mando sennò ti diverti troppo» e a Silvio Olivetti per tutte le dritte sulla Mantova degli anni Ottanta.

Ma in particolare ringrazio il destino, che ha sempre più fantasia di noi.

Con infinito affetto.

Fede

Dal catalogo
Garzanti

Federica Bosco
CI VEDIAMO
UN GIORNO DI QUESTI

A volte per far nascere un'amicizia senza fine basta un biscotto condiviso nel cortile della scuola. Così è stato per Ludovica e Caterina, che da quel giorno sono diventate come sorelle. Sorelle che non potrebbero essere più diverse l'una dall'altra. Caterina è un vulcano di energia, non sa cosa sia la paura. Per Ludovica invece non esiste spazio per il rischio, solo scelte sempre uguali. Anno dopo anno, mentre Caterina trascina Ludovica alle feste, lei cerca di introdurre un po' di responsabilità nei giorni dell'amica dominati dal caos. Un'equazione perfetta. Un'unione senza ombre dall'infanzia alla maturità, attraverso l'adolescenza, fino a giungere al momento in cui Ludovica si rende conto che la sua vita è impacchettata e precisa come un trolley della Ryanair, per evitare sorprese al check-in, un muro costruito meticolosamente che la protegge dagli urti della vita: lavoro in banca, fidanzato storico, niente figli, nel tentativo di arginare le onde. Eppure non esiste un muro così alto da proteggerci dalle curve del destino. Dalla vita che a volte fortifica, distrugge, cambia. E travolge. Dopo un'esistenza passata da Ludovica a vivere della luce di Caterina, ora è quest'ultima che ha bisogno di lei. Ora è Caterina a chiederle di slacciare le funi che saldano la barca al porto e lasciarsi andare al mare aperto, dove tutto è pericoloso, inatteso, imprevisto. Ma inevitabilmente sorprendente.

Dal catalogo

Garzanti

Federica Bosco

IL NOSTRO
MOMENTO IMPERFETTO

La vita non rispetta mai i piani, e Alessandra lo scopre nel peggiore dei modi. Credeva di avere tutto sotto controllo: il lavoro come docente universitaria, una famiglia impegnativa ma presente, un uomo solido al fianco, un'esistenza senza scossoni. Una stabilità che crede di meritare. Finché un colpo di vento spalanca la finestra e travolge tutto, mandando in pezzi la sua relazione e una buona dose delle sue certezze di donna, insieme alla fiducia, all'autostima e all'illusoria certezza di conoscere l'altro. La tentazione è di tirare i remi in barca, perché il dolore è troppo forte, ma è proprio fra i dettagli stonati della vita che le cose accadono e l'improvvisa custodia dei due nipoti, deliziosi e impacciatissimi nerd, le regala una maternità che arriva quando ormai il desiderio è da tempo riposto in soffitta, portando con sé una rivoluzione imprevista, fatta di richieste di affetto e di rassicurazione e di lezioni in piscina osservate con orgoglio dagli spalti.
È così che Alessandra incontra Lorenzo, un uomo dall'ottimismo senza freni, anche se fresco di divorzio con un'ex moglie perfida e una figlia adolescente, capricciosa e viziata. Molte cose li accomunano, ma molte li dividono, perché la paura è tanta e troppe le difficoltà, e ci vuole coraggio per azzardare un percorso sconosciuto che rischia di portarti fuori strada, ma ti permette di ammirare panorami inaspettati e bellissimi. Perché a volte la felicità risiede nella magia di un momento imperfetto.

Finito di stampare nel mese di ottobre 2019
da Grafica Veneta s.p.a., Trebaseleghe (PD)

Questo libro è stampato col sole

Azienda carbon-free